La mano del fuego

Alfaguara es un sello editorial del Grupo Santillana
www.alfaguara.com.mx

Argentina
Av. Leandro N. Alem, 720
C 1001 AAP Buenos Aires
Tel. (54 114) 119 50 00
Fax (54 114) 912 74 40

Bolivia
Avda. Arce, 2333
La Paz
Tel. (591 2) 44 11 22
Fax (591 2) 44 22 08

Chile
Dr. Aníbal Ariztía, 1444
Providencia
Santiago de Chile
Tel. (56 2) 384 30 00
Fax (56 2) 384 30 60

Colombia
Calle 80, 10-23
Bogotá
Tel. (57 1) 635 12 00
Fax (57 1) 236 93 82

Costa Rica
La Uruca
Del Edificio de Aviación Civil 200 m al Oeste
San José de Costa Rica
Tel. (506) 220 42 42 y 220 47 70
Fax (506) 220 13 20

Ecuador
Avda. Eloy Alfaro, 33-3470 y Avda. 6 de
Diciembre
Quito
Tel. (593 2) 244 66 56 y 244 21 54
Fax (593 2) 244 87 91

El Salvador
Siemens, 51
Zona Industrial Santa Elena
Antiguo Cuscatlan - La Libertad
Tel. (503) 2 505 89 y 2 289 89 20
Fax (503) 2 278 60 66

España
Torrelaguna, 60
28043 Madrid
Tel. (34 91) 744 90 60
Fax (34 91) 744 92 24

Estados Unidos
2105 N.W. 86th Avenue
Doral, F.L. 33122
Tel. (1 305) 591 95 22 y 591 22 32
Fax (1 305) 591 91 45

Guatemala
7a Avda. 11-11
Zona 9
Guatemala C.A.
Tel. (502) 24 29 43 00
Fax (502) 24 29 43 43

Honduras
Colonia Tepeyac Contigua a Banco
Cuscatlan
Boulevard Juan Pablo, frente al Templo
Adventista 7o Día, Casa 1626
Tegucigalpa
Tel. (504) 239 98 84

México
Avda. Universidad, 767
Colonia del Valle
03100 México D.F.
Tel. (52 5) 554 20 75 30
Fax (52 5) 556 01 10 67

Panamá
Avda. Juan Pablo II, no15. Apartado Postal
863199, zona 7. Urbanización Industrial
La Locería - Ciudad de Panamá
Tel. (507) 260 09 45

Paraguay
Avda. Venezuela, 276,
entre Mariscal López y España
Asunción
Tel./fax (595 21) 213 294 y 214 983

Perú
Avda. Primavera 2160
Surco
Lima 33
Tel. (51 1) 313 4000
Fax. (51 1) 313 4001

Puerto Rico
Avda. Roosevelt, 1506
Guaynabo 00968
Puerto Rico
Tel. (1 787) 781 98 00
Fax (1 787) 782 61 49

República Dominicana
Juan Sánchez Ramírez, 9
Gazcue
Santo Domingo R.D.
Tel. (1809) 682 13 82 y 221 08 70
Fax (1809) 689 10 22

Uruguay
Constitución, 1889
11800 Montevideo
Tel. (598 2) 402 73 42 y 402 72 71
Fax (598 2) 401 51 86

Venezuela
Avda. Rómulo Gallegos
Edificio Zulia, 1o - Sector Monte Cristo
Boleita Norte
Caracas
Tel. (58 212) 235 30 33
Fax (58 212) 239 10 51

ALFAGUARA

Alberto Ruy Sánchez

La mano del fuego
Un Kama Sutra involuntario

ALFAGUARA

© 2007, Alberto Ruy Sánchez
© De esta edición:
2007, Santillana Ediciones Generales, S. A. de C. V.
Av. Universidad 767, col. del Valle,
México, D. F., C. P. 03100, México.
Teléfono 5420 75 30
www.alfaguara.com.mx

La presente obra se publica en colaboración con
Fundación TV Azteca, A. C.
Vereda 80, Col. Jardines del Pedregal
C. P. 01900, México, D. F.
www.fundacionazteca.org
Las marcas registradas Fundación TV Azteca, Proyecto 40 y
Círculo Editorial Azteca se utilizan bajo licencia de:
TV AZTECA, S. A. DE C. V., MÉXICO 2007

Primera edición: noviembre de 2007

ISBN: 978-970-770-58-0124-2

© Diseño de cubierta: Miguel Ángel Muñoz. Detalle de
   Le massage, de Edouard Debat-Ponsan, 1883.

Impreso en México

Para Andrea y Santiago,
por la vida mogadoriana
que les ha tocado
y las transformaciones
que le imprimen.
Y para Margarita,
en la complicidad alquímica
de todos mis elementos,
agua, aire, tierra
y fuego compartidos.

Mi casa se estaba quemando y sólo podía salvar una cosa. Decidí salvar el fuego. No tengo dónde vivir pero el fuego vive en mí. Y me defiende discretamente de todo lo impuro. Mi futuro ya no es importante. Sólo cuenta la intensidad del instante.

JEAN COCTEAU

El fuego es lo ultravivo.
Es íntimo y es universal.
Vive en nuestro corazón y en el cielo…
Brilla en el paraíso y quema en el infierno.
Es calidez y tortura, cocina y apocalipsis…
Es un dios tutelar, bueno y malo a la vez.

GASTON BACHELARD

Advertencia

De un reporte forense: Cuando preguntamos por el cuerpo del hombre asesinado se nos mostró este jarrón de barro. Nos dijeron: "Es un cuerpo tatuado por fuera y por dentro." Por fuera desciframos una cita del poeta del siglo XI, Ibn Hazm, autor de un Kama Sutra árabe titulado *El collar de la paloma.* Viene de su libro *El carácter sonámbulo:*

"Esta historia corrió por boca de todos como agua de lluvia en las calles. Dicen que a aquel hombre sonámbulo le brillaba en la obscuridad la mano que le habían cortado y con ella tocaba a las mujeres como nadie puede tocar a otra persona: a fondo, metiéndose en lo invisible, moviendo y conmoviendo hasta sus ideas.

Pero su historia no puede ser contada de manera tradicional: el protagonista es un flujo, una voz que corre y se mete en distintos cuerpos y situaciones. Un hombre que se equivoca y duda y a veces acierta y goza. Está obsesionado en descifrar el deseo, conocer a fondo el corazón del fuego.

Para ello usaba su mano como guía y mapa del mundo del deseo: cada dedo una estación de su viaje, de su expedición en busca de la más alta intensidad amorosa. El pulgar le recordaba las paradojas de la pasión. El índice le indicaba su camino hacia el fuego. El cordial su corazón cambiante y frágil, órgano sexual absoluto del alma y por ahí del cuerpo. El anular la fragilidad de las relaciones amorosas. Y con el meñique se destapaba el oído para escuchar la música del deseo.

Su historia fluye cambiante, encendida por la atención de quienes la escuchan y la hacen suya."

•

Dentro del jarrón se encontró un paquete de papel. Lo envolvía un listón manuscrito que decía : "De antemano". Atado a él un amuleto: una mano de plata de las que llaman Jamsa. Luego, bajo el título de "Mi palma en la arena", cinco cuadernos disparatados que parecen escritos por personas distintas pero es la misma en diferentes situaciones de deseo. Se percibe a un hombre errático, enamorado, equivocado, muchas veces ridículo, sonámbulo y obstinado, buscando inútilmente explicar su camino hacia el fuego. Se intuye que la magia y la poesía en sus manos van despareciendo, se vuelven reflexión sobre el fuego. Sufre por ello. Pero cuando la magia resurge por un instante lo quema, lo empuja a merodear inútilmente lo indecible. Todos esos papeles están envueltos en una hoja delgada y más grande donde otra persona cuenta la infancia extraña de aquel hombre variable, equívoco, deseante. Entre los papeles surgen volando muchos insectos alados, del tipo de los que son atraídos por el fuego. Y que son mencionados en el texto cifrado sobre la cara interna del jarrón. Cuya escritura, por cierto, no ha sido aún completamente descifrada. Se ha probado que el jarrón está hecho de las cenizas de dos personas. Probablemente de quien escribió esa historia y de su amante.

I.
De antemano
o
La ley de
Jamsa

Jamsa = Cinco = Mano = Palma = Sombra

Muy adentro acogería
lo que no vi que venía
y que me puso a gemir:
hecha fantasma, tu mano.
Date cuenta que no duermo:
dejaste tu huella dentro,
sembraste tu palma en mí.
CANCIÓN ANTIGUA DE MOGADOR

Es en Mogador la hora en que el sol toma por sorpresa a los amantes. No interrumpe sus besos desvelados, los ilumina. El aliento enamorado que los ata desde anoche en cada beso es un hilo de aire que no cesa, que los trastorna, que los convierte en un solo cuerpo y a la vez en mil.

Se aman minuciosamente con los ojos ávidos, las manos hechas agua, las lenguas hechas manos, el olfato hambriento y delirante. Y los labios, como heridas a flor de piel, que todo lo tocan y todo lo dicen sin decirlo.

Se exploran sin cesar, se gozan, ya no saben desde cuándo. Se conocen, se desconocen, se reconocen desconocidos. Sus besos marcan el tiempo interno, infinito, de sus cuerpos de mil poros entreabiertos, de mil brazos y piernas y dedos entretejidos. Y unas cuantas palabras trenzadas con ardor, como escritura muy tensa y muy lentamente dibujada. Las palabras de amor son fuegos breves que brotan entre sus cuerpos.

El sol marca el otro tiempo, el externo, el del giro del mundo, el de los relojes. Pero es verdad, también el de la gravedad de los planetas. La que vuelve a los amantes como piedras imantadas, materia que gira mutuamente atraída. Un amante es luna llena del otro y también su más alta marea.

En algunas sectas sufis, como la zarruquiya, el alba es el momento de la oración mental: del contacto inmediato y sin palabras con Dios. Para la casta de Los Sonámbulos en cambio es el momento de comprobar que la noche sigue habitándolos y ahí habla y habla, está llena de fantasmas del deseo protegidos por su obscuridad.

La luz del sol que poco a poco los alcanza da a su piel un calor suplementario, un tacto más, una nueva sonrisa. Les dice: la noche, su noche, no se ha desvanecido. ¿Dónde está? Se les fue metiendo en la piel con cada movimiento de sus caderas: la han ido empujando y se les ha quedado dentro del sexo. Ahí es como una sombra densa y pulida, muy obscura, detrás del brillo húmedo que los une. Y no quiere salir. Late al ritmo de su sangre. Respira por los pliegues de sus cuerpos.

La noche de los enamorados, en Mogador, se lleva dentro. Desde ahí ilumina. Y todo lo demás en la vida, aunque sea algo que duela, se vive con fortaleza y cierta alegría.

•••

Varias horas después, cuando ya el sol está tan alto que no arroja sombra sino abajo de los zapatos, los enamorados, en sitios distintos, cultivan otras pasiones. Las manos, llenas en silencio del cuerpo amado, se hunden en sus otras labores cotidianas.

Jassiba cuida sus jardines, mima sus plantas, entona el canto de sus fuentes. Va al mercado y vigila la venta de sus flores.

Zaydún se prepara para el ritual de contar historias en la Plaza del Caracol, corazón cambiante de la ciudad.

Pero también para contarlas en las páginas impresas de una revista que se lo pide. En Mogador, los contadores de historias pasan con naturalidad de la plaza a la página y viceversa. Por lo pronto, en su mesa, extiende sus manuscritos, despliega y repliega sus palabras. Comienza otra vez a respirar letra por letra y vive de nuevo, como una aparición, su obstinado delirio de enamorado.

Tiene el compromiso de terminar un ensayo sobre la tradición de Kama Sutras árabes. Y lo comienza con entusiasmo. Pero a cada instante lo distrae la memoria viva de su amante Jassiba doliéndole ahora con placer en cada músculo y en cada punto de su piel.

Poco a poco va reconociendo que desde el fondo le brota una necesidad distinta de su deber. Preferiría contar la historia de un soplo sonámbulo encaminado hacia su amada. Un hombre poseído más allá de su cuerpo. El que viaja hacia la llama. El que va cambiando de piel mientras avanza. Uno habitado por el deseo y sus transformaciones, sus búsquedas obsesivas y sus inevitables ridículos y equívocos. Siente que lo habitan varios cuerpos e historias y todos piden salir.

Teme ser tan fiel a esa multiplicidad de voces, tan encaminado hacia sus obsesiones, tan poco lineal en su relato que su círculo de oyentes en la plaza, su "jalca", no lo siga ya plenamente.

Podría contarlo distinto. Ya lo ha hecho de una manera más tradicional y fácil de seguir. Pero lo que necesita hacer ahora es otra cosa. Para ofrecer de verdad una probada de ese soplo que es él, lleno de muchos otros seres sonámbulos, tiene que desafiar la costumbre de quienes cuentan historias en la misma plaza y alterar el orden interno de sus cuentos.

Pero se consuela pensando que la vida en realidad tiene la lógica de los sueños. Que contar las cosas de manera realista, como sucede en algunas novelas, y en la boca de otros contadores de historias, es una convención más, una salida que se han dado algunos para no aceptar el delirio que es la vida, el reto inmenso que es tratar de comprender. Es no aceptar que nos unen y nos separan, nos detienen y nos mueven poderosos malentendidos. Que nada es lo que parece y además va cambiando. Que la última realidad es el deseo, sus ilusiones, sus búsquedas. Que los cuerpos enamorados son dunas y sus historias las cuenta el viento mientras las mueve.

•••

Y entonces Zaydún comenzó así una labor de varios años que no llegaría a publicar vivo. Obstinada y aparentemente dispersa, arrancaba como una imagen fluida distorsionada en un espejo. Una imagen de cinco afluentes como cinco dedos llenos de palabras:

Había una vez un contador de historias enamorado locamente de una jardinera. Era un río de palabras. Agua sonámbula. Era mi cuerpo antes, después, ahora.

Érase una vez un río que me llevaba hacia el corazón de mi amada, entrando por sus ojos, entre sus piernas, por su boca, por sus manos abiertas.

Y entraba también por la huella roja que su mano dejó sobre su puerta blanca. Puerta que se abre hacia lo invisible, hacia lo indecible del amor. La mano del fuego.

•

Sobre el portón de muchas casas de Mogador o sobre un muro encalado, y especialmente en las callejuelas laberínticas de la medina: la parte antigua de la ciudad, se puede ver la huella roja entintada de una mano. Los cinco dedos separados claramente. De alguno de ellos o de la palma entera escurre un poco de pintura. Es una huella poderosa: está ahí para ahuyentar a los malos espíritus, al mal de ojo o a cualquier otro tipo de maldición. Es una mano que conjura, bendice, protege. También es mano abierta para recibir al que en su cuerpo trae una presencia buena.

•

Se llama Mano de Fatma o Jamsa. En árabe Jamsa significa cinco. Los cinco dedos de la mano de Fatma, la hija del profeta, protectora simbólica de los fieles. Pero también de los que dudan. Ella no juzga. Protege sin distinción. Jamsa es cifra clave del Islam. Son cinco las veces que el almuecín canta el llamado a la oración desde su altísima torre esbelta, su minarete o alminar. Cinco las claves del misterio que sólo Alá conoce (Corán VI-59). Cinco los Pilares de la Sabiduría. Cinco los motivos de ablución. Cinco los tipos de ayuno, las dispensas posibles del viernes, las fórmulas para decir que Dios es grande, los camellos que se necesitan para el pago ritual de un agravio, y cinco son las generaciones que debe durar una venganza entre tribus del desierto.

Para algunas tribus sufis que aceptan ser sonámbulas del deseo, cinco son las estaciones del amante en su viaje a conocer el fuego. Y cada una se reconoce bajo el emblema de un dedo. Cinco los símbolos de lo que mueve misteriosamente su cuerpo y, en la perfecta geometría de su corazón cambiante, cinco las mujeres que pueden ser diosas del amor al mismo tiempo.

•

El cinco es un fetiche. Y es cifra en el doble sentido de número y de código secreto. Acumula significados: protección divina, símbolo de armonía, síntesis de los elementos del universo. Cada dedo es agua o tierra o aire o fuego y el quinto es la nada que los une. La nada que a la vez es todo. La quintaesencia. Mano poderosa que todo lo contiene, incluyendo al vacío. Que todo lo hace con posible habilidad y con decisión lo ejecuta, lo empuja, lo cuida.

•

En otra mitología, que también imperó en Noráfrica y España, la mano se relaciona con Sagitario, el ser excepcional de doble naturaleza: hombre en la cabeza y caballo en el sexo, el que se mueve, sueña y desea más allá de sus límites naturales, el que extiende la mano al cielo como flecha. Signo de fuego y aire. Para algunos es tan sólo quimera. Para otros, destino.

•

Una Jamsa se pinta con frecuencia sobre los Kama Sutras árabes (como *El Jardín Perfumado* de Nefzawi, *El collar de la paloma* de Ibn Hazm, *La guía del amante alerta* de Ibn Foulaita, o el *Tratado del amor* y *El intérprete de los deseos* de Ibn Arabí) esos manuales que son poema, narración y ensayo al mismo tiempo y que nos ayudan a vivir. Y especialmente se pinta sobre esos volúmenes desde que uno de ellos se llamó *La ley de Jamsa*. Un manual del amor es un libro que nos lleva de la mano. Nos guía tocándonos. Conduce nuestros pasos desde los dedos y los ojos.

En algunos manuales árabes del amor el cinco es fundamental marcando el ritmo de acercarse, de temperar el deseo: "El amante debe ofrecer a su amada cinco caricias prolongadas en cinco círculos concéntricos alrededor de cinco besos púbicos. Todo cinco veces repetido antes de pensar siquiera en entrar en ella. Y cinco veces debe escuchar que el cuerpo de la amada, en su lenguaje propio, no necesariamente con palabras, lo llama, lo reclama dentro. Sólo después de la quinta llamada el buen amante se aventura: eso se conoce en el amor como *La ley de Jamsa*. Y la mujer suele invocarla ante los ojos del amante simplemente extendiendo ante él la palma de su mano o colocándola suavemente sobre sus ojos."

"Los amantes más sofisticados —sigue diciendo *La ley de Jamsa*—, dejan que nueve veces cinco crezca la tensión del arco amoroso que lo lanzará muy adentro del corazón de la amada. Muy adentro de su cuerpo. Cinco y nueve embebidos como cifras amantes, como amantes cifrados. Cinco largos y profundos más nueve cortos y leves son los movimientos amorosos que llamamos 'ritmo de penetración y compenetración'; y que crean una composición amorosa perfecta. En esos horizontes del cuerpo, perfecta significa deseable."

·

l entrar la tarde, Jassiba ha comprado el azafrán y el aceite de argano. Piensa claramente en los sabores que, boca a boca, compartirá esa noche con su amante.

Le falta visitar al maestro del barro que desde siempre la complace, Tarik Razaali, el ceramista mayor de Mogador. Quiere sorprender a Zaydún con un regalo. Es una idea a la que ha estado dándole vueltas desde hace tiempo y que ha surgido, en parte, en las conversaciones con su amado.

Llega a la zona del mercado donde están los alfareros. Es una plaza interior, de forma excepcionalmente triangular, que hace muchos siglos fue hospital de la ciudad. Aquí aprendió y practicó la medicina Ibn Jaldún, antes de ser víctima de las intrigas de la corte. Aquí trató a un hombre que se decía reencarnación de Mashnún, el loco por Laila. Antecedente árabe de lo que muchos siglos después, en el norte del Mediterráneo, se llamó el amor cortés. Justo en el taller del alfarero que ella visita estuvo encerrado ese Mashnún y escribió en los muros la forma enamorada de su tormento. Todavía se adivinan aquí y allá las formas caligráficas de sus versos. Por aquí, "tus entrañas de fuego me devoran". Por allá, "Te vi, ¿era un sueño?" Citas del conocido poema clásico que cualquiera reconoce.

El poema legendario justifica su fragmentación, su rompimiento continuo, su falta de convenciones, por la locura del poeta. Pero al final se pregunta, ¿no todos los enamorados radicales viven delirios de esta naturaleza? ¿De dónde sale que el amor, que vuela al aire del deseo, puede ser contado de otra manera?

El alfarero, Tarik, cuida esos viejos pedazos de verso dibujados en cal como uno de sus tesoros más preciados. Jassiba entra en su taller cuando él mezcla tierras, prepara sus materiales. Sus ayudantes encienden el horno y, como siempre, tienen que comenzar por ahuyentar a los insectos que vuelven hipnotizados por su fuego. Insectos de todo tipo, muchos de ellos voladores. El fuego los llama, es su gran enigma.

Jassiba entra en el taller perturbando la concentración que todos tenían en el arranque del horno. Su forma de caminar, de estar de pie, sus ojos que miran fijo y con suavidad al mismo tiempo, su presencia, son sin duda llamas muy inquietantes.

Como ella distrae a los aprendices, los insectos de nuevo merodean masivamente el hogar del fuego. Ella se sorprende por la cantidad y comenta:

—¡Con qué fuerza los atrae!

Tarik sonríe mientras piensa que con la misma fuerza él se siente atraído por ella. Siempre lo ha sentido.

Pero no se atreve a mencionarlo. En cambio le dice, con aire de complicidad:

—Son cosas de enamorados. Todos anhelamos el fuego, hasta mis cosas de barro lo desean. No todos lo resisten o saben vivir con las transformaciones que nos impone. Porque el fuego es amante exigente. Y convierte en fuego lo que toca.

La tomó del brazo y la llevó a otra sección del taller donde el calor del horno no se sintiera tanto.

Jassiba quiere hacerle un encargo. Ella desea que en un futuro incierto, cuando ella y Zaydún hayan muerto, si Tarik aún vive, haga con sus cenizas reunidas una pequeña obra de cerámica. Una de la que el artesano se pueda sentir muy orgulloso. Quiere que Tarik invente una forma inútil, frágil y tal vez bella. Que la haga desde ahora como anticipo o boceto sólido de lo que realizará, él o uno de sus discípulos, cuando ambos hayan muerto. No se trata de una urna para sus cenizas sino de una obra hecha de sus cenizas.

Tarik le pregunta: "¿Las cenizas del que muera primero esperarán al que venga luego? Porque es muy probable que no mueran al mismo tiempo."

"Tú no te preocupes por eso", responde Jassiba. "Tendrás en su momento todo lo que necesitas. Instrucciones y cenizas." Lo que hace pensar al alfarero en un extraño pacto de enamorados. ¿Planean un suicidio compartido?

Jassiba lo aclara sonriendo: "Ya lo había pensado. Harás primero una vasija de prueba, un boceto que nos mostrarás para que lo aprobemos. Luego la volverás hacer con las cenizas de quien muera primero. Y después lo romperás, lo molerás y volverás a hacer otro con las cenizas reunidas de los dos. Es un encargo triple, estoy consciente. Y te lo pagaré por adelantado".

La petición extraña a Tarik tanto como lo anima el reto. Las cenizas humanas podrían naturalmente servir para esmaltar, pero para formar parte del cuerpo de barro necesitará mezclarlas con materiales muy diversos. Ya comienza en su cerebro a elaborar su pieza. Mientras tanto, la obra de prueba tendrá que ser, según Tarik le dice a Jassiba, "la mejor pieza de la que soy capaz".

En cuanto ella abandona el taller él se pone obsesivamente a pensar en ese encargo, en la pieza perfecta para complacerla, la más trascendente de sus obras. No quiere Jassiba urna, ni cenicero, ni florero ni jarra de agua ni figura humana o animal. Claramente le pidió "una belleza inútil".

Tarik recorre el estante que tiene arriba del torno donde guarda varias formas caprichosas que él llama sus "piezas tercas". Pequeñas esculturas de barro que esperan el momento de ser deseadas por algún visitante que ame la extravagancia. "La muerte, piensa Tarik, es también una cosa terca, obstinada en sus formas, caprichosa en sus resultados. Qué mejor que casarla con una obra de barro no menos caprichosa".

Con dos o tres de esas obras en mente se pone a buscar en su torno el boceto tridimensional, con la esperanza o la certeza de que sus manos, repletas de memoria involuntaria, de movimientos ancestrales y siempre nuevos, harán brotar finalmente la pieza perfecta para ofrecer a Zaydún y Jassiba.

No deja de sentir que ha entrado en las entretelas de un pacto secreto donde la unión de los enamorados a través de sus cenizas no es lo más natural. Pero muy pronto infla su ego pensando que por su pieza de barro renacerán unidos tierra contra tierra. "Llamaré a esta obra Ave Fénix."

Se da cuenta de que sus dos manos modelando barro se mueven como una libélula que parece aletear sedienta sobre la humedad de la tierra. Y estremecido se detiene. Las libélulas en Mogador son consideradas anuncio del más allá. Expresiones de lo invisible que vienen a aletear frente a los ojos de los vivos para prevenirlos de un cambio. Con frecuencia sustancial, como el paso de una vida a otra: un anuncio de la muerte.

Pero las libélulas también simbolizan en Mogador a esa parte secreta de los amantes que los hace fundirse uno en el otro. Una libélula aleteando hacia la luz es un corazón cambiante, enamorado, a punto de unir su vuelo con otro enamorado. Tarik siente que el encargo tan extraño de Jassiba nubla su entendimiento.

Detiene el vuelo de sus manos, que nunca había visto de manera tan alada. Piensa que se debe tal vez a la penumbra de su estudio. Habitualmente él trabaja en el torno muy temprano y ahora ya es tarde. Decide interrumpir para continuar en un torno que tiene más cerca de la ventana, donde hay mejor luz.

Recoge la pieza tomándola desde abajo. El gesto de sus dos manos sosteniendo esa vasija, como si llevaran una ofrenda, es un gesto ritual. Una oración táctil que lo liga a quién sabe cuántos humanos que han sostenido entre las manos bien abiertas una vasija similar de barro. Piensa que cuando esté llena de agua, en ella se reflejarán el cielo, la luna llena, los ojos de los enamorados.

●●●●●● ●●●●●●

Y del cielo de Mogador entró al estudio de Tarik un ruido con alas. Como si tuviera una misión, cruzó el aire zumbando. Parecía la punta verde de una flecha. ¿Era una abeja? Volaba demasiado arriba para ser identificada fácilmente. Parecía reflejar en su cuerpo alado el color intenso de las hojas de las palmeras y se perdía entre ellas. Pero pasó entre los dátiles maduros extrañamente indiferente a su azúcar. ¿Era un moscardón? Parecía más bien huir de algo. ¿Era de verdad un pequeño grillo con ruidosas alas? ¿Una langosta?

Desde hacía meses que se temía la entrada a Mogador de esa plaga mayor. Habían llegado noticias, desde el otro lado del desierto, de que eran millones de ruidosos seres alados y todo lo devoraban. No había manera eficaz de combatirlas. Habían diezmado las cosechas de Mali y Nigeria. Bebieron un lago y, ya en el desierto, secaron los pozos de tres oasis. Se habían hundido en el mar seco del Sahara en un gesto que algunos consideraron suicida. Otros estaban seguros de que podrían llegar al otro lado del desierto, a la ciudad amurallada de Mogador. Se sabía que para cruzarlo tardarían más de veintisiete semanas. Todos tenían la esperanza de que no sobrevivieran. Tendrían que comerse a sí mismas para lograrlo. Eran capaces de hacerlo.

¿Pero este insecto repentino era de verdad una langosta diminuta? ¿La primera de ellas, la exploradora? ¿O la única sobreviviente? Entró volando sobre la plaza, abriendo en el aire caliente una brevísima corriente fresca. Pasó por encima de las vendedoras de canastas y entre los puestos de cerámica. Su aleteo se confundió por un instante con el arabesco perfecto, azul y verde, que cubría algunas superficies de barro. Penetró en los talleres. Fue indiferente a un carpintero concentrado en armar una de esas inquietantes cajas de madera olorosa que hacen en el puerto. Una muy pequeña y obscura con maderas claras bellamente injertadas en la superficie. Y al entrar al lado, en el taller del ceramista mayor de Mogador, detuvo su vuelo. Se posó en la parte más alta de la celosía que cubría las ventanas.

El ceramista percibió de inmediato su presencia en ese umbral. Miró hacia la celosía y, contra la luz de la calle tan sólo pudo percibir la silueta diminuta de algo quieto e inquieto, casi confundido con las delirantes formas geométricas de la madera.

Pero no podía pensar un instante más en aquello porque tenía las manos, casi literalmente, "sobre la masa".

Trabajaba en su torno. Ese centro giratorio del mundo, de su mundo. Comenzaba a surgir entre sus dedos la pieza encargada por Jassiba que esta vez más que nunca deseaba que fuera perfecta. Ésta, como ninguna otra de las miles que habían tomado forma entre sus manos.

Él sabía que la perfección en su oficio nunca era producto exclusivo de un plan o siquiera un deseo. Que intervenían otros factores al lado de su manos, muchos de ellos azarosos. Y que incluso el azar mismo era como otras manos trabajando también con él, a su lado o en contra.

El fuego, al final, era el artesano mayor de sus obras. Lo que salía del horno era, en gran parte, el regreso de una moneda lanzada al aire. Él había aprendido a dominar una alta proporción de sus posibilidades. Pero nunca todas, por supuesto. Ser un verdadero creador es saberlo. Lo posible nos desborda en el oficio y en la vida. Ser un maestro del oficio no es dominarlo todo sino saber que se navega en flujos de la materia, que se remontan corrientes y se descienden.

Pero sabe también que cada gesto que se haga cuenta. El más mínimo temblor de un dedo sobre el barro que gira ahora entre sus manos cambiaría completamente el destino de lo que crea. Quienes lo miran sentado al torno podrían pensar que las formas ya estaban esperando entre sus dedos para surgir liberadas hacia la luz. Hacia nuestra mirada. Finalmente también hacia nuestras manos. En nuestra casa o en el mercado, cuando tocamos una pieza de cerámica tocamos las manos de quien la hizo. Tocamos una parte de sus sueños.

Y los sueños del ceramista mayor de Mogador eran hoy más extrañamente intensos, sin duda especiales. Había, esta vez, un ingrediente secreto: una parte de la tierra que tocaba en ese instante había sido mojada por el cuerpo de su amada. Tal vez nunca sabremos exactamente qué, ni en cuáles circunstancias. ¿Algunas gotas de su sangre, una que otra lágrima y un poco de saliva? ¿Algo más? Cada quien que imagine cómo y dónde se humedecieron profundamente y más de una vez, las manos del ceramista mayor para secarlas al instante en un poco de tierra al lado de la cama de su amante.

Como el encargo de Jassiba era el de una obra de barro que fuera consagración de dos amantes, pensó que sería apropiado recurrir a la memoria amorosa de sus manos sobre el cuerpo de su amante.

Esta pieza iba siendo la más bella y contundente de sus obras. Pero no estaba satisfecho todavía. Cualquier otro hubiera pensado que ya era perfecta. La mejor de sus creaciones. Él aspiraba a superar todo lo que había hecho antes y no sabía cómo dar ese salto. Que no necesariamente era hacia adelante. Algo impredecible le faltaba. "Tal vez lo adquiera con el fuego", pensaba escéptico.

•••

Tarik Razaali, el ceramista mayor de Mogador, vivió y murió cultivando tres pasiones que aspiraba a convertir en una sola.

La primera: crear piezas excepcionales de cerámica. Toda una vida se le había ido en ello y convertirse en maalem, en gran maestro, había sido una consecuencia feliz pero insuficiente. El reto siempre nacía de nuevo entre sus manos.

Segunda pasión: ser un amante esmerado y que sus manos fueran tan diestras y audaces sobre su amada como habían aprendido a serlo sobre el barro. Él era consciente de que el deseo radical de "ser amado" se había mezclado con su deseo de hacer piezas perfectas, justo como el agua se mezcla con la tierra.

Su tercera pasión: concebir su vida como un camino ascendente hacia la perfección en esas dos artes: la de amar y la del barro. De ese camino hacía, literalmente, una religión. De cada amante una diosa. Y de cada uno de sus gestos amorosos una oración, un ritual.

A nadie extrañará entonces que sus creaciones de ceramista fueran descritas como "poemas de arcilla". Y que cuando a Tarik le preguntaban, inútilmente pero con insistencia, si se sentía artista o artesano, él respondiera siempre: "yo sólo soy un amante del barro".

Me dicen que cuando acariciaba a una amante parecía escucharla con los dedos, como quien aprende a descifrar sobre cada cuerpo desnudo una escritura secreta. Él más bien afirmaba que "cada cuerpo amado esconde una revelación mayor y sólo a ciertos amantes esmerados se les da, en ocasiones, el privilegio de distinguirla, de presenciarla, de sentir que ese cuerpo ejerce sobre ellos su poder absoluto, es decir, divino".

Tal parece que era un amante artesanal, un apasionado extravagante, un artista obsesivo. Un hombre religioso pero sólo dentro de su propia religión de amante: era un hereje de barro.

Y ese día estaba en su torno adorando ritualmente esa tierra condimentada por la humedad de su amada cuando aquel insecto tenaz se posó en el umbral de su ventana.

Tarik volvió a concentrarse en el barro mientras el insecto voló sobre su cabeza dando una vuelta y otra como si el ceramista estuviera en el torno del insecto, modelado por él, por su vuelo y su extraño zumbido. ¿Era un zumbido? Sobre todo porque cada vez que ese sonido se intensificaba acercándose a los oídos del ceramista, algo diminuto en su cuerpo se crispaba. Una vibración de sus cejas, los vellos del brazo que se le erizaban. Algún otro humano podría no haberlo notado. El insecto sí. Y con su danza ritual comenzó a dialogar con esos gestos mínimos del ceramista, por supuesto incitándolos.

Tarik trataba de ser indiferente al vuelo perturbador y concentrarse en su obra excepcional. "Ni un parpadeo", se dijo. Pero fue creciendo, también entre sus manos el deseo de aplastarlo.

Como ni siquiera podía verlo detenidamente no sabía si era abeja, avispa o mosca. Recordó finalmente la amenaza devoradora y sedienta que cruzaba el desierto. Sintió un escalofrío. Pero logró concentrarse de nuevo en el barro que giraba frente a él. Estaba modulando con precisión la boca de la pieza, sintiendo la sensualidad de su textura y lo levemente abultado de sus labios.

El volador percibió en los gestos mínimos de Tarik ese tenso interés en el barro y lo sintió, inevitablemente, como una invitación. Sus giros, de golpe, tomaron como centro la boca abierta de cerámica y a ella se dirigieron veloces.

Tarik, fijo en el movimiento de la pieza, nada pudo hacer para evitar que el volador se metiera en el fondo más negro del jarrón naciente. Ahí adentro se detuvo y, en esa sombra concentrada, en esa noche diminuta, Tarik descubrió de golpe de qué insecto se trataba: ¡era un cocuyo! Un pariente de las luciérnagas con aspecto y tamaño de grillo. Un animal luminoso en la obscuridad. Los cocuyos crecen en los cañaverales que rodean a Mogador. La gente los cuida pensando que el alma de los muertos se alberga en su luz. Y como prueba de ello siempre han constatado que cuando uno de estos insectos pierde la vida, su luminosidad continúa. Su luz no muere con ellos. Por eso también están presentes en la poesía de Mogador. Tanto que si un poema, una canción o una danza no tienen gracia se dice que "les falta cocuyo". Que les falta luz.

Al identificar al insecto inesperado, Tarik brincó. Su salto marcó torpemente a la pieza con la huella de su asombro. Algo que nunca hubiera hecho con toda intención. Pero fue mucho mejor que haberlo atrapado adentro cerrando la boca de barro, como lo deseó por un instante. El cocuyo se le había metido por los ojos, desde adentro le había empujado la mano, le había robado la respiración. Y ese tropiezo le había hecho producir la obra que, ahora sí, y por lo menos en ese instante de plenitud, podía parecerle perfecta.

Se detuvo, la miró de lejos, pensó: ahora sí, debo dejarla secar antes de entregarla al fuego. Espero que a Jassiba le guste.

•••

Esa misma tarde, Zaydún en su estudio toma un libro sosteniéndolo con las dos manos, exactamente como Tarik estaba tomando su vasija para cambiarla de un torno al otro. Hacían el mismo gesto ritual, sin saberlo. Uno con barro, otro con papel en las manos. Ambos se unen a todos los hombres que lo han hecho antes. Y a mí que estoy a punto de hacerlo con este libro donde leo sus historias.

Zaydún abre y hunde su mirada en ese volumen de Ibn Hazm llamado *La ley de Jamsa*, pareja secreta, todavía no traducida del árabe, de su libro más difundido, el ya clásico tratado del amor y los amantes, *El collar de la paloma*.

Descubre, por cartas y testimonios incluidos en esa edición, que mientras Ibn Hazm trabajaba en su célebre teoría del amor, la vida y su poesía venían a interrumpirlo a cada paso. A metérsele entre las palabras eruditas obligándolo a realizar un segundo libro, casi un diario, más bien un recuento de obsesiones. Incluye tanto ideas como revelaciones, cuentos nuevos y viejos, aclaraciones no pedidas pero que él siente necesarias, sensaciones convertidas en relatos, miedos, memorias, anhelos, secuencias fieles y aparentemente inconexas de eso que podríamos llamar "su búsqueda". Un género de géneros literarios que en aquella época llamaban *adab*. Todo organizado bajo cinco estaciones simbólicas de su recorrido. Una por cada dedo de la mano.

Zaydún descubre así que la teoría del amor de Ibn Hazm está en el más conocido *Collar de la paloma,* su sombra vital, casi desconocida es *La ley de Jamsa*. Fue subtitulada por sus editores posteriores, *Un Kama Sutra involuntario,* dando a entender que mientras en *El collar de la paloma* toda sabiduría era premeditada, en el otro ideas e historias eran casi una cadena de accidentes que se fueron produciendo por extrañas circunstancias, como en la vida.

Zaydún comenzó a tomar notas y escribir sobre *El collar de la paloma* y *La ley de Jamsa* cuando, de pronto, como el insecto tenaz del ceramista, en la vida de Zaydún se metieron sus pasiones obsesivas. Y comenzó también a dar cuenta de ellas. Pasó un tiempo para que tuviera conciencia y aceptara que ésa era su propia *Ley de Jamsa,* su particular sombra viva, su propio *Kama Sutra involuntario.* Y finalmente confesó:

"Esta suma de lo que soy y lo que no quiero ser es como mi huella que se lleva el viento, mi palma en la arena, mi oasis frágil, mi voz convertida en un soplo que se mete en los personajes que describo, comenzando por mí, por mis sueños. Una invención como cualquier otra."

•••

II.
Mi palma
en la arena

Pulgar

El dedo gordo o pulgar es en varias culturas símbolo de voluntad, de intención y de fuerza. Hay quienes creen equivocadamente que toda la mano es dominada por el pulgar. Se piensa que en él reside la posibilidad y el derecho de apretar. "La pinza de la mano" no existe sin el pulgar. Es, dicen, el dedo que mata.

Pero también simboliza la destreza y la sutileza. Las cosas pequeñas se sostienen con la punta de este dedo y con el que sigue. Así lo sutil gira, lo diminuto es acercado al ojo. Fuerza, pero también precisión.

En una tribu saudiana se dice que alguien "es buen amante, como dedo gordo". Por eso tal vez en varias culturas es el dedo de la pasión. Es la razón, acertada o absurda, que ve al mismo tiempo al deseo y a sus objetivos, y puede darle perseverancia. Es el dedo de las obsesiones, de la vitalidad obcecada.

En la mitología de la evolución se sostiene que el salto del mono al hombre se da cuando este dedo comienza a ejercer todas sus posibilidades. Y que hay una relación muy estrecha entre las habilidades de este dedo y el desarrollo de una parte del cerebro. Es un mito, dicen sus detractores, imaginado por alguien que sin duda se chupaba el dedo.

También se relaciona al pulgar con el destino, porque desde antes del circo romano el destino de muchos hombres ha sido definido cuando el poderoso pone su dedo gordo hacia abajo o hacia arriba. Por otra parte, se llama del destino porque se supone que en él se combinan la voluntad de los humanos para sostener las cosas o soltarlas, el azar que lo hace encontrarse con ellas y las cualidades que los dioses les dieron. El camino único e irrepetible que los dioses han trazado a los humanos se dibuja enteramente en la huella digital de su pulgar.

El pulgar también se relaciona con la vitalidad, con la luz del sol, con el fuego. A su base carnosa en la mano se le llama Monte de Venus, la diosa del amor. Dicen que el humano comienza a usar el fuego justo cuando la movilidad y destreza del pulgar se lo permiten. Y luego inventa la cerámica, hermana del fuego, cuya forma el pulgar define. El pulgar enciende el fuego y luego quiere saber cómo dominarlo. Es el dedo donde el fuego y el amor se hacen uno. Es por eso el dedo que simboliza lo radicalmente indecible. El vuelo sin regreso de los insectos hacia la llama.

También simboliza, como dedo inicial, las explicaciones no pedidas pero dadas con cierto irresponsable desenfado, con ganas de desplegar un mapa de intenciones y goces. Y dicen que con ese dedo, en algunas vidas ardientes, todo comienza.

La pasión, realidad de los sueños

Donde el sonámbulo, lleno de deberes urgentes, algunos amorosos,
se deja interrumpir por la vida, pero también se deja ordenar
o desordenar por los sueños y termina entregado
al trabajo de obedecer la secuencia
muy accidentada de sus
obsesiones y
voces

•

Hoy de nuevo se cumplió mi pesadilla. Suena el teléfono con insistencia. Lo dejo pasar porque trato de concentrarme en lo que estoy escribiendo. Necesito entregarlo esta semana a la revista que edito. Estoy entusiasmado trabajando sobre una especie de Kama Sutra árabe que escribió en el siglo XI un filósofo y poeta que cada vez admiro más, Ibn Hazm, y necesito concentración. Su manual del amor es más rico que un Kama Sutra, entre otras cosas porque es dinámico, es decir, en vez de concentrarse en un repertorio de posiciones hace del acto amoroso una verdadera danza de asombros, una coreografía donde cada movimiento sutil cuenta. Y, además, ayuda a pensar el amor, a reaccionar mejor ante las situaciones imprevistas que nos presenta, ayuda a vivir. Nos deja la impresión de que amarse es hacer un poema con los cuerpos, con las vidas que se entrelazan intensamente. Predica con ejemplos, no da lecciones con el dedo profesoral levantado. Porque casi diría que es un Kama Sutra involuntario. Enseña mostrándonos situaciones vividas, no dándonos una severa lección sobre lo que debemos hacer.

Y el erotismo lo alcanza a cada giro de sus palabras llenándonos de emoción cuando lo leemos.

Pero el teléfono suena de nuevo. Estoy tan distraído que por unos segundos confundo su timbre con las chicharras que comienzan siempre a cantar a esta hora alrededor de mi casa. Su canto me gusta, me acompaña como un misterio que no alcanzo a descifrar ni trato de hacerlo. El teléfono vuelve a sonar. Ahora inconfundible. Una, dos, tres veces, lo dejo pasar. Pienso en desconectarlo pero no quiero interrumpir lo que estoy haciendo. La quinta vez me convenzo de que puede tratarse de una urgencia. Finalmente me levanto a responderlo. Me habla una editora de poesía, que no conozco, para invitarme a un nuevo festival de literatura erótica en Myanmar, que ella comienza a organizar y me pide un texto para la antología del festival que ella misma editará.

Unas vez más me encuentro tratando de explicar que yo no me dedico a ese tipo de literatura que llaman erótica, que se ha equivocado conmigo, que ni siquiera me gusta. Que incluso me disgusta por su obviedad. Entonces me dice que eso no es posible, que le miento, y me recita párrafos enteros de mis libros. Veo que ha recorrido mis novelas y mis poemas y hasta mis ensayos. Los dice con energía y sin tropiezos. Hasta me apena un poco estarlos oyendo y no me atrevo a colgar. No sé si los lee o los sabe de memoria. Pero de pronto interrumpe para respirar. Me doy cuenta de que está excitada. Muy excitada. Me lo dice y eso la excita más. Grita. Sigue gritando. Se supone que debo sentirme alagado, y en parte, torpemente lo estoy, aunque sepa que todo eso es labor de ella, de su imaginación leyendo mis palabras. Yo nunca podría haber calculado que esta conversación fuera posible. Nunca, y siento que me hundo en una trampa del narcisismo si sigo escuchando. Definitivamente quiero colgar el teléfono. Me pide que no lo haga. Escucho su respiración alterada todavía. Me suplica que espere. Respira hondo dos veces y dos veces más. Retoma su insistencia en invitarme.

Me siento desarmado, incómodo, pero también algo divertido. Casi sin palabras. Trato de explicarle la diferencia entre lo que yo escribo y lo que la gente conoce como literatura erótica. Me dice que lo que quiere incluir en su festival y en su antología es lo que yo hago, llámese como se llame. Que quiere un texto cálido. Más que cálido, caliente. Que despierte en lectores y audiencia del festival ese efecto que ella conoce en carne propia.

¿Un texto caliente? La palabra texto ya tiene todo para enfriar a cualquiera. Y, en la literatura, todo lo que con demasiada intención pretende ser caliente muy pronto se congela. ¿Qué es un texto caliente? Le digo que yo no sé cómo hacerlo. Que su petición parte de un equívoco. "Yo no soy el que usted busca".

Para demostrarme lo contrario recita mi nombre completo y todo lo que sabe de mí: "Aunque firma sus libros simplemente Zaydún se llama Ignacio Labrador Zaydún. Su madre es descendiente lejana del poeta andalusí Ibn Zaydún y usted ha estado coqueteando con recuperar su memoria al usarlo como nombre de pluma."

Ella no sabe, y yo no le explico, que mucho más que recuperar la memoria muy antigua de la familia de mi madre, estoy huyendo de la incomodidad de apellidarme Labrador, como una raza de perros, después de haber sufrido burlas repetidas todos mis años de escuela. Llamarse Labrador es como llamarse Pastor Alemán o French Poodle. Desde niño decidí quitarme ese nombre a la primera oportunidad. Llegó al publicar mis poemas en revistas escolares. Y seguí haciéndolo. Mucho tiempo después averigüé lo del poeta árabe de Córdoba, Zaydún, y me pareció divertido recordarlo. No puedo estar seguro de que sea pariente de mi madre. Él vivió en el siglo XI, como Ibn Hazm. Y tener el mismo nombre no significa necesariamente que lo sea.

Me abstengo de contarle todo eso a la editora myanmaresa. Pero ella continúa demostrando que sí me conoce al recitar el título y la trama detallada de casi todos mis libros, mi trabajo como editor de la más extravagante de las revistas eróticas, *El Jardín Perfumado*, los artículos que he publicado recientemente en ella y en otras, el nombre completo de cada una de las esposas que he tenido y hasta el nombre de una amante. La única. Me dice que sabe que he tenido cuatro esposas pero que he sido fiel a una sola amante toda la vida. La mujer de la que me enamoré cuando conocí el puerto de Mogador, Jassiba.

Me describe el tiempo que me dediqué a ser contador de historias en la plaza pública de Mogador. El extraño viaje de regreso. La fecha de cada una de mis bodas. Me dice también la fecha exacta de la revista en la que salí desnudo hace algunos años. El libro de tiraje limitado en el que hice lo mismo con una modelo. Me da un escalofrío. Le pregunto que si trabaja para la policía. Me dice que no sea ridículo y no me ponga paranoico. Que todo lo que sabe sobre mí son datos publicados. Que están en cualquier página de internet. Y tiene razón. Pero eso no significa que yo sea exactamente el escritor erótico que ella imagina.

Tal vez lo sea sin quererlo, me aseguró. Y entonces pronunció por primera vez las dos malditas palabras que me acompañarían en todas las reseñas, las solapas y las presentaciones de mi trabajo: "erotómano involuntario". Qué horrible etiqueta.

Y remató: "Si no es usted exactamente quien yo pienso, quiero ser sorprendida. Venga a mi festival. El país es maravilloso. Su gobierno es todo lo contrario pero nosotros trabajamos como ONG, independientes y por la gente. Es el último rincón del mundo que ha escapado hasta ahora a la globalización que todo lo iguala. Le voy a enviar unas fotografías de la antigua ciudad de Bagán para que lo seduzca el escenario maravilloso donde leeremos su poesía."

La mención de Bagán me distrajo. En realidad ahí comenzó a interesarme su invitación. Ella no sabía que siempre he querido conocer esa planicie de dos mil templos sorprendentes, he visto cientos de fotografías y leído todo lo que me ha caído en las manos. El viejo Bagán fue la capital del Tantra Yoga en el siglo XI. Uno de esos lugares construidos en el mundo por una pasión desbordada. Y eso es aún evidente en cualquier fotografía: todo el horizonte es una efervescencia de templos como llamaradas. Marco Polo la describe a finales del siglo XIII, poco antes de su declive, como una ciudad de torres de oro y plata que de día compiten en brillo con el sol y en la noche con la luna llena. Y que en lo más intenso de ese resplandor, cegando la vista pero invitando a mirar con los otros sentidos, se llevan a cabo los más notables rituales del amor que él haya conocido en todas sus travesías. Marco Polo afirma, curiosamente, que los baganeses en esa época ya eran tan esmerados amantes como poco guerreros, al grado de que Kublai Khan tomó la ciudad con mil ciento treinta y cuatro bailarinas de su corte, novecientos músicos y ochenta y un malabaristas en vez de soldados.

Dice Marco Polo que por razones naturales y sobrenaturales, Bagán era la capital cultural del sudeste asiático y que el río Ayayarwady que la acaricia, de verdad canta cada mes, cuando lo toca la luz de la luna llena. "Con una voz como de seda deslizada entre las manos, entre las piernas."

Un viajero inglés del siglo XVIII, Michel Symes, afirmaba que sólo un pueblo que ejerce una práctica meticulosa del amor puede construir con tal sutileza esos miles de edificios cubiertos de texturas detalladas y sensuales que ahora están en ruinas. Viajeros y arqueólogos del siglo veinte se imaginaron una ciudad entera donde la práctica del Tantra era la lógica primordial de la convivencia ciudadana. Donde conocerse a fondo era adorar, con todo el cuerpo, lo divino que hay en los otros. El clásico saludo, "nemasté", que normalmente significa "reconozco lo sagrado que hay en ti", en Bagán se refiere exclusivamente a eso sagrado a lo que sólo se llega a través del sexo de la persona a quien se está saludando. Como si dijéramos, "reconozco lo sagrado que esconde y muestra tu sexo".

Quisieron incluso ver en la traza misma de la ciudad un mandala de esas prácticas adoratorias. Y quienes han ido recientemente dicen que sobrevive un tipo de masaje ritual que aún se reclama del Tantra. Un viajero del occidente africano, del Magreb, miembro de la familia de Al-Ghazali, escribió en el siglo XII que "Estar en Bagán es pensar en una ciudad encantada por el deseo, regida por la magia de vivir en esa dimensión de la vida en la que lo visible y lo invisible son sólo uno y los deseantes se comportan como sonámbulos."

Al mencionar Bagán, la insistente myanmaresa debilitó mi oposición con una fuerza que ella no podía sospechar y que por supuesto no le mostré. Por lo tanto, convencida de que no era suficiente lo que hasta ahí me había dicho, continuó con otros argumentos. Me describió con increíble entusiasmo la fascinante y ecléctica ciudad puerto de Yangón, la mágica Mandalay, el lago Inke. No parecía tener fin:

"Y en un valle a seis horas de Bagán verá, como un milagro, una montaña delgada y alta que se levanta como un dedo de la tierra señalando al cielo. Es el Monte Popa. En su punta hay un monasterio, el más bello de Myanmar. Se sube caminando descalzo un par de horas acompañados de miles de monos. Pero alrededor del monte, entre la hierba alta que ocupa cientos de metros cuadrados, miles de chicharras cantan al atardecer. Lo hacen de una manera tan apasionada que conmueven a cualquiera. Se sabe que estos animales cantan así para aparearse sabiendo que será su momento más sublime y también que lo harán por última vez. Atraen a su pareja, siguen cantando mientras se cruzan con una energía tan desbordada que ha sido medida por los científicos, y mueren después."

Luego regresó a su tema principal: "Será el primer festival literario después de muchos años de censura. Por favor deme para la antología el texto que usted quiera, un texto cálido sobre este equívoco que trata de describir. Si tiene tanto interés en explicar esa supuesta diferencia entre lo que escribe y la literatura erótica, si de verdad puede hacerlo, hágalo con el texto que le pido."

Y ahí, en ese momento, caí en la trampa. Al sentir equívocamente que la situación había girado de sus términos a los míos, como si de verdad yo hubiera sentido antes esa necesidad de explicarme que ella venía de crear, tuve la enorme debilidad de aceptar su reto. Y me vi de pronto comprometido a entregar un texto que yo no había deseado, ni tenía tiempo de hacer, ni sabía por dónde comenzar. Situación típica de mi vida de escritor. Y de amante, añadiría Jassiba si me oyera ahora.

Y además, para cumplir este compromiso recién adquirido tendría que interrumpir de nuevo el final de mi relato-ensayo sobre Ibn Hazm y su Kama Sutra involuntario.

En cuanto colgué el teléfono me sentí un completo idiota. Un malestar incierto me llenó el cuerpo hasta producirme un claro gesto de disgusto en la cara. Y una exclamación de hastío, de asco, de enojo conmigo mismo. Me escuché haciendo un sonido extraño, como un ligero

y ridículo gruñido. Un coro inmenso de chicharras ena-
moradas hizo que me dolieran los oídos. Y entonces desperté.

•••

El gesto de disgusto seguía en mi cara. Me levanté para ir
al baño y me vi en el espejo haciendo la mueca que había
soñado.

Me dio un poco de risa mi rostro contraído por un
sueño, mi angustia, mi incomodidad. Y sentí alivio por no
tener entre mis urgencias del día ese extraño encargo de
escribir sobre los efectos de un texto caliente. Luego volví
a pensar en la ciudad antigua de Bagán y sentí algo de
tristeza y añoranza porque no iba a conocerla pronto.

Obviamente había metido en mi sueño mi deseo
de estar en Bagán, de buscar las huellas del deseo de otras
personas convertido en un inmenso jardín de miles de
templos, monasterios y estupas tántricas. Me reí de la
obvia proyección de mis obsesiones. Y sentí algo de nostalgia por esa parte de la realidad que había soñado.
Mientras me lavaba los dientes, con la boca llena de espuma, sentí la tentación de repetir el rugido ridículo que
había hecho en el sueño. Lo hice casi idéntico. ¿Y las
chicharras?

Entonces sonó el teléfono. Me alegré de no poder
contestar de inmediato, con la boca llena de pasta de
dientes. Y lo dejé sonar una y otra vez. Insistieron. Por
un momento estuve seguro de que era la mujer de Myanmar, la típica editora de poesía metida a organizar festi-
vales. Y la curiosidad casi me obligaba a contestar el
teléfono. Por un momento no sabía si quería o no quería
hablar con ella. Un instante de duda me hizo desear que
fuera ella. Pero era imposible, esa mujer sólo existía en
mi sueño.

Y justamente cuando recuperé conciencia y certeza de su inexistencia, fue cuando de verdad tuve el deseo más intenso de que sí existiera. Podía imaginarla toda si quería. Comencé a pensar en ella como la mujer más bella de Myanmar que pronto conocería. Inventé su cara a partir de su voz, sus movimientos a partir de sus vocales, su pubis a partir de sus silencios. Sus ojos a partir de su respiración agitada. Me di cuenta de que no tenía remedio: estaba completamente enredado en la voz de la mujer de mi sueño. El deseo me había tendido de nuevo una de sus trampas.

Pero, esta vez, no contesté el teléfono. Aunque es cierto que no fue por voluntad o disciplina sino por estar precisamente sumido muy hondo en mis anhelos laberínticos.

Poco después, cuando estaba ya sentado en mi mesa trabajando de nuevo, sonó el teléfono y sin una pizca de duda me levanté a desconectarlo.

Pero cuando más concentración en mi relato necesitaba, una y otra vez surgía en mi memoria la voz de mi imposible anfitriona haciéndome su encargo desde el lejano sudeste asiático. Ella ya no necesitaba teléfono para interrumpirme, para perturbarme profundamente. Yo llevaba su voz adentro.

Y de nuevo me preocupó sinceramente la pregunta que me había hecho entonces. ¿Qué es para mí un texto caliente? ¿Dónde reside la temperatura de las palabras y comienza la dimensión sensorial de lo que se escribe? Como siempre he sido alguien que se deja guiar más por obsesiones que por disciplina, la pregunta se convirtió en ave que regresa, en zancadilla repetida, en la lluvia tropical de mis tardes.

Y así fue como, instalado en la naturaleza más absurda de mi oficio, me encontré tratando de responder a un encargo y a una pregunta que me habían hecho en sueños. Era el colmo. Y, además, sin nadie que lo pague ni lo publique. Y así comencé a tejer este testimonio sobre la pasión como fuego vital que también puede ponernos al borde de la muerte. Más una reflexión nómada sobre mi camino a partir de experiencias erráticas que la invocación poética con la que otras veces emprendí esta búsqueda. Me doy cuenta de que decepcionaré a quienes sólo esperen la magia de otros días. ¿Por que me obsesionan ahora estas torpes preguntas que me brotan hasta de los sueños? ¿Qué sentido tiene todo esto? ¿De qué equívoco estoy hecho? ¿De qué naturaleza torpe y cambiante es mi deseo? ¿Puedo de verdad hablar con ironía de mí, de mis búsquedas más torpemente sinceras? ¿Puedo pensar que he sido un disparate enamorado camino a su final, camino al fuego? ¿Soy esta evidente dispersión de intensidades cuya razón obedece a un sueño? Soy Ignacio Labrador Zaydún y soy otro a cada instante.

La pasión, fuego vital, fuego mortal

*Donde el sonámbulo, fiel a sus obsesiones, trataba de reflexionar
hasta que estuvo a punto de ser asesinado por un marido
celoso que tampoco podía reconocer la diferencia entre
las obsesiones soñadas y las que en la vida
tienen materia, aunque sea blanda,
y aquí se dicen cosas y casos del
magnetismo más mineral que
animal que rige la vida
de los cuerpos
deseantes*

•

Nunca he sabido exactamente en qué consiste la fuerza extraña que vuelve cálido un texto. Aunque ya sería tiempo de que lo averiguara. Veinte años siendo editor de la revista erótica *El Jardín Perfumado*, especie de *Playboy* más cosmopolita (menos rubias y más costumbres eróticas de otros pueblos), llevan a la gente equívocamente a pensar que soy un especialista en esos temas. Pero, si soy sincero, entre más pasa el tiempo y más cosas me suceden menos sé del asunto. Más ridículo me siento y menos idílicamente erótico. Tal vez el erotismo y la pasión siempre son ridículos. Y por un instante magnífico nos engañamos pensando que son sublimes.

Y conste que hablé de un texto cálido y no erótico. El término mismo de "literatura erótica" me parece molesto y falto de interés. Es como una de esas declaraciones de principios de los políticos, casi siempre vacías.

No hay nada menos erótico que un libro o una revista que llevan esa intención en la portada. Se vuelven un saco roto donde se echan cosas que no vienen al caso: torpezas disfrazadas de osadía, frustraciones algo estúpidas, vociferaciones visuales y escritas, eyaculaciones del temperamento y muy poca sensualidad verdadera.

Sin embargo, la temperatura que un texto produce en el cuerpo de algunos lectores es un hecho innegable. Hay historias que nos trastornan, que se nos suben a la cabeza o a otras partes del cuerpo. Porque es bien conocido que los hombres con mucha frecuencia pensamos con el sexo. Y claro, las mujeres también.

Eso que cuando se menciona es visto como un defecto de las personas a mí siempre me ha parecido una cualidad. Poder pensar con el sexo es un privilegio. Nada más vital e inquietante que una idea firme que se acerca lentamente hecha cuerpo y nos envuelve. Nos hace renacer.

Detesto por eso a las Iglesias, a las causas políticas o sociales, a los grupos e incluso a las pasiones que nos invitan a sacrificar la vida en su nombre. Por fidelidad a sus principios matan, no sólo a las personas sino a las muchas maneras de afirmar la vida. Entre ellas, matan el erotismo.

En mi columna semanal "Tocar tus sueños piel adentro", que desde hace años escribo en la última página de *El Jardín Perfumado*, me he puesto a explorar palmo a palmo un tema que para muchos de los lectores de la revista resulta demasiado sutil y alejado de sus intereses inmediatos. Aunque a otros les interesa tanto como a mí: he querido saber cómo es la vida de ese animalito peligroso, muy traicionero, que con frecuencia llevamos dentro y al que, como si fuera un perfume azucarado damos el nombre pomposo y un poco cursi de *Deseo*.

Me gusta observar cómo se manifiesta y se oculta. Gozo enterándome con detalle de sus caprichos. Y compruebo día a día que no tiene nada de cómoda mascota, que es más bien indomable, con frecuencia es incluso impredecible.

Cuando veo, escucho o siento que el deseo relampaguea en mí o a mi alrededor, me pongo a escribir. Soy su cronista amaestrado.

En esa columna, donde lo mismo publico crónicas que relatos y poemas, he tratado de estar atento al deseo. Sobre todo al deseo de las mujeres. He querido observarlo y contarlo a mi manera, con mis limitaciones. Y en cuanto creo avanzar un poco se me viene encima la evidencia de que es muy poco lo que logro comprender; de que tengo que tratar de ser más sutil y delicado y nunca suponer que el tema es completamente dominable.

Más de una vez una mujer desnuda a mi lado me ha dicho: "Ignacio, no entiendes nada del deseo femenino". Lo he aceptado como un regalo radical: el de la sinceridad que nos permite ver de verdad dónde estamos y con qué limitaciones. Y cada vez he comenzado de nuevo mi búsqueda.

Para ello siempre tengo que regresar al cuerpo de una mujer. Fuente de todo el conocimiento que importa. O más bien que me importa.

Lo primero sin duda, al tratar de conocer el deseo de una mujer es averiguar dónde comienza de verdad su piel y qué forma tiene. Y eso sólo puede hacerse tocando. Claro que se toca también con los ojos, con la voz, con todas las extensiones y transformaciones del tacto. Y el problema que parece simple es en realidad uno de los más complejos porque la piel de una mujer se extiende y se contrae de manera invisible a la mayoría de los hombres.

Aunque algunos no lo quieran aceptar, las mujeres crean con la piel, alrededor de ellas, algunos ámbitos impresionantes. Espacios amplios o estrechos, muchas veces laberínticos. Espacios invisibles para la mayoría pero muy presentes siempre. Espacios que nos seducen o nos alejan. Y si tenemos mucha suerte nos acogen. Hay ámbitos devoradores y otros más bien rasposos. Incluso picantes.

Algunos prometen, atrapan, tuercen el rumbo y repelen. Otros son como verdaderas montañas rusas: roban el aliento a cada curva, y nunca te abandona la sensación de que uno va a salir disparado en cualquier instante. Se tiene una necesidad de aferrarse hasta con las uñas y un vértigo que dura varios días.

Tocar la piel de una mujer es algo que comienza cuando menos se espera. Incluso, claro, a cierta distancia. Y lo triste a veces es no haberse dado cuenta. Con mucha frecuencia pisamos inadvertidamente esa piel que delicadamente se nos acerca. Y el otro día, en un restaurante de mariscos, casi di un golpe con mis torpes caderas al rostro bellísimo de una mujer morena sentada en una mesa vecina a la de unas amigas cuando de golpe me recliné para saludarlas con un beso.

Nunca lo repetiré lo suficiente: reconocer la piel de una mujer es un reto enorme para la percepción más bien limitada de los hombres.

Yo no sé si tantos años aplicando y pensando el maquillaje hace a las mujeres más conscientes de esa pluralidad formal de su piel. El caso es que los hombres somos bastante ciegos a este fenómeno de irradiación y extensión cutánea. Somos como aquellos legendarios habitantes de la isla del Pacífico que describe meticulosamente Oliver Sacks, los ciegos al color. Los hombres somos genéticamente ciegos a las transformaciones de la piel amada. No vemos muchas veces esta arquitectura móvil del cuerpo femenino y sus afectos. Por lo que me he pasado la vida tratando de ser sensible a esa manifestación de su piel.

•••

En ese reto estaba pensando el otro día que me tocó leer uno de mis cuentos en el festival literario de Berlín y sentí una especie de oleaje venir del público hacia mí conforme iba avanzando en la lectura.

Nunca supe exactamente cómo comenzó pero de pronto me di cuenta, después del tercer o cuarto párrafo, que un par de mujeres en la tercera fila me estaban tocando el cuello y los labios con la mirada. Sus ojos recorrían mi cuerpo lentamente, como dedos firmes y ávidos. Vi sus manos moverse tan sólo un poco, como sonrisas amenazantes.

Pero con la extensión de la piel de sus brazos habían saltado hasta mí, hasta mi boca, por el puente de mis palabras. Como un camino muy fácil de recorrer. Muy pronto otros brazos y otras manos de mujeres en el público iban por el mismo puente colgante.

Me iba sintiendo emocionado pero también presentí el peligro de ahogarme en ese oleaje invisible para otros y que antes yo no conocía.

Disminuí la velocidad de mi lectura para ir avanzando con más tiento pero eso pareció empeorar las cosas. Al detenerme brevemente, al introducir uno o dos segundos de silencio, aquellos brazos desde lejos me estrechaban de golpe y casi me asfixiaban. Sus ojos me mordían. Una mujer en la quinta fila, con un pecho muy prominente y escotado, lo extendió hacia mí pellizcándome los labios con la línea comprimida entre sus senos. Me costó aún más trabajo respirar y seguir leyendo.

Lo hice con la conciencia de que mi voz salía de ahí, desde la profundidad de esos senos. Se me corta de nuevo la respiración al recordarlo. Pero fue justamente la respiración de otra mujer en la primera línea lo que llamó mi atención y me hizo continuar y luego sentirme responsable de su aliento. Como si al hablar yo fuera dándole aire, ritmo a su aire. Y en su boca entreabierta fui depositando una a una cada sílaba. Recuerdo la textura de sus labios, línea a línea, de afuera hacia adentro de su boca. Y mi emoción al ver de pronto la punta de su lengua.

Ya para entonces, sin darme cuenta totalmente, iba poniendo sílabas en todas las bocas del público, y comencé a notar cómo algunas mujeres apretaban las piernas y otras las aflojaban. Sentí sobre mis mejillas, como abanicos diminutos y mal acompasados, el aire que con todos sus cuerpos esas ciento quince mujeres y uno que otro hombre en la sala movían hacía mí.

Fue entonces cuando me alcanzó, como una segunda ola descomunal, el aroma de mar que con frecuencia acompaña al deseo en las mujeres, emergiendo como un perfume indomable entre sus labios vaginales, impulsado en el aire por aquel leve pero continuo aprieta y afloja que sólo yo parecía notar.

En la parte final de mi lectura tenía la impresión de estar flotando. No tenía los pies, ni nada en tierra y todo mi cuerpo pasaba de mano en mano, de boca en boca.

No podía imaginar qué sucedería en cuanto terminara de leer. Entraron de golpe los organizadores anunciando que nos habíamos tomado casi media hora de la lectura siguiente y no daba tiempo de preguntas y respuestas. Mientras se escuchaban protestas, y uno que otro suspiro, me sacaron por una puerta trasera. Yo estaba agotado pero muy feliz. Una sensación muy cercana a haber hecho el amor con varias mujeres me invadía: no como cuando se hace con una sola persona y se le conoce a fondo sino como cuando uno es objeto del deseo de manos y bocas y piernas y sexos múltiples y todo se vuelve más un juego loco que una experiencia de conocimiento gozoso y exploración minuciosa de la amada con los lenguajes del cuerpo. Terminé así exhausto y estúpidamente sonriente.

No recuerdo en detalle lo que leí aquella vez pero creo que no fue un cuento sino un fragmento de novela.

Debe haber sido esa larga y detallada escena en que Jassiba, la protagonista de mi último libro, una mañana al despertarse a mi lado en la cama, mientras yo estaba entre dormido, hizo el amor con el sol. En los días siguientes varias mujeres me dijeron que la pequeña sala del teatro berlinés donde fue la lectura se quedó como una olla de presión durante un tiempo y que seguramente muchas, desde ese día despiertan más atentas a los dedos madrugadores del sol sobre sus camas.

La mañana siguiente, uno de los escritores participantes en el festival, un venezolano que llevaba ocho meses viviendo en Berlín sin familia ni novia y que el día anterior me había contado que se sentía ya muy solo y friolento, se me acercó para decirme que ahora estaba muy feliz y en deuda conmigo.

Él no había asistido a mi lectura pero en la esquina se encontró a una alemana guapa que había estado ahí. La abordó de inmediato y ella le habló con entusiasmo de lo que acababa de escuchar. Le relató detalladamente las sensaciones que había tenido, especialmente en la boca y entre las piernas a lo largo de aquella hora y media de lectura.

En menos de diez minutos estaban haciendo el amor en un hotel cercano a la estación del metro, justo frente al café donde se habían conocido.

Pero al tercer día mi nuevo amigo venezolano llegó muy triste a contarme que ella no quería ya ni detenerse a tomar un café con él y mucho menos regresar al hotel. Emocionalmente destrozado, afirmó que me odiaba, que ella le había dicho sonriendo: "Entiéndelo, no se trataba de ti ni de mí. Fue algo más fuerte que nosotros. No tiene nada que ver con que me haya gustado o no hacerlo contigo. Porque ni siquiera estaba haciéndolo contigo."

Si me lo hubieran contado o si hubiera leído eso en un cuento no lo habría creído. Pero ahí, en el Mitte: el barrio central del Berlín antiguo y recién unificado, esa semana de septiembre, todo comenzó a parecerme posible. Sobre todo desde el punto de vista erótico. Algo tienen las ciudades bombardeadas y reconstruidas que se vuelven metáfora de lo que sucede con los cuerpos después de que ha pasado sobre ellos el deseo: un ansia de vivir se apodera de todo y las ruinas comienzan a comportarse como bosques nuevos, son hierbas recién plantadas que se sueñan jungla.

De aquella lectura me llevaron, como decía, por la puerta trasera y con mucha prisa a una comida oficial del Festival de Literatura. Entre los patrocinadores había algunos de los mejores restaurantes de Berlín que ofrecían cada día a una docena de personas, la mayoría escritores participantes en las lecturas, una comida muy especial.

Ésta se nos ofreció en uno de los hoteles más antiguos de la ciudad y tenía un tema. La conversación debería girar en torno a la pasión. Al lado de un jardín de rosas, en el patio central de un viejo edificio, bajo el sonido de una fuente, una docena de personas comíamos delicias breves cuyo recuerdo sin nombre se me ha quedado en la lengua.

Poco antes del plato principal, una escritora sueca, moderadora de la mesa, nos invitó a mencionar y comentar nuestra mayor pasión. Fue elegida por los organizadores porque acababa de publicar, con seudónimo, un libro sobre todo lo que es posible hacer, desde la cocina hasta la cama, con la fruta de la pasión y con el kiwi. Aunque en ese momento tuve la certeza de que también fue elegida porque sabía poner sobre la mesa, ayudada por un amplio escote en forma de V muy abierta y extendida, los dos enormes frutos de la pasión que movía con mucha gracia y que nos tenían especialmente distraídos a todos los latinoamericanos como ecos de un trópico imposible.

Aunque a mí lo que me tenía literalmente enloquecido era su boca. Había en ella algo indescriptible que me llamaba y no podía hacer casi nada sin terminar mirando sus labios. Sentí que, poco a poco, mi preferencia pasional iba inclinándose hacia su boca. Una verdadera fruta de la pasión, pensé, más que ninguna otra parte de su cuerpo.

Su invitación resultó de cualquier modo algo abrupta. Para muchos no era fácil hablar de sus pasiones mientras comían y menos ante esa reunión de desconocidos masticando, como lo éramos casi todos alrededor de aquella mesa.

Varios escritores declararon que escribir era su pasión. Y lo hicieron con mucha compostura, sin los detalles ni las pequeñas o grandes perversiones específicas que todos tenemos en nuestro oficio. Esas primeras confesiones pasionales sonaron tan correctas y poco apasionadas que la moderadora pidió justamente lo contrario, algo de inmoderación. Y, sobre todo, que cada escritor confesara algo más que su obvia pasión por el acto de escribir.

Alessandro Baricco habló, ahora sí con enorme entusiasmo y casi salivando, de eso que desde los pies hasta los sueños lo enloquece: el futbol. Me di cuenta hasta qué punto podemos ser indiferentes ante las pasiones de los demás. Y no sólo porque el futbol me deja frío sino porque cuando él hablaba hacía gestos de pegarle a la pelota con la cabeza y sin duda pateaba a sus vecinos por debajo de la mesa.

Recordé, con un escalofrío, aquellos juegos dominicales a los que tuve que asistir cuando mi hijo, entonces pequeñito, jugaba futbol con entusiasmo. Y mi asombro de entonces ante una fauna de padres enrarecidos gritando insultos muy violentos a sus hijos de nueve años de edad para que le pegaran a la bola como sus padres les habían enseñado. Hombres que a la menor diferencia con el árbitro o entre ellos solucionaban todo a golpes. Y me imaginé a Alessandro entre esos padres apasionados, uno de aquellos domingos que parecían tan sanos vistos desde afuera, corriendo como tigre enjaulado a lo largo de la cancha con las manos siempre metidas en los rombos de la ruidosa barda de alambre. La red que cernía insultos, odios, deseos y órdenes de matar al contrincante. Pensé que tal vez así se ven todas las pasiones desde afuera, muy poco apasionantes.

A mi lado, una escritora serbia me dijo en voz baja que ese entusiasmo la horrorizaba porque, según ella, la guerra civil en su país comenzó dando armas a los fanáticos del futbol de los equipos serbios, bosnios y croatas. Dándole a los *hooligans*, a las bandas de porristas, la oportunidad de matar de verdad a los del equipo contrario. La pasión futbolera convertida en pasión armada, fácilmente asesina.

Un politólogo danés al lado de ella, al enterarse de que soy mexicano, mencionó con cierta saña su extraña opinión de que en México las más recientes crisis sociales tuvieron como detonador escondido la derrota repetida de la selección nacional en el futbol mundial. Que antes del campeonato las masas eran más o menos indiferentes y escépticas de los valores de cada candidato a la elección presidencial que tendría lugar una semana después. Que todos sus entrevistados mexicanos decían no saber por quién votar. O lo que es peor, no tener por quien votar. Pero que después del mundial, luego de que habían gritado irracionalmente por su equipo nacional creyendo de verdad que podría ganar aunque fuera malo, tomaron bando en grupo por uno u otro de los políticos inverosímiles y lo defendieron a muerte como si valiera la pena, como si fuera su equipo nacional, sin importar la mediocridad, que ya conocían, de su juego político. Que desde fuera parecía que todos en México, desde los periodistas seudoanalíticos de un bando u otro hasta el presidente, se comportaron de pronto como bandas enemigas queriendo asesinar al árbitro, como *hooligans* que ya no sabían ni contar ni cantar.

Con mi pasaporte levemente herido, es cierto, manifesté cierto escepticismo ante la opinión del danés. Por lo que él se apresuró a dejar clara su verdad, francamente pedante: "La pasión por el futbol ha generado varias guerras civiles, varias muertes, y muchos empequeñecimientos del cerebro desde las regiones amazónicas hasta el Río Grande."

Verónica Murguía, que era la escritora estrella del festival junto con Alessandro, tuvo como siempre la destreza de cambiar el tono obtuso que iba tomando la conversación y confesó que su única pasión absoluta era su marido, el poeta David Huerta. Quien no estaba ahí pero que más de un escritor alemán en ese momento estaba envidiando. Sobre todo después de esa confesión inesperada.

Como si no resultara lógico en la reunión hablar de una pasión por otra persona, la moderadora pidió la descripción de algo más como pasión: ni nuestros oficios ni nuestras parejas. Estuve a punto de protestar cuando me arrebataron la palabra. Un escritor colombiano vio la oportunidad de confesar la pasión que estaba creciendo en él por la moderadora. Y mientras lo decía no quitaba los ojos, torpemente, de su escote. Ella, en un gesto que podría pasar por timidez aunque no lo fuera, reía nerviosa, temblando un poco. Lo que en su pecho se convertía en un temblor desmesurado: una llamada de atención grande como un grito.

El colombiano al ver eso perdió el aliento mientras aspiraba una doble ah ah. La mayoría de la mesa también. Hubo luego un notorio silencio que la moderadora rompió con el lugar común de que pasó un ángel. A lo que el colombiano, mirándola fijamente al pecho respondió afirmando torpemente que "pasaron dos y no se han ido". Me pareció grosero y detestable. Y siguió masticando un bocado de carne, aunque más lentamente y sin despegar los ojos de los pezones enormes, cada vez más notorios de nuestra anfitriona. Uno de ellos, al ponerse duro daba la impresión equívoca de casi salirse del escote. Todos se daban cuenta sin decir nada y yo especialmente que estaba al lado de la moderadora y podía mirar a la vez su escote casi desde arriba y los ojos de todos atrapados en aquel doble movimiento incierto. Y sus bocas entreabiertas, sin control.

El director del festival, Uli Schreiber, se sintió obligado a romper el silencio incómodo declarando que su pasión consistía en hacer que la gente se conociera y por eso se había lanzado a organizar un festival como éste. Miriam, una rubia muy bella, también de la organización del Festival, encargada de la sección de literatura infantil, contó una conmovedora historia de su infancia y de la pasión ciega que sentía por su primera maestra. Pasión que le ocasionó profundos sentimientos de rechazo y hasta regaños. Terminó contándonos que hasta hace muy poco se enteró de que su primera pasión era correspondida. La pasión, pensé, nos vuelve como niños obsesivos que no pueden pensar en nada más. Ni siquiera permite darnos cuenta de la pasión que despertamos en otros con la nuestra.

Llegó mi turno y, muy brevemente, como queriendo salir del paso, seguro de que a nadie le interesaban mis obsesiones, confesé mi pasión por el baile. Así, tal cual. Sin mayores explicaciones. Y esperaba que el siguiente a mi lado tomara la palabra.

Hubo un silencio sorpresivo en vez de pasar a otra cosa. Bajé la vista a mi plato buscando algo que meterme en la boca pero desgraciadamente estaba vacío. Sólo la moderadora tenía todavía algo que comer enfrente. Claro que no me atreví a meter la mano en su plato, aunque estaba justo a mi lado y era una gran tentación acercarse todavía más a ella. Invadir las cercanías de su cuerpo, de su piel visible e invisible.

Entonces, dándose muy bien cuenta de mi deseo instintivo, tomó su plato con la mano izquierda y lo extendió hacia mí ofreciendo sus papas fritas. Cuando levanté la mano hacia ella lo retiró de golpe sonriendo provocativa y colocándolo, casi sin querer, a la altura de su escote. Sin que ella se diera cuenta, ese brusco movimiento dejó asomar una parte de la aureola de su pezón izquierdo. La boca se me hizo agua en un instante imaginando, presintiendo, la textura granulada de esa aureola entre mis labios y lo duro de la prominente cabeza del pezón. Me di cuenta de que, a mi pesar, yo era igual de torpe y grosero.

Hubo por un instante una perfecta continuidad entre el plato, las papas, la línea de su escote, sus dos frutos de la pasión con su pezón asomando y mi apetito. A todo eso vino a alinearse mi creciente sed de su saliva. "Es tuyo —me dijo refiriéndose al plato aunque yo pensara en otra cosa—, todo tuyo si nos cuentas algo más de tu pasión por el baile. Porque no nos quedó claro, por ejemplo, si lo que te gusta es admirar el arte de la danza profesional o practicar el baile de salón. Explícate."

Desarmado completamente, atrapado en su equívoca oferta, comprado ampliamente desde antes por el movimiento de su brazo hacia mí, tuve entonces que olvidar mi intención original de decir casi nada y confesar una de mis más agudas debilidades:

Me encanta ir a los salones de baile. No sólo a ver sino a bailar. Y trato de hacerlo, por lo menos, dos o tres veces por semana. Pero mi pasión es cotidiana: no puedo salir de mi cama por la mañana, le dije mirándola a los ojos, si no hago algunos pasos de baile. Antes incluso de ir al baño o lavarme los dientes tengo que bailar un poco. Es una necesidad absoluta. Me despierto siempre con algo de música en la cabeza. La estiro y luego estiro al aire mis brazos, mis caderas. Soy muy feliz en ese instante. Si dormí solo, salto de la cama y pongo un disco. Generalmente uno de percusiones que comienza muy suave y sensual avanzando enloquecido por la cuesta de los tambores hasta que mi corazón suena al ritmo de las tumbadoras y mis caderas se quiebran y requiebran en círculos veloces. Y es tan bueno eso para mi espalda y para mi ánimo que si no lo hago no estoy bien en todo el día, como si algo me faltara. Lo que no me atreví a contar en público era mas grave:

Mi primera erección, con la que despierto, ya para entonces está muy agitada y ha vibrado tanto en el aire que cuando llego a la ducha el agua caliente es un alivio y me masturbo lentamente cuidando de no lastimarme. Dicen que es muy bueno hacerlo todos los días para evitar futuros problemas de próstata. Si duermo con alguien, normalmente me despierto antes y, sin despertarla, trato de comunicar la música que llevo dentro a la piel extendida de esa mujer. No tiene que oír mi música sino sentirla y el reto interesante es que la sienta incluso sin que yo la toque. Porque esa música para bailar está antes que nada en mi sangre, en la corriente de mis venas y es la que llena tercamente mi primera erección.

Siempre he creído que las mujeres son mucho más sensibles de lo que los hombres solemos creer y que algunas de ellas escuchan la música de la sangre en una erección como algunos de nosotros somos capaces de oler la felicidad marina de su sexo. Y hasta ahora no me he equivocado identificando esa cualidad en mis parejas. Es tan emocionante darse cuenta de que el ritmo de la sangre de mi sexo empuja de pronto sus primeros movimientos de la mañana, sus leves estiramientos semidormidos, acompasados por el sueño, y un requiebre de su pubis y de su sexo dirigiendo hacia mi su hambre vaginal incluso antes de despertar.

En ese paso de "baile de cama" entro por atrás a la vagina, no sin antes comprobar en ella una humedad exagerada. Hay que bailar antes con caricias muy sutiles por su nuca y otras partes de su cuerpo que sean sensibles sin ser capaces de despertarla. Lo importante es que ella pida lo que quiere entre sueños y despierte de lleno solamente cuando ya me lleve muy adentro y aún así no sea un despertar completo el que guíe sus movimientos. No hay mejor baile que ése para comenzar el día y sus pasos nos hacen ver el mundo de otra manera. Ella me parece más bonita después de que hacemos el amor bailando entre sueños. El mundo es distinto, todo se ve diferente que cuando no bailo.

Me di cuenta de pronto de que las mujeres querían seguir oyéndome hablar del baile pero algunos hombres estaban algo molestos y desinteresados, como yo con el futbol. Ella insistió de nuevo y para terminar, dando sin dar, le dije:

También el baile de salón me encanta: dialogar tan sólo con el lenguaje del cuerpo, conocer a una persona por las reacciones instintivas de sus movimientos mientras la llevas en brazos es una experiencia irremplazable". Y no expliqué más. O, más bien, creí que no tenía que explicar más. Nuevo silencio. El pezón de mi vecina sueca seguía asomando, saltándome a los ojos. Ella extendió el plato hacia mí de nuevo con la mano izquierda mientras que con la derecha tomó mi brazo. Y al hacerlo escondió sin querer el pezón en el escote. Y todo eso fue para mí como una puesta de sol en el horizonte. Quedé hipnotizado buscando al ausente, contemplando lo que quedaba. Y ella, lentamente, parecía ofrecer a mi vista más ampliamente su pecho.

El colombiano, algo enojado, me dijo violento: "Eso no es bailar". Y luego, dirigiéndose a ella, como tratando de disuadirla de la atención que me daba: "Será pasión pero no es baile. Los mexicanos no saben de baile, los colombianos sí que sabemos".

El escritor colombiano, siempre hipnotizado doblemente por la moderadora, tratando torpemente de impresionarla, contó entonces que un amigo suyo, Héctor A., en una novela describe "los nueve placeres del baile" y el reto del protagonista para ejercerlos. Me dio vergüenza recordarle lo que nuestro amigo mutuo Héctor menciona en su novela, que sacó esos nueve placeres de un ensayo etnográfico mío. En mi libro el protagonista es iniciado por una mujer africana a una especie de ritual místico, en el cual, bailando con ella asciende placer por placer, y al final prácticamente bailan con el fuego, bailan con la luz.

La moderadora sueca le hizo entonces la pregunta que me temía: "¿Y cuáles son esos placeres?" En mi libro la descripción de cada uno es muy larga. La escribí observando en detalle a la gente que baila, tal y como los antropólogos observan a una tribu en sus rituales. Entrevisté además a muchos bailarines e incluí mi experiencia, por supuesto. El colombiano se puso a recitar los placeres a su manera, sólo por el nombre. Aunque también les borró la magia: "El placer del rigor que sigue el ritmo de la música, el placer de conocer los límites del cuerpo en su cansancio y sus impulsos, el placer de seducción de la pareja con el lenguaje dramático del cuerpo, el placer de conocer a la pareja por su cuerpo y con independencia de las palabras, el placer del abandono en manos de la música y de la pareja, el placer de ver cómo el cuerpo se transforma en otro, el placer del goce gratuito y el juego, el placer de transportarse a mundos imaginarios. Y, finalmente, el placer sin nombre donde la conciencia de todo se acrecienta, un torbellino devora al mundo y el que baila tiene la sensación de fundirse con una luz."

El colombiano nunca supo que había estado citándome. Que así de equívoca es también la pasión. Por supuesto, toda la noche continuó con el ímpetu de su enojo.

•

Otro autor, molesto también conmigo, se unió al colombiano: "Tiene razón Felipe, eso no es baile pero no es pasión tampoco. No es nada. Una pasión es algo más profundo y terrible. Una pasión no es un pasatiempo, un *hobby*, como el futbol o el baile. Una pasión es algo por lo que uno está dispuesto a morir."

Con ese dramatismo y una buena parte de razón me liquidó sin ninguna duda. Era un escritor griego muy interesante, Eugène T., profesor de criminología en la universidad de Oxford. Pero también autor de libros para niños donde la crueldad estaba muy presente, como en la gran tradición de los clásicos infantiles. Era un bestseller para niños. Su libro más conocido *El cochinito muy malo y los tres lobitos muy buenos,* lo ha vuelto muy famoso.

Eugène insistió: "Hay un lado oscuro siempre en la pasión. Como cuando se habla de crímenes pasionales. Una pasión es algo por lo que se está dispuesto a morir o a matar. Lo demás son tonterías, pequeños goces, no sufrimientos extremos. Bailar es una tontería, nadie ha muerto bailando. En el baile no hay pasión ni por asomo." Fue contundente.

Desde el otro lado de la mesa, Eliot Weinberger, que no había confesado por cierto su pasión y no la confesaría, tomó la palabra para darle la razón al griego invocando a la mitología clásica y a la raíz de la palabra: *passio* significa sufrimiento, dijo. Y reiteró que sin duda

Eugène estaba en lo correcto al descalificar al futbol y al baile pero que justamente "eso impide hablar aquí, en público, de nuestras pasiones verdaderas, de lo que padecemos o estamos dispuestos a padecer. Lo que muy pocas veces coincide con lo que estamos dispuestos a decir o a escribir."

Verónica, coherente con la delicadeza que hay en su novela *Auliya,* intervino inmediatamente. Dijo que si bien es cierto que hay una dimensión oscura de la pasión, porque por algo una parte de la pasión de Cristo consistió en su encuentro con el Demonio, sí podría llamarse pasión una debilidad por el baile y sus goces. Dijo que sí hay pasiones placenteras y que en el amor se sufre y se goza. No todo en la pasión es sufrimiento. Citó a Víctor Hugo cuando el poeta romántico hablaba de "la alegría de la tristeza", que es sin duda una de las dimensiones de la melancolía.

Eliot Weinberger dijo entonces, irónico, con la agudeza que lo caracteriza: "Sí, puede ser. Pero por algo Cristo no se encontró con el Demonio para sacarlo a bailar. La historia de la humanidad y una de sus religiones serían muy distintas."

A Eugène, que no estaba de humor para tomarse a la ligera lo de la pasión, se le puso la cara muy roja. Los ojos se le saltaron de las órbitas, como si más de la mitad de su circunferencia estuviera fuera, apenas contenida por el vidrio de sus lentes. Daba algo de miedo ser increpado por él en ese instante. Me miró fijamente y me dijo, continuando su discurso desde donde lo había dejado antes, como si nadie hubiera hablado en medio: "Y no creo que ningún interés por bailar con alguien vaya tan lejos como para ser asesinado o matar por ello. Y si no es así es tan sólo un pasatiempo banal, no una pasión verdadera. Por algo existe la expresión 'crimen pasional' y la tipificación legal del mismo. Y que yo sepa en ella no entra el baile."

Entonces no tuve más remedio, y comencé a contar el día en el que casi me matan por bailar o casi asesino a alguien con un cuchillo de cocina mientras bailaba.

Era uno de esos bailes organizados cada ocho de marzo por la fundación feminista Semillas, para reunir fondos de apoyo a clínicas de mujeres en lugares inhóspitos o para pagar abogadas que litiguen por las mujeres golpeadas. En esos bailes, generalmente muchos actores, sobre todo de telenovelas, y algunos escritores nos ofrecemos para bailar con quien sea que nos pague "una ficha" por hacerlo. El dinero que se recauda viene de la venta de las fichas y la venta de entradas. Entre los bailarines hay una competencia tácita para ver quién reúne más fichas.

A mí me gusta bailar sin parar toda la noche haciendo cada vez, en cada pareja, un descubrimiento. Pero me gusta también ser objeto de las fantasías más disímbolas. Casi ninguna de mis parejas en ese baile ha leído mis libros ni sabe quién soy. Me inventan ese día a la medida de sus deseos.

Algunos de los actores sólo bailan con las mujeres que les gustan. Yo bailo con todas, de todas las edades y apariencias. En todas las mujeres hay una dimensión de belleza y algunas veces las más típicamente bellas dejan traslucir una fealdad interna. Siento que más allá de mi gusto cumplo una especie de misión y me da placer hacerlo: siento que ayudo a liberar deseos ocultos. Es un día en el que muchas mujeres vienen y mientras bailamos me dicen, generalmente sin conocerme antes, cosas atrevidas que nunca osaron antes poner en su boca. También sacan sus fantasías por las manos, por los ojos. Y, normalmente, nadie baila más de una pieza con la misma persona. La circulación de fantasías es muy intensa, generalmente muy divertida.

Yo casi siempre salgo de ahí entusiasmado, lleno de la vitalidad que varias decenas de mujeres han puesto en mi cuerpo. Porque, en el tiempo que dura cada pieza, me convierto en lo que cada una de ellas quiere. Y me alegra ser el objeto equívoco de sus deseos. Es más, me apasiona serlo.

•

Pero la otra noche, cerca de la una de la mañana, cuando había más gente en el salón y la pista estaba repleta de parejas, recibí una ficha de una mujer que nunca había visto y que de entrada me dijo: "Vine a este baile sólo para estar contigo. Llevo un año planeándolo, deseando estar así, en tus brazos. He pensado mil veces en qué parte de mi cuerpo pondrías cada uno de tus dedos. En dónde pones ahora tus ojos. He imaginado cientos de veces el calor de tu aliento que ahora siento y gozo mientras me hablas. Y también he pensado en los músculos de tus piernas. Sobre todo la derecha que voy ahora a apretar entre las mías. Y me encanta darme cuenta de que la tienes más musculosa de lo que yo pensaba."

La verdad es que me asustó un poco. Y me dejó sin palabras. Le pregunté su nombre y me dijo: "No te interesa, no quieres saberlo. Y además no te conviene saberlo. Te puede costar la vida si me buscas mañana. Y yo estoy segura de que vas a salir de aquí con ganas de verme mañana, pero va a ser imposible. No importa mi nombre. Yo leí un relato tuyo que se llama 'Los nueve placeres del baile' y creo que te quedaste corto. Yo te voy a enseñar ahora otros nueve."

Apretó mi pierna entre las suyas tal y como me lo había prometido y mientras bailábamos fue descendiendo por ella como si se deslizara milímetro a milímetro y luego fue escalándome de una manera que yo nunca había vivido. Como si de pronto ella levantara discretamente los pies y sólo se sostuviera sobre mi pierna vertical con la fuerza de su sexo tras los labios vaginales. Sentí de pronto que su sexo me empapaba los músculos muy cerca de las rodillas. Y fue subiendo hasta empaparme toda la pierna y luego empapó mi erección, que ella misma extendió hacia abajo con todo el peso de su cuerpo doblegándola, desdoblándola.

Estaba a punto de llenarme de mi propio semen cuando ella gritó en mi oído, escondiendo su grito detrás del de Celia Cruz enloquecida frente a la orquesta. "AAAAZÚÚÚCAAAAAR". Me clavó las uñas y se quedó inmóvil y rígida, ocultando su orgasmo o dejándolo correr hacia adentro de su cuerpo en vez de hacia afuera. Tardó un tiempo en recuperar la respiración mientras yo la sostenía en mis brazos. Después de un rato me dijo: "Esto también lo calculé, Celia me encanta y cada vez que la oigo pienso en ti, en bailar contigo. Me sé de memoria sus canciones como me sé tus novelas. Pienso en algunas frases como si me las dijeras al oído. Pongo tus libros en la cama cuando me masturbo. Y decirte todo esto es como tener un orgasmo de nuevo contigo."

"Mil veces lo he hecho teniéndote dentro de mí, en mi vagina, porque habitas mis dedos embriagados de ti y mi cabeza testaruda. Y de vez en cuando se me sale tu nombre cuando hago el amor con mi marido. Sólo si pienso en ti, Ignacio Zaydán, lo gozo. Él ya no me interesa nada sexualmente y lo sabe. Detesta dormir entre tus libros y cuando me descuido me los tira a la basura o los quema. Sus hijos se burlan de que él tenga eso que ellos llaman 'celos virtuales'. Él no quería que viniera hoy a verte pero le dije que si me lo impedía por la fuerza, yo lo mataba. Y hasta lo amenacé con un cuchillo de la cocina."

La verdad es que, ya en ese momento, más que halagarme me asustaba. Es normal convertirse en lo que una mujer quiere porque esa es la regla del deseo: uno deja de ser uno mismo para habitar la piel que tejen para nosotros las mujeres con sus sueños, con su propia piel, y hasta con los vellos del pubis que algunas veces se depilan o rasuran para nuestros ojos.

Terminó la música y sentí cierto alivio. Fui consciente en ese instante de que mi cuerpo sentía otra cosa que mi cabeza, de que toda la imaginación de mi sexo se dirigía hacia ella como un imán dislocado. Me dolía el pene, me dolían los testículos, me dolía no estar cien por ciento sintonizado en la frecuencia de su locura pasional. No ser yo sino una extraña imagen de mí que estaba dentro de su pasión asesina. Me dolía tener ese miedo instintivo que me congelaba y me hizo oponer una mínima resistencia al deseo de tomarla de la mano con fuerza e ir corriendo a buscar un rincón sombrío para hacer el amor, aunque fuera en ese lugar tan público.

Entonces ella, en una orilla de la pista, en medio del tumulto indiferente, se inclinó como si quisiera recoger algo del suelo. Dobló un poco las rodillas como si fuera a sentarse y metió la mano en su falda corta, justo entre las piernas. De un tirón se quitó una tanga roja y me la mostró orgullosa. La puso a la altura de mis ojos añadiendo a mi desconcierto la embriaguez de su intenso olor. La retorció con las dos manos exprimiendo un chorrito de líquido transparente que escurrió entre ella y yo mojando el piso tanto como si hubiera tirado un vaso de agua. No acababa de caer la última gota cuando un tipo con cara de accidentado en la carretera, algo borracho, me tiró un golpe que logré esquivar, por suerte.

Inmensa suerte porque con su puño venía un ancho cuchillo de cocina que siguió tratando de encajarme un par de veces más. Lo tomé finalmente de la muñeca armada y con la otra mano tomó la mía para arrancármela. Y así, mano contra mano, atado uno al otro, tomándonos las muñecas parecía que estábamos bailando. Sus gritos se ahogaron en la música y sus golpes en la multitud. Nadie parecía darse cuenta de que un tipo armado estaba a punto de matarme. Tardé un poco en tener conciencia de que era el marido celoso. Ella, primero, se quedó como ausente, terminando de exprimir su tanga. Luego trató de dármela en la mano como si la amenaza del cuchillo no tuviera importancia. Pero si la recibía el cuchillo llegaría rápidamente a su destino, a mi estómago, a mi pecho o a mi espalda.

Ella finalmente reaccionó, más fastidiada por haber sido interrumpida al exprimir su tanga en mis narices que por la amenaza de muerte. Ella no le temía, yo sí. Indignada se colgó de él y comenzó a untarle la tanga en la nariz, en los ojos. Eso lo ablandó un poco mientras endurecía visiblemente su sexo. Se ve que seguía profundamente enamorado de su esposa. Por suerte para mí, la deseaba más que matarme.

Logré quitarle el cuchillo y ella se vino contra mí a golpes gritando que yo quería matar a su esposo para quedarme con ella. La música se detuvo en ese momento, la escucharon todos en el salón de baile y me vieron con el cuchillo en la mano y muy agitado.

También la escucharon los fortachones encargados de la seguridad y los escuché acercarse desde todas partes como una manada de elefantes golpeando el piso en su carrera. Antes de que los pudiera ver me doblaron los brazos. Como instintivamente opuse resistencia porque era inocente, dos tipos inmensos bailaron conmigo una nueva danza cuyos pasos finales aprendí en ese momento: mi cara en el piso, dos costillas rotas y una larga e inverosímil declaración en la delegación de policía.

Ella me escribe casi todos los días pero no le respondo, no puedo hacerlo. Mi instinto de conservación me detiene. Cada vez que doy una conferencia la veo a lo lejos. Me gusta verla. Y si ella no está siento que nadie fue a escucharme. Nunca cruzamos palabra. Le tengo miedo y sin embargo quiero volver a bailar con ella. Estoy seguro de que ella sí entiende mi pasión por el baile.

Eugène sonrió por primera vez cuando terminé mi historia: estaba feliz de imaginarme en peligro de muerte. Lo mismo hicieron el colombiano y algunos otros. Todos se burlaron un poco de mí concluyendo eso que yo ya sabía: que uno de los elementos esenciales de la pasión es que siempre, desde afuera, quienes la padecemos somos ridículos.

·

Sentí, por debajo de la mesa, la mano de la moderadora sueca, consolándome. Mientras todos se burlaban, ella, en cambio, me invitó a bailar esa noche. Yo seguía sin poder separar la vista de su boca. Y, como aliciente suplementario de su invitación, me prometió revelarme "los poderes fenomenales del kiwi y de la fruta de la pasión en la conducta amorosa de los humanos", que era el tema de su libro. Cuando me distraje un poco hablando con otra escritora en la mesa, con la uña de su pulgar apretó de pronto mi pierna con tal fuerza que me dejó una marca profunda que todavía llevo. Le dije que me dolía. Ella aseguró que así, con la uña del pulgar, se probaba en su casa de Estocolmo a la fruta tropical para saber si estaba madura y, además, ahora por suerte, ella tendría algo que curarme esa noche. Lo que de verdad estuvo a punto de ocurrir al amanecer cuando salimos del salón de baile y cabaret berlinés al que ella me llevó, llamado *La Casa de los Sentidos*. Ahí, un sofá enorme colgaba como columpio a metro y medio de altura y al final de la noche nos apoderamos de él.

Lo que sucedió esa noche entre nosotros fue bello y extraño, pero no tanto como lo que ella me obligó a recordar: mi primera y lejana lección sobre los equívocos que implica la pasión. Que por lo visto son marca y destino de mi vida erótica.

Ella me contó algo que no había dicho en la cena: que había vivido en México cuando tenía veintitrés años y que allá comenzó, de la mesa al lecho, su pasión por las frutas tropicales. Estaba recién casada. Pero el viaje no terminó muy bien porque el marido era muy violento y muy celoso. Me dijo, sonriendo: "allá tuve que salvarle la vida a alguien. Hay un mexicano más en tu país gracias a mí." Sonreí incrédulo y le dije, siguiendo su juego: "no sé si eso fue algo bueno. Ya somos muchos mexicanos". Ante el mal gusto de mi broma le nació decir: "¿Y si ese mexicano de más fueras tú?"

No presté atención entonces a su broma y me dio la impresión de que ella comenzaba a pensar en otra cosa y yo también. No le pregunté si seguía con el marido, pero me dio la impresión de que sí. Conversamos y bailamos toda la noche. Había un placer inmenso en conocernos y, como creo que suele suceder en los encuentros donde hay buen entendimiento, creció en mí una sensación equívoca de familiaridad. Sensación de calma felizmente compartida dándole a la pasión un signo de amistad, de prisa burlada, de perspectiva.

De pronto, sin que nada aparentemente sucediera, hizo cara de recordar algo. Se separó de mis brazos y se apoderó de ella una urgencia por irse. Saltó del sofá colgante y se dirigió a la puerta sin esperar que yo fuera con ella. Supuse que yo había hecho algo torpe sin quererlo, o que había despertado en ella una repugnancia o simplemente que ella había recordado un compromiso. Tal vez a otro hombre. Al marido que de pronto ya no quería engañar. No era la primera vez que una mujer huía de mis brazos antes de hacer el amor con el deseo ausente de golpe y en estampida. Y a mí también me había sucedido algunas veces, como si un ave invisible pasara entre dos cuerpos apagando el fuego.

Pero siempre, en uno u otro caso me invadió la curiosidad y el deseo por desentrañar el misterio de los laberintos por los que nos obliga a viajar el deseo.

Mientras se vestía de prisa me aseguró que no era yo la causa de su huída, que de pronto había sentido que tenía que irse y que no sabía por qué. Que lo bien que se estaba sintiendo conmigo había cambiado de signo. Me dijo, "el amor es así, de pronto se arrebata como el clima. Y donde ha llovido y hubo tormenta es probable que vuelva a suceder. Hay que cubrirse en cuanto uno ve los signos. Muchas veces sin saber describirlos. Perdona, así es esto."

No entendí a qué se refería y se fue. Oí sus pasos bajando la escalera. Sin embargo, volvió un minuto después. Asomó tan sólo la cabeza por la puerta entreabierta y me dijo: "Ya me acordé, fue en 1969, ¿tú recuerdas?" Le dije que no y sin decir más sonrió y se fue de nuevo, esta vez para siempre.

La pasión, memoria adolorida

Donde el sonámbulo recuerda su primera y plena pasión sexual
que sin embargo fue también su primer gran amor
no correspondido y se dio cuenta de que el deseo
es un laberinto que nunca deja de sorprender,
donde cada paso ganado es perdido y
viceversa, donde la vida pende
de un hilo, una Ariadna
guiando al semibruto
T(D)eseo

•

Por más que lo intenté no pude pensar en el momento
nada que fuera significativo. Y la emoción del viaje, su
continuación, me impidieron pensar de nuevo en su pregunta. Pero algunas semanas después, ya en mi casa, ordenando archivos y papeles viejos, encontré una respuesta.
Estuve a punto de tirar unos cuadernos con anotaciones
para un texto breve que me habían encargado en una revista literaria que cerró, algunos años antes, y que nunca
se publicó. A varios escritores nos pidieron que, en un
homenaje a Georges Perec, pero sobre todo a Joe Brainard
y su libro *I remember,* hiciéramos una memoria de 1969,
año de fundación de aquella revista. Y yo había recordado
esta anécdota que, por una de esas paradojas que definen
a la memoria y a "las oscuras manos del olvido", después
de escribirlo en nueve parejas de recuerdos, había dejado
lejos de mí. Pero que ahora, después de mi baile personal
de la pasión resurge y toma un nuevo sentido.

•••

1• Recuerdo la forma de sus labios y cómo se demoraba en mis párpados. Susurraba en mis ojos cosas indescifrables. Como si inventara una lengua obscena y delicada, que sólo se pronuncia mientras se besa, mientras se gime, mientras se muerde o se chupa. Nunca con la boca abierta o desocupada.

2• Recuerdo que venía de Suecia. Su padre era un ingeniero, empleado temporal de la compañía mexicana de teléfonos y rentaba una casa en aquel suburbio. Les gustó porque estaba al lado del parque y del viejo balneario del pueblo que fue antes esta zona.

3• Recuerdo que la conocí bajo el agua porque vino bruscamente hacia mí de frente mientras nadaba. Simuló una distracción inverosímil y me golpeó enredando su brazada con la mía. Fue un gesto halagador y temible al mismo tiempo.

4• Recuerdo que casi me ahogaba. Y a ella le daba risa mientras desenredaba su cuerpo del mío. Era tan bella que quedé deslumbrado. Y casi sin moverme, en la inercia de mi torpeza, por unos segundos hice lo posible para que no se desenredara.

5• Recuerdo que ese mismo día hizo conmigo lo que quiso, ahí mismo, en el agua, antes de que amaneciera y llegara más gente al balneario.

6• Recuerdo el color rojo sangre de su bikini y cómo fui a sacarlo del fondo de la alberca cuando terminamos.

7• Recuerdo que tenía una vena pronunciada en el labio vaginal izquierdo que lo hacía abultado y envolvente: devorador. Y que bajo el agua se veía como bajo un lente de aumento.

8• Recuerdo que me enamoré con una locura que no conocía. Una cosa ciega y obcecada se fue apoderando de todos mis movimientos y mis ideas. Sentí crecer en mí una atracción que sólo podía describir como "sonámbula". Era como si naciera de nuevo o despertara en otra realidad más punzante, más intensa, más profunda.

9• Recuerdo que, muy enojada, Inge me aclaró: "contigo sólo me interesa el sexo". Me aseguró que un día regresaría a Suecia y nunca volvería a verla. Me ordenó que cortara ya "ese absurdo enamoramiento" y me fuera acostumbrando "a dar y recibir placer sin pedir permiso al corazón".

10• Recuerdo que fue la primera en llamarme "latino" y que le parecía estúpido, fuera de lugar e inmaduro hablar de un corazón medio roto o pensar en el futuro o siquiera presentarme a sus padres.

11• Recuerdo que ilusamente pensé: "tal vez, si tengo paciencia, también ella un día se enamorará de mí".

12• Recuerdo que, para tener licencia de manejo, yo había adelantado mi servicio militar el año anterior y que asistir a las prácticas absurdas del ejército era algo que había vivido como una especie de prostitución obligada para poder tener la licencia. Para mi sorpresa, algo de aquel mismo sentimiento incómodo de prostituto comenzó a brotar en mi cita cotidiana con ella cuando un claro aroma de deber al hacer el amor escapó entre los pliegues brillantes del placer.

13• Recuerdo haber pensado que, sin darme cuenta, pasé del servicio militar al servicio sexual. Pero que sin duda ella era una mejor patria para dedicarle el cuerpo.

14• Recuerdo que un monstruo que parecía tener dos bocas abultadas y sobrepuestas gobernaba a México y un año antes, en nombre de "la patria", con el pretexto de "salvarla", había devorado a cientos de personas en la plaza de los nuevos sacrificios humanos o de las Tres Culturas.

15• Recuerdo que el mundo me entraba por los ojos y dentro las palabras se volvían universos, claves, caminos. Descubrí que leer era conocer una dimensión de la vida tan intensa como enamorarse. Ese año leí, entre otros, a Rilke por primera vez y me identifiqué con su personaje Malte Laurids Brigge, el poeta que sucumbió de melancolía en la Ciudad de los Muertos. Ese año también devoré a Novalis y sus mundos que surgen y desaparecen dentro de la noche, a Nerval y sus mujeres de fuego, a Gide y sus alimentos terrestres. En las playas vírgenes y nudistas de Oaxaca leí a Jerry Rubin y su elogio del hippismo, la vida alternativa y el amor libre. Leí a López Velarde y su suave patria de sangre enamorada, a Faulkner y su creación de un cosmos de extrañeza e intensidad, a Joyce y sus revelaciones poéticas cotidianas que llamaba "epifanías" y a Lezama Lima, la revelación total con todos los secretos barrocos del lenguaje. Y ella, Inge, la mujer que me iniciaba en la lectura del cuerpo, me hizo leer lentamente a su lado la sabia y sensual lección de relatividad amorosa en las novelas de Lawrence Durrell. Aprendí a relacionar con ella, con mi pasión por ella, todo lo que leía. Y, tal vez por eso, por su moderno "cante jondo del rock", como Inge decía con su acento nórdico, me encantaba la voz adolorida de Janis Joplin mucho más que Joe Cocker, Santana, Hendrix o los Rolling Stones.

16• Recuerdo que deseaba ir con Inge al festival de Woodstock en agosto y llegué a creer que estábamos de acuerdo en hacerlo porque cuando le pregunté si sus padres no se opondrían, me miró fijamente y sonrió con algo de burla. Ahora me doy cuenta de que tuve razón en pensar que se reía de mi inocencia pero por algo distinto a lo que yo supuse.

17• Recuerdo que, sin embargo, el primer día de agosto se fue del país sin despedirse y nunca volví a tener una palabra de ella.

18• Recuerdo que el siete de diciembre de ese 1969, en la fiesta que me hizo una vecina para celebrar mi cumpleaños número dieciocho, alguien mencionó al sueco, Ingmar, que había rentado seis meses la casa junto al balneario. Y a su muy joven esposa, Inge, que iba a nadar todos los días muy temprano. Y que parecía su hija.

•••

Mi vecina, que había sido mi novia años atrás, soltó de pronto un comentario que llevaba tal vez algo de envidia: "La sueca parecía una loca cuando salía de su casa, como enojada con el mundo, tensa, a punto de explotar y llena de prisa. Y más loca cuando regresaba, relajada, caminando muy lentamente, mirando a las nubes y riendo sola. A veces, a carcajadas. Era evidente que tenía un amante que le arreglaba lo que el marido dejaba descompuesto."

Me pareció que su comentario era desagradable, más maldiciente que preciso. Y se lo dije: "Seguro criticas en ella lo que te hubiera gustado que te pasara". No pude evitarlo y pregunté, casi tartamudeando, si alguien había tenido noticias de la hija. Porque a los padres yo nunca los había visto. Todos insistieron: pero si ellos no tenían hija.

Y otra vecina, que los conoció mejor y fue confidente de ella nos explicó: "Cuando llegaron a México estaban recién casados. Pero se fueron a punto de divorciarse porque al marido le había dado un ataque de celos que se convirtió en ataque cardiaco. Literalmente, se le rompió el corazón. Según él, había descubierto, por el brillo de los ojos de la sueca, por la manera de caminar y de sentarse, que su esposa, Inge, tenía un amante 'latino'. Y si no se iban muy pronto de México él iba a matarlo. Parece que incluso hubo un intento de hacerlo, del cual el mexicano creo que nunca se enteró. El sueco se quedó con la pistola en la mano un día, detrás de una puerta, a punto de disparar. Mientras ellos bailaban en la sala de su casa. Pero por algo no lo hizo. Creo que fue porque ella intervino. Más tarde, esa noche, a él le dio el ataque al corazón."

•••

Sin darme cuenta, en "La cena de la Pasión" yo había estado al lado del primer gran amor de mi vida y, además, de nuevo sin saberlo, yo había sido aquel a quien ella había salvado la vida muchos años antes. De crímenes pasionales ella sabía más que ninguno en nuestra mesa berlinesa. Pero nunca lo dijo.

•••

Cada situación amorosa es una estrella de mil puntas. Puede ser descrita de maneras muy distintas y desde ángulos siempre cambiantes.

Amar sin ser amado es más duro que desear sin ser deseado. Cuando Inge se fue de México yo lo había aprendido. Pero ya desde entonces me negué a aceptar que se trataba de dos asuntos tan separados. Ella sembró en mí, con su sonrisa, con su mirada, una semilla: el deseo de convertirme algún día en ése capaz de arrebatarla en todos los sentidos. Alguien que ella no quisiera abandonar de golpe, una tarde de lluvia como aquella. Quise convertirme en una especie de artesano del deseo: ceramista del cuerpo amado, su calígrafo, su contador de historias, su danzante o su poeta.

Mi deseo fue inútil, por supuesto. Quién me iba a decir que volvería a estar a su lado tantos años después y ni siquiera la reconocería. Y que bastó con que ella, casi intuitivamente, presintiera en mí algo de aquel adolescente tardío que la amó de una manera posesiva para salir corriendo de mis brazos. El azar amoroso no me había sido favorable. Aunque, claro, por otra parte había salvado mi vida.

Tal vez entonces yo hubiera sentido, de manera inocentemente trágica, que vale más morir amado que vivir sin amor. Y aunque yo llevaba entonces una enorme y hasta envidiable dosis de deseo concentrado por ella sobre mi cuerpo, no me parecía suficiente.

Ahora no me cabe duda, vale la pena vivir porque, con paciencia y un poco de ciencia, tanto el deseo como el amor son aves que pueden renacer de sus cenizas. Son memoria del cuerpo enamorado. Y hasta los muertos y los ausentes y los amados inaccesibles renacen, si se tiene suerte, en otros cuerpos por algún tiempo. Aunque éstos nunca lo sepan. Y, a veces, ni siquiera nosotros, los deseantes, lo sabemos con certeza. También por eso somos sonámbulos.

•

espués de oprimir con el pulgar una imperfección en la boca de barro, el ceramista Tarik vigila el secado de su nueva obra. Sabe que en su oficio el único camino a la perfección es por tanteo, por aproximación. Y piensa que en el amor es lo mismo, que sólo tocando aquí y allá el cuerpo amado manifiesta sus deseos y el amante tiene que ser hábil para escucharlos a través de las manos. Y sucede igual con el barro. La tierra húmeda y ya modelada sigue hablando: le dice a las manos del ceramista si seca bien, si necesita más tacto en alguna parte en especial, como ese borde del cuello de la pieza que Tarik acaba de acariciar de nuevo para que no quede como un filo discordante.

Desde mucho antes, desde que se amasa el barro, el tiempo para hacerlo es un tiempo dentro del tiempo. Una máquina lo haría más rápido, le dijo una vez un visitante. Y es cierto. Pero Tarik le respondió que no era ceramista para llegar más rápido a su meta sino para establecer con el barro una relación, un conocimiento mutuo, una confianza, un tiempo dentro del tiempo. Y en el amor es lo mismo. Hay quienes dan consejos amorosos para llegar rápidamente al final del acto amoroso. Pero lo importante para Tarik está en la demora que permite establecer un conocimiento profundo y variado del cuerpo amado y de las manos que aman.

Acariciarse lentamente cuando se ama es como andar a tientas en la noche cerrada con las manos por delante, tocando a la obscuridad suavemente. Y de pronto, aquí y allá, sobre la piel de la noche, surgen luminosidades en el cuerpo acariciado. La noche amada se ilumina por un segundo dejando ver que el deseo se enciende. Y la luz de los cuerpos, cuando ha nacido pacientemente fuera del tiempo, siempre pide más luz.

Eso pasa también cuando se acaricia al barro. Su forma se ilumina y pide más paciencia, más tiempo en las manos, o deja ver su sed de entrar al fuego con premura. No obstante, el artesano debe reestablecer la paciencia y demorarse, como un amante esmerado, en llegar a la perfección. ¿Pero qué es la perfección en el amor y en el barro? No una forma que existiera desde antes sino, simplemente, lo mejor que se puede hacer en cada momento, en cada situación. La sensación de haberlo hecho todo para lograr la plenitud. La perfección es un beso o una caricia que nos instala en la certeza de que alcanzamos un colmo de plenitud que antes nos parecía inalcanzable. Ahora bien, siempre hay que saber que en el amor esa plenitud, por naturaleza, dura un instante y hay que ganarla de nuevo, trabajarla, buscarla, intuirla, reconocerla. Saber que la plenitud es frágil hace sabio al artesano. Y al amante.

El barro y el cuerpo amado son calientes y pueden engañar a los ojos de la mano si ésta no tiene suficiente experiencia con los lenguajes paradójicos del amor y del modelado. En ambos terrenos no hay conocimiento seguro. Siempre se está creando.

A Tarik siempre le pareció poca cosa la única mención que hace el Kama Sutra del oficio de alfarero. El aforismo veintiuno del capítulo sobre la estimulación de la amada dice que "Cuando el ceramista inicia el movimiento del torno lo hace muy lentamente, luego toma velocidad muy poco a poco y al final de nuevo disminuye suavemente y se detiene. Lo mismo debe hacer el amante." Es cierto, piensa Tarik, pero hay mucho más que decir al respecto.

Hay algo mágico en el torno, cuando uno se instala con el barro en las manos y lo pone a girar. Alrededor de ese círculo que da vuelta se crea un ámbito que aísla al ceramista del resto del mundo. El abuelo de Tarik, ceramista también como varias generaciones más en su familia, llamaba a ese acto de aislamiento mágico "la soledad en llamas". Ceramista y barro en el centro de un mundo inmenso que gira por fuera dejándonos en paz, en un aislamiento profundo. Los amantes en su lecho también ponen a girar al mundo fuera de ellos e inventan un aislamiento mágico de sus cuerpos moldeándose mutuamente, concentrándose uno en el otro como centros magnéticos de un sistema solar donde ellos dan sentido a todos los mundos que dan vueltas fuera de ellos. Los amantes son, por un instante que dura su aislamiento, soles absolutos de su universo. El torno del amor es así. Un vértigo que da sentido a la vida, vértigo devorador que produce la sensación más completa de tocar y formar parte de la belleza. El torno del amor se ve a sí mismo como si estuviera dentro de un sueño, otra realidad, más libre, donde las cosas siguen otra lógica que no es la del tiempo externo. El ceramista en el torno recorre también el camino hacia ese esplendor magnético, deseable y fluido como un sueño, esa soledad en llamas.

Índice

El dedo índice, el segundo de la mano, tiene en muchas culturas —y hay quien dice que en todas— la función evidente de señalar, indicar, elegir. Con él se acusa o se salva, y se llama la atención sobre algo. Con él se decide tanto el camino que se tomará por la mañana como el que se seguirá en la vida. Es el dedo del oficio y de la vocación. El dedo de las metas voluntarias e involuntarias.

El índice sirve para contar, una por una, las cosas que se tienen enfrente.

Pero también para probar: se hunde en la miel preferida o en la salsa del plato desconocido.

Es el primer dedo que se lanza a tocar el fuego. El que avisa del peligro o se engolosina con él. El que despierta al dormido, recibe al pájaro que volaba, hace cantar al coro, subir el tono de los violines y dar su nota solitaria al trombón.

El índice entrometido hace reír al más triste si tiene cosquillas. El índice enamorado explora los pliegues del cuerpo, los puntos sensibles, las texturas inciertas y cambiantes, convoca humedades y las confirma.

Más allá, el índice que es amado acaricia hasta con su sombra, viene en el viento. Hasta cuando no está se siente, según cuentan los enamorados.

Es el dedo con el que aquel ceramista hace el pico de la jarra, la pata de la copa, el labio de la taza y el asa a su medida. Es dedo de destreza, utilidad y estilo.

Es el dedo levantado al cielo por el voluntario, por el que pregunta, por el que ha llegado, por el que quiere hablar o tiene urgencia de irse.

El dedo de los místicos, de los que eligen tomar "La vía"; o se sienten señalados por el índice divino.

En el norte de África se le considera el dedo del equilibrio, del juicio justo, con frecuencia inapelable.

El índice levantado mientras se habla es símbolo del maestro embelezado de sí mismo, pero también del guía, del que enseña el oficio, de quien dicta la moral o las reglas de la escritura. Por eso es visto con extremo respeto o, al contrario, con enorme rebeldía.

Es el dedo que más se relaciona con la vista por su poder de mostrar camino a la mirada. Pero también se usa para asentir, negar, llamar o simplemente coquetear. Es el dedo con el que hablan los bebés antes de tener siquiera palabras.

El dedo con el que el Quijote, y casi todo lector, da la vuelta a la página. Un índice de plata nos guía mientras leemos la Torah.

Se le relaciona con el silencio, con la capacidad de abstenerse y, en general, con todo lo que sea dominio de sí mismo. Tal vez por contraposición es también el símbolo de todo lo que nos rebasa, lo que está más allá y anhelamos. Incluyendo al azar y a sus caprichos. El índice marca con frecuencia el límite. Y, más allá, lo ilimitado.

Es el dedo que con su movimiento abanicado se adelanta a decir lo que no somos. De ahí que se le considere también el de la ironía y por extensión del humor. Al mirarnos en su rigidez dictaminadora nos ayuda a no tomarnos demasiado en serio, a reírnos de nosotros mismos y de la imagen equívoca que, con mucha frecuencia, a otros damos.

Se le ata un listón para no olvidar algo y por tanto se le considera el dedo de la memoria.

Cuando menos se espera, sirve para señalar aquello que de golpe nos asombra.

Dicen que es el dedo que conocerá primero el Paraíso.

La memoria del fuego: hacia un paraíso

*Donde el sonámbulo descubre que un viaje hacia afuera
es también un viaje hacia adentro, donde el presente
le pisa los talones al futuro, y excita al pasado,
el cual nunca se sabe cómo reacciona:
regresa, perdona o clama venganza.
En el último instante de vida
nos aguarda, tal vez, si la
memoria involuntaria
encuentra con qué
darle un
cuerpo*

•

Hay un pasaje célebre de *El collar de la paloma* en el que Ibn Hazm cuenta cómo hace para prolongar el tiempo del amor. Cómo nunca se cansa antes que su amante, cómo domina la respiración y levanta el pecho tanto como hunde en su amada sus caderas. Ibn Hazm afirma que esa navegación de los cuerpos amándose, que parece interminable, justo porque su intensidad se vive como infinita, siembra en su amada y en él la sensación de poder elevarse y alcanzar una grado espiritual superior, cercano a la divinidad. "Porque los órganos corporales sensibles son caminos que llevan a las almas y a ellas van a parar, y ellas sienten que el amado se vuelve un dios infinitamente deseable ante sus ojos". Esa aparición de la persona amada como algo tan excepcional que parece sobrenatural, es lo que el autor define como "el asombro". Y comienza a hacer una teoría filosófica del asombro en el amor.

Lo que me resulta sorprendente es que justo en medio de sus reflexiones agudas y profundas, muy formales, Ibn Hazm es atacado de golpe por la memoria de algunos de sus asombros y abandona *El collar* para ir a hacer una anotación a su libro paralelo, el de las cosas no sólo vividas sino vivas.

En *El collar* reflexiona sobre el amor y le sirven sus experiencias como cosas adquiridas. En *La ley de Jamsa* usa su memoria, pero más que un recuerdo se trata de una invocación y una aparición de eso que lo asombra. Concretamente, en el pasaje que nos ocupa, la aparición que sufre y goza el poeta es la de los labios vaginales de la poeta Sofía, que Ibn Hazm vive como una revelación radical que le cambia la vida. Los señala como lo más bello y atrayente que ha visto nunca. Y confiesa que nunca se los ha podido retirar de la cabeza. Los describe como extremadamente carnosos, tanto que la boca se le hace agua por besarlos, por tenerlos suavemente bajo su lengua. Y su textura se queda en la memoria de su lengua como una huella eterna con ligero sabor de mar y un olor tenue pero decidido, como el del aceite de argano. Dice que su asombro es una experiencia fuerte como un golpe físico pero agradable. Que en ese golpe viene la conciencia de estar frente a algo no sólo que no se esperaba sino que le era desconocido y que no creía posible que existiera. Su volumen, su consistencia, su manera de ser envolventes incluso desde antes de tocarlos son definitivamente algunas de las cualidades que lo llevan a juzgar con toda racionalidad que está ante algo maravilloso.

Ya sin aliento, Ibn Hazm se deja llevar por el flujo de sus asombros y comienza a recordar la primera vez que vio un sexo femenino. Los primeros labios vaginales que conoció, el esplendor con el que le sonreían ofreciéndose en un gesto que Ibn Hazm llamó para siempre "una sonrisa ayurvédica". Un término hinduista que se refiere al conocimiento de todo lo natural que mejora y prolonga la vida. Incluyendo por supuesto a las hierbas medicinales. Explica así que el primer sexo que le sonrió ofreciéndosele plenamente fue como una medicina absoluta y radical. Y mejoró su vida.

De ahí pasa Ibn Hazm en su gozosamente lenta *Ley de Jamsa,* su *Kama Sutra involuntario,* a recordar los primeros asombros de su vida y a tratar de explorar sus primeros recuerdos. Y decide que la memoria es laberíntica como el sexo de los enamorados. Y se extravía en los corredores de su vida a la búsqueda de todos los momentos que para él fueron asombrosos y lo llevaron a viajar, a amar, a descubrir en cada mujer algo sagrado que inevitablemente lo convirtió en practicante de la religión del sexo y del sexo de la religión. Aprendiz eterno del deseo.

Ya para entonces yo no podía sino extraviarme en mis propios laberintos de la memoria preguntándome dónde, cómo y cuándo tuve una impresión tan poderosa que la pueda considerar mi más antiguo recuerdo, mi primer asombro. Señalar dónde surgió el deseo de ejercer mi oficio de poeta amante y tomaron la forma que tienen mis palabras. Me pregunto de dónde vienen y a dónde van: qué señala el índice de mi mano cuando toca en la noche lo obscuro que me rodea, lo invisible.

• • •

Hace ya algunos años que me es imposible pensar en los caprichos y misterios de la memoria sin que me venga a la mente una nítida imagen del desierto. Porque fue en un oasis del Sahara, poco antes de cumplir veinticinco años, que regresaron a mi mente de golpe los recuerdos más lejanos que ahora tengo, que por cierto eran de otro desierto, en el norte de México, donde viví entre mis tres y mis cuatro años de edad. Y yo ni siquiera sospechaba su olvido. Tal vez por eso recuperarlos fue una violenta sorpresa que no ha dejado de inquietarme. Y una parte de aquel escalofrío de la memoria recorre todo lo que desde entonces he escrito.

Porque el puente de arena que unió de golpe esos dos desiertos se convirtió en el territorio imaginario donde lo más concreto y sensorial que tengo, mi cuerpo, está seguro de tocar lo invisible: crece en el deseo. El desierto se convirtió en mi entrada al laberinto de la memoria pero también al ámbito de los misterios del cuerpo enamorado.

Un día, en una duna lenta hundimos ella y yo las huellas de nuestras manos. Nuestras palmas. Así, en ese suelo fugaz y caliente sembramos "nuestras palmas en la arena" como el inicio de nuestro nuevo oasis. Y desde entonces cada vez que nos acariciábamos desnudos sentíamos que éramos dunas al viento. Arena cómplice por un instante.

El calidoscopio de la vida había hecho coincidir los montones de tierra anhelante que son nuestros cuerpos. Y no sospechábamos que el mismo giro de cristales iba a abrirnos otras dimensiones de la vida. El mundo, para nosotros, estaba por transformarse.

Era invierno y estábamos a la entrada del Sahara cuando caímos enfermos. La fiebre no nos dejaba dormir pero tampoco estar completamente despiertos. Llevábamos casi un mes viajando hacia el sur con muy poco dinero, y comiendo sin precaución en lugares obscuros y con frecuencia poco higiénicos.

Tratábamos obsesivamente de llegar al desierto pero al mismo tiempo nos dejábamos seducir por todas las escalas del camino. El norte de África, que tanto mi amada como yo estábamos descubriendo lentamente pero con avidez, nos fascinaba hasta el exceso de sentirnos bajo los poderes de algún hechizo: íbamos hacia el desierto como los insectos de la noche vuelan hacia la llama de una vela, ciegamente.

No teníamos fecha de llegada a ninguna parte. Ni obligación estricta de regresar pronto a París, donde hacía tres meses que estábamos viviendo juntos por primera vez. Viajábamos con una pequeña maleta al hombro cada uno, alargando nuestros recursos suavemente, conociendo gente y lugares fascinantes. Cuando nos faltaba dinero ofrecíamos a los comerciantes nuestros servicios para vender sus mercancías a turistas que ya las habían despreciado. Lo hacíamos a cambio de una comisión por cada venta cerrada. Así el comerciante no perdía nada y nosotros aprendíamos de ellos, grandes maestros, el teatro ritual de la vida que se exhibe a diario comprando y vendiendo, convenciendo y regateando en los mercados. Montaban toda una obra dramática que iba mucho más allá del regateo: se entusiasmaban, halagaban, chantajeaban, se ofendían, corrían a los clientes y luego iban a buscarlos a la esquina, cedían para arremeter más agresivamente, descargaban un entusiasmo y una gama de emociones humanas que daban la impresión de vivir varias vidas. Vender en el mercado era fascinante. Era un reto y una enseñanza de vida. Yo me preguntaba cuántos amores han salido de estas transacciones, cuántos asesinatos, ofensas, venganzas, fortunas.

Nos dejábamos seducir por los intrincados trazos de las calles viejas en las ciudades antiguas, en las medinas. Y jugábamos a perdernos de verdad en sus laberintos. Todavía recuerdo con algo de vértigo la extraña sensación de ir por primera vez a la deriva, disponibles por completo a los azares de nuestra travesía, de pueblo en pueblo y de ciudad en ciudad, como si llegáramos a diferentes puertos de un mar siempre lleno de sorpresas. Nuestra geografía era la del asombro y nuestro mapa un vocabulario secreto, descifrable sólo paso a paso. No veíamos la llama delante de nosotros pero creíamos percibirla con todos nuestros sentidos. Como hojas al sol y al viento, nos orientaba el movimiento de nuestros cuerpos.

A ratos nuestra meta parecía ser la plenitud del camino mismo, como en la travesía de Jack Kerouac *On the Road*, ese manifiesto narrativo de la libertad en movimiento, cuyo vértigo me había sido tan cercano en la adolescencia y cuyo espíritu había alimentado mis primeros recorridos aventureros del paisaje mexicano, especialmente los de Michoacán y Oaxaca.

Pero esta vez, además, la sensación de tener al camino como meta se iba transformando en otro tipo de iniciación, emparentada en nuestra mente sonámbula de entonces con el viaje espiritual de ciertos poetas místicos antiguos. Especialmente el persa Attar y su libro *La conferencia de los pájaros,* que había caído en nuestras manos un poco antes. En él, las aves del mundo se reúnen y viajan a la búsqueda del Simurg, el pájaro superior digno de guiarlas y gobernarlas. Después de muchas aventuras maravillosas descubren que ellas son el Simurg. Que el viaje las ha fundido al ser que anhelan y aman descubierto en ellas mismas.

Éramos dos amantes que sienten, de pronto, que todos sus pasos los conducen uno al otro. Incluso cuando se alejan. Incluso cuando hablan o miran a otras personas, los amantes conversan entre ellos la perspectiva de experiencias que los solidifica en el ser amado. Cada vez que nos preguntábamos: ¿Qué estamos haciendo en el Sahara? ¿Hacia dónde vamos? Nuestra respuesta tenía que ser múltiple, o por lo menos doble: íbamos necesariamente hacia lo desconocido, lo que sentíamos que nos rebasaba. Pero también, física y espiritualmente, íbamos hacia muy adentro de nosotros. Así cada noche nuestras manos y nuestras lenguas caminaban más de lo que se habían desplazado nuestros pies durante el día y descubrían las regiones más secretas de nuestros cuerpos. Nos recorríamos intensamente como exploradores enamorados de los territorios inéditos de nuestra piel, extrañamente enlazada y compulsiva, nueva y sorprendente cada vez.

Éramos casuales descubridores de lo amplio y profundo de nuestro deseo y el desierto se iba convirtiendo en una imagen viva de nuestra búsqueda. Viajábamos hacia esa ardiente inmensidad de arena y al mismo tiempo la llevábamos dentro. Nos íbamos llenando de ella. Y recuerdo claramente, sin que el tiempo lo haya disminuido, el ardor de ese hilo de arena cruzando todo mi cuerpo.

•

Estábamos seguros de que los enamorados que se consumen en el deseo viven una de esas experiencias que sólo se conoce desde adentro. Nos sentíamos iniciados a un secreto, a un conocimiento, a una verdad y una dimensión de la vida a la que sólo se accede en el acto del amor. El cuerpo amado, transformado por su fuego ante nuestros ojos incendiados y nuestras manos incendiarias y nuestras lenguas como llamas, nos revela ritualmente ese secreto de la llama vista desde adentro, ya indecible.

Inevitablemente todo lo exterior se va encendiendo y condimenta nuestra llama. Se convierte en ella. El mundo se convierte en geografía de la pasión.

Cada lugar se vuelve extensión de nuestros cuerpos y por lo tanto de nuestros deseos y de nuestros objetos de deseo. Se vuelve también el ámbito donde crecen las dudas, las preguntas, la curiosidad sobre el deseo del otro, sobre los límites propios, los malentendidos posibles, las suposiciones.

En aquel instante nuestra extensión natural desmesurada iba siendo el desierto. Aunque para de verdad estar convencidos de que lo visible es una sombra de lo invisible, como decía sonriendo otro poeta y pensador místico, Aziz al-Gazali, hacía falta todavía que en aquel viaje nos sucediera algo definitivo. La extraña rebelión de la memoria como otra llama intempestiva que cuenta sus secretos.

•

Sin duda, al lado del vértigo por el laberinto iba creciendo en nosotros una sensación de temor e incertidumbre, como si un ave obscura nos volara encima, orientara nuestros pasos, nos vigilara amenazante. Era la creciente certeza de no estar protegidos ante los posibles caprichos del destino. La conciencia de una intemperie existencial, muy similar a la que describe Malcolm Lowry en sus viajes por México. Especialmente hacia Oaxaca y en su relato del viaje *Hacia la tumba donde yace mi amigo*. El mundo entonces se convierte en vaticinio.

Los largos y lentos trayectos en autobuses viejísimos sobre un pedregoso desierto lunar e interminable, nos iban inyectando esas sensaciones de tocar lo inevitable. Riesgo y fascinación iban de la mano estrechándose cada día con más fuerza.

Y a pesar de todo íbamos más allá de nosotros mismos, queriendo ver en las sombras inciertas sobre la arena una absorbente noche llena de estrellas que nos llamaba.

Pero el azar nos detuvo en el primer oasis: la fiebre nos impidió salir de madrugada con la caravana semanal que cruzaba todo el Sahara. Estábamos en un pueblo llamado Zagora, que entonces era un oasis, ahí donde Pier Paolo Pasolini había filmado *Edipo Rey*. No sabíamos que ese lugar se convertiría en uno de los centros de nuestro viaje.

No pudimos tomar la siguiente caravana porque ese mismo día habían roto relaciones los dos países que colindaban en aquella zona ardiente: Marruecos y Argelia. España había abandonado su última colonia, el Sahara occidental, y esos dos países se lo disputaban de diferentes maneras y con distintos argumentos e intermediarios. Había en el aire, según nos enteramos, una guerra inminente.

Al amanecer vino a buscarnos un enviado del caíd, es decir, de la persona que era al mismo tiempo la autoridad política, militar y religiosa de la zona. En nuestros términos, una especie imposible de gobernador regional que fuera al mismo tiempo arzobispo y general.

El caíd quería vernos para decirnos en persona que estábamos bajo su custodia: habría toque de queda a partir de esa noche y la circulación de personas sería restringida. Cerca de ahí, el ejército del otro país había matado a varios miembros de una tribu nómada, touareg, que se había negado a ceder sus armas, y se pensaba que, tal vez, el mismo ejército o la guerrilla saharaoui habían secuestrado a cinco turistas franceses que habían entrado al Sahara argelino por Marruecos. Parecía que secuestraban a extranjeros para crearles problemas diplomáticos a sus enemigos. Una maniobra que, por lo visto, era común en esos horizontes en aquel tiempo.

Pero lejos de vivir todavía más tensiones y riesgos, aquellos días bajo peligro de guerra fueron para nosotros una interrupción del vuelo de nuestra ave negra. De pronto sus plumas funestas se pintaron de colores. Vivimos esos días como un pequeño paraíso. Cerca de tres semanas, hasta que pasó el toque de queda, disfrutamos de la vida en un oasis maravilloso y sus alrededores.

En ese territorio nos albergó un nuevo amigo que habíamos conocido esa mañana, Horst. Un alemán de origen polaco, especialista en la evaporación del agua en el desierto. Se había encontrado con nosotros en la calle, frente al Hotel Abdel Kader, que entonces tenía dos habitaciones, y nos vio tan demacrados por la disentería que decidió aliviarnos alimentándonos adecuadamente.

Fuimos juntos al pequeño mercado de Zagora y compramos bolsas de verdura y piezas de pollo que en su cocina se convirtieron en elementales platos curativos.

Cinco años antes él era un especialista en literatura, doctorado en la Universidad de Berlín, que iba de vacaciones a Marruecos por primera vez. Como se enamoró del lugar decidió dar un giro a su profesión y comenzó a estudiar geología porque quería regresar a quedarse haciendo algo útil para el país. Se había dado cuenta de que la distribución del agua para todos los habitantes y agricultores del oasis, a partir de una diminuta presa, era muy irracional y por lo tanto había mucho desperdicio.

Pronto descubrió que el agua se repartía basándose en sistemas de medición muy poco precisos, implantados por los colonizadores franceses en los años cincuenta: enterraban en el desierto una especie de cubeta metálica que medía un metro cúbico. La llenaban de agua y luego iban midiendo cuánto descendía el nivel al avanzar el sol. Nuestro amigo alemán buscó y encontró nueva tecnología de medición, la llevó al desierto aportada por fundaciones europeas, ayudó notablemente a la comunidad del oasis e hizo su doctorado sobre la evaporación en esa zona del Sahara.

Tal vez esté de más decir que era un tipo extraño y apasionado, muy afable, enamorado del lugar, de su oficio de geólogo excéntrico, y que con verdadero entusiasmo nos iniciaba en la lectura de las rocas, de sus vetas y de su imaginación milenaria. La literatura y la geología eran para él equivalentes: en los granos del desierto, según nos decía, estaban cientos de historias capaces de llenar otras mil y una noches. Aguardaban ahí, noche y día, listas para quien quisiera y supiera leerlas y contarlas.

Sin que nuestro amigo conociera a Roger Caillois, el autor sorprendente de *Las piedras vivas* y de muchos otros ensayos sobre la imaginación mineral, muchos de sus puntos de vista coincidían. Para ambos las piedras interesantes eran, como la buena literatura, vida condensada, síntesis del asombro.

Y nosotros estábamos ahí, en medio del desierto pedregoso, aprendiendo a descifrar nuestras sorpresas. Estábamos en una zona donde, muchos siglos atrás, el suelo se había hundido varios kilómetros a la redonda ofreciéndonos el espectáculo de una inmensa falla vista desde abajo: era una especie de valle rodeado por un alto muro que exhibía, con líneas agitadas que corrían horizontalmente, la historia de esa tierra durante varios milenios.

El hundimiento había producido otra formación extraña: en medio del valle surgió una montaña rocosa desde la cual se podían ver todos los oasis a la redonda, el arroyo increíblemente estrecho que los alimentaba y la pequeña presa que parecía un estanque. Como era un lugar estratégico desde un punto de vista militar, nuestro amigo alemán tuvo que pedir la autorización del caíd para que subiéramos. Desde lo alto de la montaña, al día siguiente, presenciamos la salida del sol.

Hasta ese momento no habíamos percibido el acontecimiento más importante del lugar en mucho tiempo y que, a pesar de lo que creíamos, no era la guerra. No habíamos dado importancia al hecho de que el día anterior había estado lloviendo, después de doce años que eso ahí no sucedía. Es cierto que entre la gente del lugar habíamos notado una gran excitación pero la adjudicábamos erróneamente a la política y las armas. Luego nos daríamos cuenta de que en realidad era motivada por la lluvia. En aquel rincón del desierto, en aquellos días, la guerra y sus amenazas era más frecuentes y monótonas que la lluvia.

Desde lo alto de la montaña vimos nuevas zonas verdes alrededor del oasis que durarían tanto como lo que el sol se demora en restablecer su dominio. De pronto, vimos que comenzaban a subir desde el suelo nubes muy pequeñas y compactas. Pasaban frente a nosotros y seguían lentamente su camino hacia arriba. El agua de la lluvia estaba evaporándose ante nuestros ojos. Pero lo más extraño y fascinante era que, de alguna manera, con las pequeñas nubes nos llegaban sonidos que normalmente, a la altura en la que estábamos, no podríamos escuchar: voces hogareñas, ladridos de perros, música de radio, una pareja discutiendo con violencia, juegos de niños en la calle o en el patio de su casa, conversaciones y gritos pasionales de amantes que tal vez se querían secretos.

Había también una luz peculiar que se hacía más densa al avanzar la mañana. Era como si, bajo su nueva humedad, las hojas de las palmas y los granos de arena intensificaran sus reflejos. Pero parecía que éstos viajaran, entre las vaporizaciones del aire, de manera muy poco directa hasta nuestros ojos.

Hundido en esa luz y en la visión de ese paisaje evaporándose, me invadió la sensación de haber estado antes en la extensión de ese mismo instante. Ahí me pareció ver algo que ya no estaba ante mis ojos: la misma luz iluminando esta vez un desierto cubierto de flores. Vientos repentinos las agitaban suavemente. La variedad de sus colores me emocionaba y mi padre me explicaba que eran plantas de un día; que durante muchos años las semillas habían permanecido entre la arena esperando la lluvia que las hiciera germinar.

Volví a sentir tristeza y la breve angustia de ver que en un par de horas el sol quemaba completamente todas las flores y luego todas las plantas. Y volví a oír la voz de mi padre tranquilizándome, diciéndome que las flores habían dejado otras semillas y que, de cualquier manera, en la aparente nada del desierto había una vida inmensamente variada, visible para quien supiera descubrirla.

Volví a sentir la alegre curiosidad y el reto de averiguar qué había detrás de la aridez frente a mis ojos. Poco a poco, en los meses siguientes, mi padre me mostraría la enorme riqueza vital del desierto.

Yo tendría algo más de tres años cuando fuimos a vivir al desierto, en el noroeste de México, en la parte sur de la Baja California; y había olvidado aquella escena de nuestra llegada. Casualmente, también cuando entramos a ese desierto mexicano acababa de llover, después de varios años de sequedad absoluta y las flores cubrieron la arena de la misma manera.

Otras imágenes me visitaron: como aquella lluvia se había debido a un ciclón, aún después había vientos poco usuales. Los techos de algunas casas de madera pasaron cerca de nuestra ventana, lo mismo que grandes ruedas de espinas y el ala de una avioneta ligera, de las que se usaban para fumigar los campos. Ante el sonido del viento, que no dejaba de darnos escalofríos, mi padre exorcizaba nuestros temores preguntándonos si queríamos volar. Como respuesta a nuestro entusiasmo tomaba firmemente con una mano el brazo de mi hermano, que ha de haber tenido entonces cerca de un año o dos, y con la otra mano el mío. Salíamos de la casa y, a los dos niños delgados, el viento nos elevaba fácilmente llenándonos de una alegría completamente nueva.

En lo alto de una montaña norafricana, sumergido en una luz casi líquida, los caprichos de la memoria me devolvían sensaciones e imágenes que yo ni siquiera podía saber que tenía perdidas. Por primera vez supe que la fuerza del olvido era brutal y misteriosa, pero que los poderes de la memoria no lo eran menos. Me preguntaba, ¿cuántas cosas habré olvidado sin saber que las olvidé y cuántas me será dado algún día recuperar?

La memoria involuntaria me hizo recuperar a México en Marruecos, a mi infancia más antigua en mi primera juventud de enamorado, a lo propio en lo ajeno y a lo ajeno en lo más íntimo. Me hizo habitante del mundo, de lo desconocido, de lo incierto. Me hizo reconocer lo que ya era: un nómada enamorado y radical en muchos sentidos.

Ahí mismo recordé que dos años antes del viaje a Noráfrica había muerto mi abuelo, el padre de mi padre. Era un hombre dulce, terriblemente aferrado a la vida, que tuvo una agonía muy larga: casi tres meses en los cuales, inconsciente ya, hablaba desde diferentes épocas de su vida.

Conforme se acercaba a la muerte era más lejano el recuerdo en el cual se situaba: en algún momento comenzó a hablar en latín, lengua que sólo de adolescente había frecuentado para olvidarla totalmente después. Como muchos niños de los ranchos de los desiertos del norte de México y como yo mismo, él había sido educado inicialmente en un seminario regional, en una misión adelantada. De ahí el latín de su delirio memorioso. En otros momentos discutía, como un niño, con una hermana que había muerto cuando él tenía diez años. Peleaban por un listón azul. Tal vez, en los tres meses que duró su agonía, mi abuelo viajó mentalmente a lo largo y ancho de todos sus años de vida. Parecía recorrer sus asombros. Eran los puertos de su extraña travesía: su mapa mental, su geografía de momentos privilegiados o incluso excepcionales, de epifanías.

Esa inesperada resurrección de la memoria de mi abuelo en la proximidad de su muerte me había llenado al principio de cierta angustia: me parecía un acto desesperado de su voluntad de vivir. Pero al recordarlo en aquella montaña del oasis de Zagora, después de que yo mismo había sido involuntario y feliz viajero de la memoria, me llenaba de paz y de felicidad pensar que el último itinerario de mi abuelo fue tal vez un privilegio: su paraíso.

Y pensaba que cuando yo muera, si es que las probabilidades de la herencia genética me deparan una agonía similar; y si en ella me es dada también por unos instantes la dicha de entrar al tiempo sin tiempo de la memoria, sin duda yo regresaré al desierto.

Y en su orilla a la ciudad amurallada de Mogador, a la ciudad mujer, a la Ciudad del Deseo.

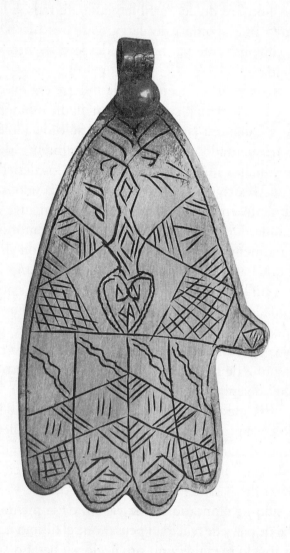

Las cabras y la experiencia del asombro: hacia la poesía

Definir una epifanía: una revelación. Donde el sonámbulo
descubre una de sus misiones como poeta: encontrar
en el pliegue entreabierto de lo que para algunos
es normal y cotidiano, la magia del
asombro. También en ese
viaje descubre la
Ciudad del
Deseo

•

Deseo tercamente regresar, con la carne incierta de un fantasma poseído y posesor, al lugar donde el mundo se reveló como poema ardiente: al desierto. Y antes de descubrir Mogador el desierto nos preparó para percibir mejor su profunda pero sutil diferencia.

Íbamos en un pequeño transporte colectivo cruzando ese mar de arena y rocas que es el Sahara. No había camino. El conductor se orientaba como navegante. Conocía hacia dónde se mueven las dunas y cómo se comportan. Sabía con qué color vibran los espejismos en diferentes lugares a horas distintas. El viento le decía lo que habría de encontrar kilómetros adelante: cada roca afilada y silbante, cada duna absorbente, cada extraño ojo de agua y, también, la rarísima vegetación de árboles arganos. Esos que pueden crecer en el desierto porque, aunque su cuerpo apenas rebase los dos metros, hunden rápidamente sus raíces más de veinte metros localizando y apropiándose de las más profundas corrientes subterráneas.

Un mito muy antiguo cuenta que los arganos se alimentan de nubes enterradas hace siglos, que vuelan en un cielo hundido en otros tiempos, obscuro y relampagueante, del que está hecho el centro de la Tierra.

En cuanto el navegante siente en los labios el verdor vibrante de los arganos, en el instante en que el ruido agitado de sus hojas al viento lo llama, cambia ligeramente la dirección y nos encamina hacia ellos. Ésa es su ruta.

Y de pronto, a lo lejos comienzan a destacarse sus copas verdes alegrando el horizonte. Era un bosque breve de veinte o veinticinco arganos.

Como se veían enormes manchas negras sobre las hojas pensé que estaban llenos de zopilotes o buitres. Y me atreví a decirle a mi mujer que muy probablemente habría una vaca muerta al pie de los árboles. Ella, que siempre ve más y siempre tiene razón (aun cuando se equivoque un poco), me dijo con razón que yo estaba acercándome a la ceguera, que no había sobre la arena ningún animal muerto, ni camellos ni burros y menos vacas, y que esas manchas definitivamente tenían cuatro patas.

Como me pareció absurdo que hubiera perros sobre los árboles pensé que lo decía en broma. Pero cuando nos acercamos más todavía comprobé que de verdad tenían cuatro patas. Pero no eran perros. Las copas de los árboles estaban repletas de cabras trepadoras que comían sus hojas.

Un pastor, como es lógico, contemplaba a todo el rebaño con su cayado en la mano, pero en vez de mirar hacia abajo, como suele cuidarse a las cabras, miraba hacia arriba. Como si sus animales pudieran escaparse hacia el cielo.

Pensé que por fin entendía ese dicho que había oído en la región unos días antes. Noté que cuando alguien muestra deseos desmesurados se dice simplemente que "las cabras se le montaron al argano".

Lo inesperado de la escena nos tenía fascinados. Y además era real. No era la invención fácil de uno más de los imitadores del realismo mágico. No eran más ángeles que cayeron de pronto ni peces en el aire. De verdad las cabras estaban sobre los árboles.

Traté de compartir mi entusiasmo con un joven marroquí que estaba sentado a mi lado en el pequeño autobús en el que viajábamos. Señalé a las cabras y le dije que me parecía algo increíble, que yo no sabía que eso fuera posible. Me miró extrañado y me preguntó de qué hablaba. Señalé de nuevo. Entonces hizo gesto de comprender y me habló con orgullo de esa planta sorprendente, del argano:

"Tiene razón, me dijo, el argano es como un milagro. Es una de esas milenarias plantas del desierto que los científicos llaman 'derrochadoras'. Encuentran agua donde es muy escasa, florecen y dan frutos donde otras plantas perecen. Sus raíces crecen con más velocidad que sus ramas y alcanzan enormes profundidades. De su fruto se extrae un aceite que se unta y se come. Es ya un reconocido tesoro gastronómico. Se le atribuyen más cualidades que al aceite de oliva y lo recomiendan en tratamientos del cáncer de próstata. En los baños públicos, en los hammams, se habla sobre todo de sus poderes sobre la vitalidad de la piel y de algunas cualidades afrodisiacas. Se entiende por qué es un árbol simbólico y forma parte de rituales berberes propiciatorios de fertilidad. Los breves bosques de arganos (*Argania spinosa*) se encuentran sorpresivamente desde el norte de Essaouira Mogador hasta el sur de Agadir y son uno de los tesoros naturales de Marruecos. Varias cooperativas de mujeres arganeras pueden ser visitadas en el camino. Generalmente se anuncian en la carretera. Hay una a cuarenta kilómetros de Essaouira y otra a sesenta. Ahí se puede presenciar la transformación de la fruta en semilla y ésta en aceite, en jabón o en *amadú:* una mezcla de aceite con almendras molidas para untar en pan. A la sombra de los arganos han crecido por siglos las poblaciones de esta zona costera y el aceite ha dado fluidez a sus diversos apetitos."

No me atrevía a interrumpirlo. Pero en cuanto se detuvo, le dije:

—Sí, la planta me parece fascinante. Pero lo que me conmociona son las cabras.

—¿Y qué tienen las cabras?

—Pues que están sobre los árboles.

Me miró como se ve a un loco. Me examinó de pies a cabeza y cuando detuvo su mirada en mis ojos me dijo:

—Pero si las cabras siempre están en los árboles.

Ahí me di cuenta de que eso que para mí era una especie de inusual revelación poética, magia natural, para él era una banalidad, una cosa insignificante de todos los días. Ni siquiera merecía llamar la atención. Es más, él ni siquiera se fijaba en las cabras. No las veía.

Algunos días después compré un libro con fotografías de la región y en una de ellas un rebaño casi doblaba las ramas de un árbol. El pie de foto decía: "Argano, árbol común en la costa atlántica de Marruecos". Sobre las cabras, nada. Eran invisibles para algunos.

Y en ese momento pensé: ¿cuántas cosas se me vuelven invisibles cada día? ¿Cuántas cosas interesantes no veo sólo porque son de todos los días? ¿Cuáles de ellas tienen una porción de poesía? Y decidí que mi labor de escritor tendría que ocuparse, en parte, por descubrir las cabras en los árboles de mis cosas y situaciones y personas de todos los días. Comenzando por mi vida erótica, por encontrar las cabras en los árboles de la persona amada. Lo extraordinario en las manos que toco todos los días, en la boca que siempre he besado y que de pronto puede revelarme nuevas sensibilidades y poderes.

Hacer del asombro auténtico una regla de vida y una regla de creación: una poética que fuera al mismo tiempo una erótica.

Ese mismo día por la tarde estábamos llegando a la ciudad amurallada de Mogador Essaouira. Se nos presentó la opción de entrar por tierra, que es lo más común y rápido, o llegar por agua, más lentamente. Y por agua nos aventuramos. De nuevo en un transporte público para una docena de pasajeros y un solo tripulante que controlaba un timón de bastón y dos pequeños motores fuera de borda.

Con el sol fugaz a nuestras espaldas surgió del horizonte como una aparición, una muralla. Era ella. Recostada sobre las dunas, rodeada de arrecifes, mojada por la efervescencia del mar, brillaba desnuda reflejando al sol, la ciudad de Mogador.

El conductor de la barca apagó de golpe los motores. Le pregunté por qué lo hacía. Y me dio una respuesta muy común para él pero que para mí se convirtió en nueva clave de vida.

—Para acercarse a la ciudad de Mogador hay que apagar los motores por dos razones: para dejar que nuestros ojos se acostumbren a su belleza y, además, para esperar y escuchar con más atención las corrientes que vienen de la ciudad hacia nosotros. Serán la señal para poder entrar en su puerto. No antes.

Me di cuenta de que, efectivamente, la sal del mar cristalizada sobre las murallas había hecho de ellas una enorme galería de diminutos espejos que nos cegaban. Y también que el ritmo de las olas nos permitía ir distinguiendo a la ciudad detrás de su brillante presencia.

Pensé que ante ciertas mujeres de belleza radiante yo debería tomar la misma medida: frenarme y mirar más lentamente.

Y eso se complementaba y se volvía más claro con la segunda razón del navegante. Su receta era una fórmula erótica fundamental: siempre, apagar primero los motores y dejar que desde la persona amada nos lleguen las corrientes y las mareas que nos pidan y nos permitan acercarnos. Nunca precipitarse sin escuchar al cuerpo amado. Detectar sus fuerzas más profundas y expresivas, obedecerlas. Escuchar antes que nada, al acercarse, al tocar, al besar, al penetrar incluso. Abandonar siempre el propio ritmo y prisa, nuestros motores, para navegar con lo que nos llame desde quien deseamos, si nos llama.

Desde ese día Mogador se convirtió para mí en la metáfora de una mujer. La ciudad mujer por excelencia. Con más razón aún cuando, unas horas más tarde, ya en sus callejuelas, nos dimos cuenta de que sus laberintos nos desafiaban. Aun en las calles que parecían más rectas, y con un mapa en la mano, ella nos resultaba fugaz, inaccesible. Pensé que a Mogador como a una mujer, aun cuando se esté dentro de ella no se le posee. Ni mapa, ni guía, ni voluntad alerta permiten que la ciudad mujer sea de verdad poseída.

Lo más terrible y asombroso es que, a partir de esos principios metafóricos, el mundo mismo se convierte en un cuerpo erótico. Y el deseo de estar en el mundo, de viajar, de comer, de comprender, de descubrir, de hablar, son actos eróticos, afirmaciones de vida en un mundo que ofrece su cuerpo y llama a ser seducido y seducir. Comprendiendo a la seducción no como conquista o posesión sino como pacto fugaz de goce mutuo, aventura que renace cada día, reto vital, poema que, tal vez, se va construyendo con la vida.

A partir de esa experiencia comencé a escribir un poema sobre la llegada a Mogador. Y pronto se convirtió en un poema en prosa o relato de impresiones intensas o reflexión donde me ensayo con el puerto. En ese poema traté de describir una escena erótica de penetración, pero centrándome exclusivamente en una descripción metafórica. Es decir que conté la llegada a Mogador como si fuera un acto erótico pero sin referencias directas. Mi intención era cargar al lenguaje y a todas las cosas de la geografía mogadoriana de un segundo significado corporal implícito pero sensible. No se sabe pero se siente que el viajero penetra, goza, se desconcierta. El tiempo se rompe y multiplica hacia adentro de sí mismo. El delirio se hace mito fundador, la humedad es posesiva.

El poema se llamó *La inaccesible,* se publicó como una plaquette y quince años después se integró a la novela *En los labios del agua. La inaccesible* y su erotización posible de todos los gestos de la vida cotidiana fue el inicio de una búsqueda vital que se extendería varias décadas. Y en el cual lo que se escribe y lo que se vive, lo que me cuentan los lectores y lo que experimento se mezclan sin cesar de manera abierta y felizmente promiscua.

•••

Algunos días después de esa llegada al puerto, en la biblioteca de Mogador traté de saber más sobre la ciudad y su historia. Y de paso traté de descifrar mi sorpresa, darle palabras. En un descanso me encontré un diccionario sobre una mesa y busqué la palabra "asombro". Era el de la Real Academia, donde encontré que a diferencia de lo que me decía mi experiencia, su primer significado académico es: "Susto, espanto". Y que asombrar es: "1. Hacer sombra una cosa sobre otra. 2. Obscurecer un color mezclándolo con otro. 3. Asustar, espantar. (Y finalmente en último lugar) 4. Causar grande admiración."

Me llenó de tristeza, espanto y obscuridad una definición tan sombría. Me pregunte, ¿qué hombres sombríos son capaces de desconocer tanto el asombro y lo reducen definiéndolo como si fuera su sombra?

Lo comenté con el bibliotecario, un hombre que hablaba muchas lenguas, estudiaba a su ciudad apasionadamente y, a pesar de la distancia, era un amante de la poesía mexicana. Conocía de memoria poemas enteros de Octavio Paz pero también de Coral Bracho, de David Huerta, de Gorostiza, entre otros. Sonriendo me llevó a la sección de diccionarios árabes.

—Ese libro español, el de su lengua, está humedecido todavía por la vieja sombra triste de don Antonio. Le voy a enseñar otra visión del mundo.

Le pedí que me explicara de qué Antonio hablaba.

—Un hombre notable o más bien notorio que se hacía llamar Antonio Nebrija. A él se debe la primera gramática del español, por lo tanto una reforma de la lengua y más tarde un primer diccionario. Era 1492 y trataba de construir la lengua de un nuevo imperio. El imperio que descubría América y expulsaba ocho siglos árabes de sus entrañas. Como si eso fuera posible. En realidad los expulsaba de su superficie solamente. El español era entonces lengua relativamente nueva y no se consideraba tan importante como el latín o el griego como para tener gramática; y don Antonio trataba de demostrar que sí lo era. Pero su intento fue también una gran inquisición de las palabras. Una limpia racial tremenda que, en muchos casos, como en este del "asombro", empobreció al español. Nebrija expulsó de la lengua todas las palabras que fueran de origen árabe siempre y cuando tuvieran un equivalente de origen latino. Y aún así quedan hoy más de cuatro mil palabras que nos vienen del árabe.

Nebrija odiaba a los árabes y adoraba una imagen idílica que se hacía del mundo romano como único civilizador. Soñaba con que España fuera la nueva Roma conquistadora e Imperial. Él era sevillano y se apellidaba Martínez de Cala. Pero en vez de sentirse orgulloso estaba lleno de vergüenza andaluza y de aspiraciones de grandeza. Así que tomó el nombre latino de Nebrija porque había nacido en Lebrija. Y se añadió Elio inspirado en el conquistador romano de la antigua Sevilla, que ellos llamaron Bética.

—Me causa mucha curiosidad saber cómo define un diccionario árabe al asombro, le dije.

—A eso vamos. Más allá de las palabras, una civilización que hace limpias raciales pierde la oportunidad de comprender al mundo en su diversidad. Nebrija, en muchos casos empobreció su mundo y el mundo de su lengua, el español, amputando una parte del cielo árabe que también era parte de su universo.

Abrió un diccionario árabe que parecía muy antiguo y me fue traduciendo:

"Asombrarse es experimentar un impacto agradable ante algo inesperado que se juzga maravilloso".

—Cada elemento de esta definición árabe añade algo al diccionario académico, me explicaba el bibliotecario mogadoriano mientras yo tocaba el espesor de la tinta caligrafiada sobre esas hojas. Dice primero que se trata de una experiencia, por lo tanto incluye al cuerpo. Luego define al impacto como agradable y su raíz no es sombría sino brillante. Usa una palabra árabe cuyo origen la relaciona con la luz hacia la que tienden los místicos. Por lo tanto implica un sentido de trascendencia en el acto de asombrarse. Es decir, es una experiencia que nos transforma. En tercer lugar habla de lo inesperado y eso se refiere no sólo a lo poco frecuente sino sobre todo a lo maravilloso que nos da el mundo, al contacto con otras culturas, por ejemplo. Y para terminar incluye a la razón declarando que toda esa experiencia pasa por una inteligencia que la juzga y concluye que es sorprendente, maravillosa. Por todo eso es triste que la limpia de Nebrija haya empobrecido al español extirpándole esta concepción de asombro.

"Nebrija y sus seguidores no escuchaban lo que la vida les decía: aún hoy el asombro se vive como algo distinto a la definición académica. Y la palabra asombro en español se usa más cerca de esa experiencia descrita mejor por los diccionarios árabes. Los académicos se fijaron en las raíces latinas, en los fierros, no en cómo se usan. Y lo peor es que en la raíz latina de la palabra asombro está la supremacía de la sombra, de lo sombrío, de la obscuridad."

Era imposible no darle la razón. Eran dos concepciones del asombro radicalmente distintas y una, la académica hispana, hablaba de otro tipo de asombro, uno muy disminuido. Y en ese momento me invadió un deseo incierto que le manifesté.

—Tiene razón, pero no hay que dejar de considerar que la sombra y su extensión, la noche, pueden siempre recuperarse de manera menos triste. Más llena de misterio y poesía. Imaginemos una concepción del asombro que nos hable de las sorpresas que nos deparan las sombras de la noche. La participación del asombro en el mundo enigmático de los sueños. O el asombro como entrada a la vida interior de las personas, como un contacto con esa zona donde las sombras son retrato fiel de cada uno.

Asombrarse entonces puede ser entendido como una manera de conocernos desde dentro, explorar nuestro inconsciente, nuestros sueños, nuestros deseos más delirantes. Y si en la noche y el sueño incluimos los sueños articulados que llamamos cuentos, asombrarse podría ser también entrar en contacto con los personajes de nuestras historias favoritas o de aquéllas que estamos inventando. En muchas ocasiones ser ellos. Asombrarse como una manera de ser uno y al mismo tiempo ser otros.

Y mientras Zaydún se obstina en descifrar la orientación y el significado de sus obsesiones de calígrafo y contador de historias, el ceramista Tarik sigue esperando que la obra de barro que acaba de sacar del torno esté lista para meterla al fuego.

Tarik sabe que el secado de su pieza le exige un poco de ciencia y mucha paciencia. Si no deja que pierda la humedad que le sobra, cuando entre al horno se romperá con certeza. Porque si el agua excesiva comienza a evaporarse bruscamente bajo el fuego, la materia se expande y explota.

Tarik la mira detenidamente desde todos los ángulos, se la lleva a la cara y la unta contra su mejilla. La prueba con la sensibilidad de sus orejas. Cuando la acaricia así también la oye. Finalmente la toca hasta con la lengua. Detecta agua y dureza, color y temperatura. Pero aunque la experiencia lo haga conocer el barro en todos sus signos de maduración y secado, nunca hay una certeza absoluta y hasta con la pieza en el horno se sigue teniendo la duda.

Tiene que cuidar que no le dé el viento o el sol mientras se seca. Si una parte del barro se deshidrata antes que las otras, ya en el horno su contracción y expansión se dará diferente en cada zona y la hará reventarse. Su amorosa vigilancia alfarera es de miradas a la sombra.

Ve pasar al tiempo en ella como si fuera un aire benévolo que la penetra y la acaricia por dentro, donde él ya no llega. "Si dejo que el tiempo fluya, el tiempo es lo único que me permite meterme imaginariamente en ella y saber que se está secando. Pero no es mi tiempo, es el tiempo del barro."

Sus pasiones paralelas lo llevan a pensar de inmediato en su amante. En ella observa y provoca aparentemente lo contrario: su humedad creciente. Y que su cuerpo más bien se relaje. Tarik la toca como lo hace con al barro, hasta con las orejas. La observa mirando al tiempo correr dentro de ella. Claro que huele sus nuevas humedades. Se alegra y se unta en ellas, en la certeza de su existencia. Esa humedad es la señal que le dice "bienvenido". Y es también durante todo el tiempo que se amen la garantía de que sigue siéndolo. Él sabe que debe cuidar esa humedad incluso cuando ya esté dentro. Nunca entrar y salir más rápido de lo que fluye: esperar, dar tiempo, encontrar el ritmo de la humedad, festejar la certeza de su dominio líquido.

Como en el barro, Tarik pone todo su cuerpo a través de sus sentidos para invocar y verificar esa humedad pero también para lograr un concierto de consistencias de la piel, cambios de color y de temperatura. El sexo cambia de tono, de suavidad y de tersura. Y, claro está, de temperatura. La mano del amante percibe ese nuevo calor del sexo como un aliento que emana desde el cuerpo amado entre las piernas. Se acerca a él suavemente y mucho antes de tocarlo lo siente, dice su nombre, lo deletrea.

Tarik piensa que en su mundo de barro la humedad está del lado de las aguas. En su mundo de carne amante la humedad está más bien del lado de los aceites. No sólo porque lubrica el encuentro sino también porque lo ilumina y lo guía, como el aceite de las lámparas antiguas. Y lo ilumina también en un sentido superior de la palabra. Un amante siempre atento a la humedad de su amada luminosa se va acercando a ser un iluminado por su presencia. En ella se va volviendo luz, como lo es ella ante sus ojos.

Tal vez por eso Tarik busca en el barro secándose una luz especial, la señal que le indica a todos sus sentidos que ya es hora de seguir adelante y le señala, como un índice de fuego que sólo él sabe ver, hacia dónde debe continuar.

Cordial

En el dedo cordial o mayor reposan las cualidades que definen o afirman discretamente una personalidad o una vida. Su posibilidad de entrar al paraíso, de relacionarse con los demás a través de la sangre y el corazón palpitante.

A diferencia de sus vecinos el anular y el índice, no presume anillos ni pretende adelantar o marcar caminos, no ata ni señala. Sin embargo está ahí como el dedo que simboliza la presencia.

Va más a fondo, es corazón amante que entra hasta el corazón de quien ama. Parece que se funde cuando acaricia.

Es el más adelantado de los dedos y por lo tanto se le atribuyen cualidades de búsqueda, tanto interna como externa. Es por eso también el dedo del espíritu, del alma.

A la vez es el dedo de la aventura, del riesgo, de la incertidumbre. Es el dedo de la música cuando llega la hora de los tambores y los panderos. Al frotarse con el dedo pulgar produce también ritmos que recuerdan los de las castañuelas.

Es símbolo de las pruebas, los obstáculos que el humano debe enfrentar y vencer para lograr su meta: tocar con el nudillo del dedo cordial las puertas del paraíso.

Es el dedo que convence a la mujer amada. Pero con su torpeza y su fuerza sabe que convencer no es vencer. Dicen que el dedo cordial hace más plena a esa que se conoce como "la sonrisa ayurvédica" de la persona amada, la más vital y que se lleva entre las piernas, pero que nunca puede ver quien la ejecuta en audaz y empinada entrega a su amante.

Dicen que este dedo, en algunas culturas entrenadas en el uso de los poderes de las manos, crea a su alrededor un ámbito, un espacio tenso e imantado, como lo hacen las garras de ciertos felinos cuando se despliegan.

Es un dedo que engaña hasta sin proponérselo y es por eso el dedo de la ilusión erótica. Es el centro cambiante de la mano. El único que es igual en la derecha como en la izquierda. En algunas culturas se relaciona al dedo cordial con Saturno, por lo tanto con un principio de concentración, de fijación y de inercia. Es también el dedo de la melancolía, de la reflexión, de la duda. Y de la memoria profunda: re-cordar es volver a tocar con el corazón. Volver a tocar la música de una voz añorada con las cuerdas del corazón.

Con frecuencia se piensa en este dedo como cuerpo de una mariposa nueva, recién salida de su capullo, que lleva a la mano entera en su vuelo.

El corazón, brasa bajo el poder del viento

*Donde el sonámbulo descubre que el camino más corto para llegar a ese
Mogador que llevamos dentro y que tanto deseamos, pasa por
el corazón, centro cambiante de la vida, que late como
tambor y convoca a muertos y a vivos, se esfuerza,
tenaz, por escuchar como ninguno, tanto el
cuerpo de la amada como el suyo e
improvisar con destreza su
salida de sí mismo,
su unión con el
corazón de
la amada*

•

Con ansias, en amores inflamada...
San Juan de la Cruz

Tanto en los libros de Ibn Hazm sobre el amor, como en
los poemas místicos de Ibn Arabí y hasta en los de San
Juan de la Cruz, se habla del corazón como el lugar especial donde sucede la unión extraordinaria de los amantes.
En muchos casos se trata de la unión con Dios. Es algo así
como el órgano sexual del alma amante. El corazón acoge
y toma. Se hace chico y grande, se vuelve un ámbito envolvente y húmedo como un lago o lejano y apetecible
como la luna. Es un espejo mágico en algunos poemas.
Un espejo donde los amantes se miran a los ojos y se unen
en un reflejo que convierte a uno en el otro. Es por eso
también una fuente encantada donde se encuentran los
amores que parecen imposibles. Es el lugar fuera del
mundo ordinario donde los amores prohibidos sí pueden
existir. El lugar que inventan los amantes simplemente
por existir como amantes. "Nuestro amor tiene un cora-

zón que late a su ritmo y su música se apodera de nosotros", dice un poeta de Mogador que sostiene que el
corazón de su amada está escondido entre sus piernas y
el de él también en las suyas. Pero cada uno "es medio
corazón medio muerto hasta que juntos, sólo muy juntos,
baten complementarios latidos y resucitan".

El término árabe para el corazón es *qalb*, que significa muchas cosas: centro, espíritu, alma, alteración,
algo excitable, cambio perpetuo, transformación, metamorfosis. Incluso se usa para describir todo lo que es re-
versible: que se transforma en una cosa y se vuelve lo que
era antes. Como los órganos sexuales.

Pero el *qalb* es más que eso porque al no dividir el
cuerpo del alma considera con enorme importancia a la
imaginación deseante. El *qalb* es cercano a esa noción filosófica contemporánea que pone el énfasis en la disponibilidad del cuerpo a todos los niveles de la existencia. Lo
que algunos filósofos del deseo llaman "el cuerpo sin órganos" que se engancha o desengancha a necesidad y no
dependiendo de una conexión precisa y unívoca. El corazón como *qalb* se ilustra con aquella frase de Yourcenar:
"Sin saberlo todos entramos en los sueños amorosos de
quienes se cruzan con nosotros o nos rodean. Y sucede a
pesar de la fealdad, la penuria, la edad o la sordidez de
quien desea; y a pesar del pudor o la timidez de quien es
codiciado, sin que cuenten sus propios deseos, dirigidos
tal vez a otra persona. Así, cada uno de nosotros abre a
todos su cuerpo y a todos se lo entrega".

Con una ligera variante en la palabra *qalb*, *qalib* es
pozo o cisterna y con otra, *qalub*, se vuelve el centro de la
palmera. El palmito. Por eso el corazón es también sinó-
nimo de oasis. Sombra y agua: refugio para saciar la sed
de amor en el desierto del mundo.

En la poesía mística sufí el corazón es centro de
operaciones de la vida amorosa y es el órgano caprichoso

del deseo supremo. Y dirige los movimientos del enamorado "que va y viene al mismo tiempo": que baila en su "llama de amor viva".

Ibn Hazm describe con asombro la escena de dos libélulas haciendo el amor en el aire. Y dice que esos dos cuerpos frágiles daban en el piso de tierra una sombra densa que latía como un corazón. Y que eso son los amantes que hacen el amor: dos insectos frágiles y casi invisibles que laten delicadamente encajados uno en el otro en algún lugar que no vemos; pero cuya sombra la forman los dos amantes enlazados y formando algo así como un corazón sin cuerpo.

Estaba entusiasmado leyendo en *El Kama Sutra involuntario* de Ibn Hazm toda esta teoría del corazón amoroso cuando me llegó por la ventana una música que tal vez venía de la casa vecina. Y secuestró mi entusiasmo y mi entendimiento. Eran tambores tropicales que me obligaban a distraer todo mi cuerpo y a levantarme y bailar un par de pasos. De verdad, esa orden rítmica era más fuerte que mi voluntad. Sentí que el corazón me saltaba recordando que con esos mismos tambores y esa misma música estuve bailando con Jassiba la noche en que nuestros cuerpos decidieron que serían inseparables. Bajo esos tambores descubrí que ella era un torbellino amoroso y que en la espiral de viento huracanado que era su cuerpo, su sonrisa envolvente, su olor al verme, su manera de "obedecer los cueros del tambor", yo era ya definitivamente su prisionero.

Por eso tal vez, entre todos los sentidos que podemos dar al corazón, entre todas sus metáforas, yo me quedo con la de tambor. No por nada el ritmo de nuestra sangre es "la música del cuerpo", como dice el poeta. Pero no se trata de cualquier tambor. Es el tambor ritual que nos hace entrar en el ritmo que lleva al éxtasis. Tambor de trance. Tambor para salir de uno mismo y entrar en contacto con la otredad divina o con el ser extremadamente amado.

En la plaza del puerto atlántico de Mogador-Essaouira, que estaba descubriendo en mi primer viaje al norte de África, una tarde de otoño, escuché a unos músicos que tocaban tamborines cuadrados con piel restirada por los dos lados. Así que lo arrojaban contra el dedo pulgar y luego contra el cordial. De un dedo al otro tocaban una fuga que, según me contaron luego, aunque ya se sentía en el cuerpo, es música ritual, destinada a hacer entrar en éxtasis a los oyentes. Se trataba de un grupo de músicos Gnawa. Oficiantes de un sincretismo entre las religiones animistas de África negra y el islamismo. Producto entonces de creencias que perciben y le rezan al alma que hay en todas las cosas: en el viento, en el sonido de un tambor, en la piel restirada de la cabra que lo forma. Desde entonces relaciono siempre al corazón con los tambores de "la Ciudad del Deseo", como llaman en Marruecos a Mogador. Y hasta cuando bailo siento que llevo a Mogador adentro.

Literalmente adjudico a ese instrumento que llevamos en el pecho una buena parte de lo que me hace bailar más de prisa o más despacio y tejer complicidades profundas con los tambores de quien baila conmigo.

Cuando tengo una mujer en mis brazos yo no me preocupo en lo más mínimo por seguir tal o cual paso, sino por escuchar su tamborcito diciéndome cosas más allá de las palabras. Sus percusiones están presentes en todo su cuerpo pero mientras bailamos yo las percibo en su mano derecha que yo sostengo en mi izquierda, y en la espalda, muy cerca de la columna, donde la cintura comienza a tomar su emocionante curva hacia afuera, porque una vena ahí es muy expresiva. Su tambor de pronto le puede hablar al mío.

Al bailar yo trato de no repegarme porque la tensión entre los dos cuerpos un poquito separados, dejando crecer el deseo en esa mínima distancia, puede ser mucho más erótica.

La firmeza de los brazos y las manos combinados con cierta suavidad y atención al otro cuerpo aumentan esa emocionante tensión del deseo. Pero eso sucede sobre todo, creo yo, porque las manos escuchan. Porque los cuerpos, bailando, se hablan de otras maneras, y eso despierta en nosotros la agudeza de los sentidos y la imaginación deseante y contenida. En todo eso el tambor bajo la piel es nuestro guía. En algunos casos la vena más saltada del cuello delata visualmente su música.

Si finalmente bailando tengo todo el cuerpo de quien baila conmigo pegado al mío, su corazón es lo primero que me toca, que me acaricia, me canta al oído. Mucho antes de que sus piernas rocen mi sexo o una de las mías explore sus humedades, y antes de que su pecho se unte al mío mostrándome la dureza de sus pezones, su corazón me toca por todas partes como si la parte más vibrante de un tamborcito pegara su piel a mi propia piel de percusiones. Y si el coro de tambores se alebresta aislándonos de cualquier otra música las repercusiones pueden ser muchas y nos llevan a otra parte.

Dicen que el jaguar, animal de poderes nocturnos, tiene una respiración tan controlada que cuando el corazón excitado parece que va a reventarle en el pecho, sus pulmones amplios y ritmados a contratiempo del corazón se vuelven como un estuche y a la vez una caja de resonancias. De su cuerpo emana una vibración tan sutil y poderosa que se siente a distancia aunque no se escucha.

Los amantes somos como jaguares o podemos tratar de serlo. Con respiraciones amplias y ritmadas, acompasadas conteniendo al corazón desbocado uno crea un ámbito que, sin tocarla más que con esa vibración de jaguar, envuelve a la amada, la acaricia, se mete en ella, hasta su corazón cambiante.

Haciendo el amor yo trato de escuchar esa música del cuerpo de la amada que me dice con involuntaria certeza el efecto que van teniendo mis besos o mis caricias. El efecto que crean en su piel hambrienta. Todo lo que haga, si es movimiento afortunado, acelera el corazón. Luego hay que tener la paciencia de que el cuerpo amado se recupere y establezca su ritmo y su respiración, pero no retrocediendo sino estableciendo su paso en esa alegría ganada. Para comenzar de nuevo a acelerar la música de la amada. Con cuidado e intuición, haciendo el amor somos tambores de trance, tambores rituales hacia un éxtasis que no necesariamente es lo que se conoce como orgasmo. Un pico, la punta de una montaña, sino que puede ser también un valle de intensidades sucesivas. Un estado de elevación especial que puede durar, tal vez, creando la ilusión de estar fuera del tiempo.

El camino de los tambores, en el amor, es infinito y multiforme, como puede serlo el goce. Pero quien no se dé cuenta de que es un camino donde son los tambores de la otra tribu los que nos guían puede perderse en el camino aturdido por sus propias percusiones.

Cuando mi cuerpo recorre el cuerpo desnudo de una mujer llenándola de besos y caricias busco sobre todo que el ritmo de su corazón y el mío viajen paralelos. Y siento que vamos juntos hacia Mogador. El lugar donde nuestros deseos se unen formando puerto y fortaleza, donde "nosotros somos el jardín".

Toda la mitología del orgasmo simultáneo me parece muy burda y aburrida. Que los tambores de nuestros cuerpos puedan adelantarse o atrasarse, tocar, bailar, cantar juntos es mucho más interesante. Puede llegar a ser más intenso y puede durar mucho más tiempo. Como en esas improvisaciones extremas que en el jazz llaman "descargas", dos tambores acoplándose en sus despegues y sus "descargas" hacen que cualquier experiencia musical de nuestros cuerpos, de nuestros corazones, sea única, irrepetible y, siempre, una maravillosa aventura.

Uno de los atractivos más fuertes de una vagina es su suave cualidad de caja de resonancias donde el corazón se escucha grave. Siempre me ha parecido interesante que los dedos, cuando entran suavemente en esa cámara secreta, me dan la sensación de ver cómo es aquello por dentro. Siempre busco y obtengo imágenes muy precisas de la caverna prodigiosa y son las que me dan los ojos del tacto. Pero los dedos también escuchan y sus oídos perciben sobre todo al corazón retumbando allá adentro con más fuerza y profundidad sin duda. Y los dedos también palpitan.

El sexo masculino está muy lleno de sangre confundida para escuchar con calma pero puede hacerlo. Tenemos que educarlo hacia la paciencia y a sentir y escuchar mucho más que sus propios latidos. Tiene tanta sangre alebrestada que es como otro corazón, otro tambor de descargas. Las amantes hábiles leen sus venas y saben cómo controlar sus flujos, sus cantos o sus gritos.

Cuando ese otro falso corazón logra desplegar su música y doblegar su terquedad rítmica hasta convertirse en un corazón que escucha todo lo que sucede en ese ámbito de músicas sorpresivas y ecos que es la caverna de los prodigios, el concierto de la vida de verdad merece llamarse concierto.

Y el concierto absoluto para quienes se consideran sonámbulos tiene un símbolo geográfico y un centro cambiante; una ciudad amurallada a la que tendemos y en la cual comenzamos a estar ya desde que la deseamos: Mogador, la ciudad que es imagen de la amada, la Ciudad del Deseo. La que nos pone al corazón bajo el poder del viento.

Pero ¿de verdad se puede decir que entrar a Mogador es como conocer el sexo de una mujer por dentro:

visitar amorosamente a "la inaccesible", a la que nadie nunca puede poseer? Es tan cierto que eso nos explica por qué muchos historiadores de Mogador ven sus libros clasificados, tanto en bibliotecas como en librerías, en la sección de literatura erótica. La cual, como se sabe, siempre existe y se lee como un extraño y muchas veces ridículo malentendido. Eso se me volvió evidente cuando, con otros escritores, fuimos invitados a un congreso peculiar para reflexionar y compartir nuestros libros eróticos favoritos. ¿Hasta dónde es posible una crónica del fuego? ¿Hasta dónde podemos acercarnos a su poesía?

•••

Mi libro de fuego y sus transformaciones

Donde el amante y lector sonámbulo descubre la suma de reflejos
y equívocos que le dan cuerpo, el enigma que renace al tratar
de leer la vida con todos los sentidos. Y aunque la razón
desentrañe misterios en la profundidad infinita
del cuerpo que se ama, que se lee, que
se siente y a veces incluso se
adivina, en el sonámbulo
casi siempre hay algo
que fácilmente
se equivoca
pero que
siempre
goza

•

El erotismo es básicamente una ilusión. Existe como fantasma. Su mito está escrito realmente, sin embargo, en el cuerpo. Y nos es tan irracionalmente verosímil que siempre volvemos a creer en él. Por eso tal vez siempre he tenido cierta repulsión por los libros que en las librerías colocan en una sección que se llama "literatura erótica". Y detesto que me clasifiquen en esa lista, que pongan mis libros en esos estantes tristes y fugazmente alborotados.

Y sin embargo acepté un día participar en un encuentro para hablar de nuestros libros eróticos favoritos. Pensé, iluso, que era la oportunidad de expresar y discutir mi aversión al género.

Siempre he creído que elegir un libro sobre todos los otros es algo que concierne exclusivamente a los fundamentalismos. Sólo los libros santos son posesivos. El libro literario no es celoso de otros libros y admite muchos amores. Aunque siempre hay libros que nos poseen más que otros y que nos hacen entrar en ellos más a fondo.

Tener un libro favorito al grado de soñarlo obsesivamente es distinto. Es parte de la naturaleza amorosa de los libros. Sobre todo si se trata de un libro que enseña nuevas dimensiones de la vida. Como me sucedió con mi libro erótico favorito.

Aquella noche hacía un frío que obligaba a dormirse pensando en las montañas y en la nieve. Habíamos tomado la carretera en plena obscuridad. Viajamos durante horas en automóvil desde las planicies de Calgary, donde está el aeropuerto más cercano. Subíamos sin cesar hasta quedar completamente rodeados por esa inmensidad de piedra que parecía arañar el cielo. A mitad del camino, justo antes de quedar entre las crestas de las montañas, esa madrugada nos sorprendió ese fenómeno que llaman Luz de Invierno, pariente muy cercano de la Aurora Boreal.

Un ancho rayo de luz completamente vertical partió de pronto a la noche allá a lo lejos. Parecía un reflector muy potente apuntado al cielo. Fue el único por unos instantes. Luego otro al lado y otro más y uno por uno rápidamente mil rayos verticales, juntos y diferenciados, llenaron el horizonte. No se veía dónde terminaban en el cielo. Y se movían irradiando con más o menos intensidad, creando la ilusión de una inmensa tela de seda clara e hilos de plata que el viento agitaba suavemente. Formaba una S, se desdoblaba al fondo, volvía a ser plano. Algunas manchas de azul o de naranja surgían de pronto y se desvanecían creciendo. El campo, la montaña de enfrente, el bosque, estaban iluminados como si la luna tuviera doble o triple intensidad. Como si fuera otro sol, más bien azul, más blanco que amarillo. Completamente lunar.

Hasta la promesa del día siguiente tenía esa transparencia absoluta de las grandes alturas que, felizmente, siempre sorprende. Cuando por fin llegamos al Centro de las Artes de Banff, en lo más elevado de las Montañas Rocallosas canadienses, el amanecer nos recibía y un arcoiris doble se apoderó del cielo por encima de las crestas nevadas de las montañas. Era un majestuoso gesto de bienvenida que nos daba esa naturaleza desmesurada.

La primera en verlo fue la bella artista de Toronto que viajaba a mi lado, en el asiento derecho. Levantó su mano de escultora fornida para señalarlo entusiasmada con el índice a través de la ventanilla izquierda. Al cruzar el brazo sobre mi cara me rozó con el antebrazo y me impresionaron sus músculos duros y algo abultados que sin querer palpé por un segundo con los labios. Se dio cuenta de mi sorpresa y me sonrió sin decir nada. Seguimos hablando del doble arcoiris. En esa zona extrema el cielo siempre está lleno de sorpresas.

El Centro de las Artes está en medio de un bosque protegido por la ley como una reserva biológica donde los animales de todo tipo circulan entre las personas. Especialmente venados y alces. En el camino vimos un inmenso oso negro escondiéndose entre los árboles.

De otro tipo de osos también presentes en la región, los Grizzly, había oído las historias más temibles. Corren más rápido que un caballo y atacan con su enorme garra siempre directo al corazón. "Justo como algunas personas que conozco", dijo mi nueva amiga escultora, cazadora de arcoiris. Ahí tuve el deseo callado de atacar su corazón. Con la memoria fresca en los labios de su piel, de su firmeza.

Al entrar al cuarto que me asignaron lo primero que llamó mi atención fue el paisaje espectacular de las montañas desde mi balcón. Inmensas rocas angulosas, de aristas nada erosionadas, de nieve densa como glaciares. Ya estábamos arriba de una montaña muy alta y había todavía que mirar otras detrás mucho más cerca del cielo. No parecía tener límites la ascensión quebrada de la tierra alguna vez alebrestada hasta arañar las nubes.

Después de un rato de contemplarlas, tan agrestes y tan quietas, adentro del cuarto me llamó la atención una circular preventiva: "Cuídese de los alces porque ahora están en celo. Su periodo reproductivo los hace hipersensibles y agresivos. Nunca los mire a los ojos. Se sienten agredidos. Para ellos equivale a ser señalados con un índice retador o acusatorio."

Pronto me daría cuenta, como mi amiga decía de los Grizzly, que la misma regla de los alces se aplica también a ciertas personas. Cuando estén en brama nunca las mires a los ojos.

Nuestro *Primer Congreso sobre el Nuevo Arte Narrativo y el Libro Erótico* tenía literalmente como subtítulo *Telling Stories, Telling You and Telling Me Inside (Contando historias, contándote y contándome por dentro).* El Congreso era presidido por dos mujeres excepcionales, una que venía de Nueva York y otra de Sudáfrica, ambas muy admiradas por todos los participantes: Susan S. y Elizabeth C. Ellas habían planeado todo de tal manera que creación y reflexión iban de la mano. "El arte, considerado en todas sus dimensiones, decían en la invitación que nos enviaron, añade al placer de mirar y sentir, el enorme placer de comprender. Y para experimentar y pensar en eso nos reunimos."

Para asistir a la primera sesión tuve que cruzar un prado donde unos quince o veinte alces comían despreocupadamente. Me costaba trabajo pensar que una mirada mía pudiera perturbarlos. Así que, escéptico, no tuve una preocupación especial de evitar sus ojos y casi los buscaba seguro de que nada podría producir yo en ellos. Pero nunca encontré uno de frente. Seguían comiendo allá al fondo, a unos treinta o cuarenta metros.

Pero luego me contaron que los alces son tan obsesivos con sus deseos que la noche anterior violaron a unas vacas de plástico y poliuretano hechas con gran destreza por una artista, Maris Bustamante. Las había puesto a la intemperie, en un prado que tiene forma de escenario, justo al pie del ventanal enorme de los comedores. Amanecieron deshechas luego de una tormentosa noche de amor con los alces.

La pregunta se impone: ¿Cómo habrían podido dejarse engañar por el plástico? Pero los alces no fueron precisamente engañados. Su olfato es excelente. No cabe duda de que los tentaba lo desconocido y estaban dispuestos a aparearse con lo que fuera. Llegada la hora del llamado del deseo, con la fiebre en la cabeza, los alces están dispuestos a creer en la probable cualidad sexual de cualquier cosa.

Pensé que los humanos no somos muy diferentes. Y que, tal vez, los alces tienen más imaginación de la que suponemos. Esos objetos de arte inanimados a los que dimos forma de vacas de plástico contaban una historia que los alces creyeron. Y querían saber más de ellas.

Pensé que si tenemos suerte, los libros producen en nosotros ilusiones similares, instintivas como esas que las vacas de Maris Bustamante tal vez produjeron en los ilusos alces desbocados.

En todo caso, en esa estancia en Banff recibí varias lecciones y conocí el más interesante de los libros eróticos que han caído en mis manos. Me lo dio una mujer. Tuvo en mí ese efecto extraño de borrar de golpe la impresión latente de todos los demás. Exactamente como sucede siempre que uno tiene la suerte de hacer el amor con tanto asombro y felicidad que se tiene la sensación equívoca de no haberlo hecho nunca antes.

Es tan fuerte el vértigo de sentirse iniciado por primera vez a una nueva dimensión de la vida que, cuando se repite esa situación privilegiada, el erotismo del descubrimiento de la otra persona y de cómo uno cambia con ella se convierte en un vicio, en un valor absoluto.

Y uno comienza ya a no hacer nunca el amor buscando el orgasmo o cualquier otro placer fácilmente imaginable. En cambio uno insiste en el afán perverso de descubrir ese instante irrepetible e impredecible que de pronto nos hace ser los primeros amantes, incluso con la misma persona que se ha vivido esa sensación muchas veces antes.

Es sin duda una especie de patología de la imaginación deseante que nos puede ayudar a vivir felizmente el erotismo.

Y uno va aprendiendo a buscar ritualmente, detrás de los gestos conocidos, la entrada a lo radicalmente revelado, a lo inesperado cuya plenitud nos conmociona.

La misma mano, los mismos labios, las mismas piernas se cubren y se llenan de una cosa extraña que está hecha del delirio amante (que siempre es distinto y caprichoso) y todo el cuerpo empieza a moverse con músculos ocultos. Con los músculos del deseo que en el acto del amor imagina y actúa simultáneamente.

Estábamos entonces en esas montañas tan altas que parecían colgar del cielo más que subir desde la Tierra. Y arriba y abajo la nieve lo cubría todo. A quienes estábamos ahí nos fue invadiendo una sensación de vivir fuera del tiempo, en un espacio inusitado. El mundo se había pintado de blanco. Hasta el blanco de los ojos de cada uno era un copo de nieve.

Y ahí estábamos unas veinte personas aisladas del mundo, entregadas a conocernos y descubrir los intereses, lecturas, pasiones y creatividad de los otros.

El Congreso se fue concentrando en las distintas maneras que tiene el arte de contar historias, muchas veces muy íntimas. Y uno de los temas centrales era "El libro erótico".

En una de las sesiones de trabajo cada quien tenía que llevar un ejemplar de su libro erótico favorito o de algún proyecto relativo a ese tema que estuviera desarrollando, para discutir entre varios sus formas y contenidos. Debíamos formar grupos, ir a las salas adyacentes y luego de un par de horas regresar para resumir ante todos los congresistas las ideas y los casos más interesantes.

Nos separamos en cinco pequeños grupos de cinco personas. En el nuestro hubo varias participaciones que me parecieron interesantes y que rápidamente me apresuré a pedir para publicar en mi revista *El Jardín Perfumado*.

Hubo una francesa de origen italiano que parecía especialmente inteligente, Florence Salinari. Su presencia, sus intervenciones, estaban llenas de ironía y sutileza. Venía de la ciudad de Montauban, a una hora en tren de Toulouse. A pesar de que estábamos en medio de la nieve, siempre se las ingeniaba para lucir una flor fresca y distinta en el ojal de su abrigo o de su saco. Nunca supe cómo las conseguía. Y claro que no quiso decirlo. No había florerías a los alrededores y todo en el campo estaba congelado. Tenía que habérselas dado alguien que por ahí en las montañas tuviera un invernadero. ¿Un enamorado rocalloso?

Florence trajo para mostrarnos un libro que hacía la disección amorosa de un célebre cuadro de Dominique Ingres, *El baño turco*. El pintor montalbanés lo había hecho casi a los ochenta años de edad. Algunos lo habían interpretado como el esfuerzo de un hombre viejo que quiere gritar en público: todavía puedo. Era una conclusión equivocada y falta de sutileza. Florence investigó la historia de cada personaje en el cuadro: amores imposibles y posibles del pintor a lo largo de su vida. Cada una escondía la historia de una devoción casi religiosa.

Algunas aparecen en otros cuadros anteriores como ángeles o como diosas. Ese hammam, ese baño árabe de mujeres, surgió en su tela como una asamblea de los más intensos deseos de un hombre a lo largo de su vida, sintetizados en su ocaso como una enorme afirmación vital. Cada mujer era un icono adorado por él. El cuadro era entonces un redondo iconostasio: un cuadro ritual. Estaba cargado de un erotismo religioso practicado en la iglesia privada de su cuerpo. El artista octogenario se había convertido en catedral de una población elegida, la de sus más intensos fantasmas. El mismo cuadro, visto por nosotros antes y después de esa historia parecía distinto cada vez. Prueba de que la mente pone en el mismo cuerpo desnudo significados diferentes. Y de que un buen libro erótico descifra y luego cifra de nuevo la desnudez dándole intensidad a su manera.

Como otra muestra de erotismo altamente codificado en la pintura francesa del moralista siglo XIX, Florence nos mostró un cuadro de Edouard Debat-Ponsan en el que una joven recibe un masaje de manos de una africana con el torso desnudo, en un baño de riguroso estilo árabe. Curiosamente, a diferencia de otras escenas de baños árabes de la época, en éste la carga erótica no está en el cuerpo desnudo de la mujer que muestra el pecho abiertamente. Está sobre todo en las manos que tocan a otra con firmeza y delicadeza a la vez; y está también en el cuerpo de la mujer masajeada, adormilada de placer. Aunque no vemos su rostro, la pintura nos transmite la mezcla inusitada y paradójica de relajamiento y de alerta que la habita. Se ve desde los pies ligeramente cruzados hasta la plenitud de la cadera, lograda sin exageración de ningún trazo, sólo por estar ahí sintiendo la felicidad que nos transmite.

Su mano izquierda es levantada por la masajista al sostener el brazo casi desde el hombro. Así, esa mano, también paradójica, cuelga sin colgar y se extiende sin voluntad propia. Parece una mano sonámbula, habitada por un deseo que viene de fuera de su cuerpo, lo penetra y lo hace ir más allá. Como fondo y condimento visual de esta escena de erotismo sonámbulo, tenso por dentro y relajado por fuera, se despliega una esplendorosa pared de azulejos. Su estilo es claramente persa, no del norte de África. Cada azulejo grande tiene motivos vegetales en las orillas que enlazan con otros azulejos al ponerlos juntos y en el centro una especie de almendra vegetal con un círculo alineado. Florence nos preguntó qué veíamos en esos dibujos. Me atreví a decir que eran, muy estilizados, los labios vaginales de una mujer. Y detrás su ano. No faltó quien se burlara de mí acusándome de verlo todo con demasiado énfasis sexual. Un artista norteamericano de Kansas, muy protestante en todas sus cosas, me dijo que de verdad yo necesitaba un psiquiatra con urgencia. Algunos se hicieron eco de su diagnóstico. Pero Florence sacó inmediatamente un cuaderno de dibujos del artista en donde se despliega a la mujer masajeada desde todos los ángulos posibles. Una buena parte de los dibujos son acercamientos a su sonrisa franca y traviesa. Y en la página de al lado, la mano poseída. Florence nos muestra cómo la mano es una versión de la sonrisa, y está delineada por los mismos trazos fundamentales.

Luego vienen los bocetos de la misma sonrisa más abierta, girada noventa grados y al lado los labios vaginales de la amada, su "sonrisa vertical", como se dice. Y ahí vemos claramente cómo, de página a página, esa sonrisa doble se va convirtiendo en los motivos de los azulejos, síntesis mudéjar de las dos sonrisas de su cuerpo. Así, el cuadro no muestra nada del sexo de su amada, pero el muro despliega la visión que él tenía de su belleza más íntima y profunda.

Florence, como típica historiadora del arte, vinculaba además esas almendras florales con las mandorlas o almendras que en la pintura gótica medieval y en la neogótica del XIX enmarcaban a los santos. La almendra como intersección de dos círculos para señalar aquello que es aparición sobrenatural: es decir, la intersección de dos mundos, el terreno y el celestial. En su juventud, el pintor se había ganado la vida pintando y repintando mandorlas para los santos de las iglesias de los pueblos. Según ella, en este cuadro nos estaba diciendo que el sexo de su amada es una aparición sagrada: una verdadera epifanía sexual. *El masaje* es un mensaje a la diosa amada, una oración ritual que se escucha con los ojos.

Otra bella mujer, que venía de Vancouver y era de clara ascendencia oriental, Li Yu, llevó un libro que contaba la historia verdadera de un calígrafo del siglo XIX en un rincón del sudeste de la China que había inventado un alfabeto extraño. Sus nuevos ideogramas, sus canchis lánguidos e inusitados, comunicaban una extraña sensualidad inexplicable. Nadie entendía lo perturbador de sus trazos. Lo llamaban Alfabeto Sonámbulo porque instalaba a sus lectores en una especie de sueño despierto, de obediencia nocturna al magnetismo instintivo de los cuerpos enamorados.

No parecía haber explicación racional de ese efecto. Los poemas escritos con aquel alfabeto se convertían en peligrosos detonadores del amor. Y en su pueblo surgió todo un cuerpo de historias míticas sobre los poderes de su escritura, las consecuencias de las cartas que enviaba o que las cortesanas le pedían que escribiera en su nombre. Llegó a creerse que un dios que habitaba volcanes había puesto su sangre y su poder en esos signos alargados. Li Yu, la investigadora de Vancouver, acababa de descubrir el origen del Alfabeto Sonámbulo gracias a una caja recién desenterrada en una granja donde había sido sepultada durante la revolución cultural.

Los dibujos que contenía eran bocetos a lápiz y retratos hiperrealistas de labios vaginales de todas las mujeres de su aldea y de las aldeas vecinas. Todo el Valle del Arroz Naranja había sido retratado por el artista alfabético. Cada dibujo tenía el nombre, la edad y el momento en el que fueron hechos. Los bocetos se iban luego transformando en dibujos más y más estilizados. Las líneas principales se simplificaban y surgían cientos de nuevos canchis sonámbulos. Labios de mujer que habían sido puestos a nombrarlo todo en el mundo.

Estaba en nuestro grupo también una artista mexicana muy apreciada en círculos internacionales, Alicia Ahumada, quien desde hace tiempo sostenía una relación vital muy intensa con los bosques. Un par de años antes había hecho una residencia en Banff dedicada a la fotografía. En una zona del bosque que había sido quemada ella había encontrado una serie de árboles que renacían, que afirmaban su vitalidad: un bosque erotizado. Ella había visto en los mismos árboles que todos conocimos sin darnos cuenta, una excepcional dimensión erótica que se manifestaba en un carnaval de árboles como cuerpos desnudos, como cuerpos enlazados, como cuerpos insinuantes. Árboles mimos de cuerpos humanos, árboles metáfora del deseo más intenso.

Alicia Ahumada es una especie de chamán erótica mexicana que tiene el poder de despertar a los espíritus del bosque y ponerlos a posar desnudos para su cámara. Su libro, *El bosque erotizado,* era de verdad sorprendente y todos queríamos tenerlo en las manos. Alicia hace lo que sólo unos cuantos seres de excepción logran: ver más que todos y, más difícil aún, hacernos ver con su cámara eso que es su visión privilegiada. Nos contó que para su siguiente proyecto había estado fotografiando chamanes en varios pueblos tradicionales mexicanos. A nadie le extrañó eso. Fotografiaba a los de su oficio.

Me tocó presentar mi trabajo en cuarto lugar. Yo llevaba una edición experimental que había hecho ese año

con una modelo mexicana, Leda R., los dos éramos fotografiados desnudos por Alejandro Z., que también era el
editor de una serie de libros similares, cada uno en tiraje
de cincuenta ejemplares. El libro se llamaba *La huella del
grito*. El relato pretendía entrar en el tiempo diminuto de
un grito erótico y explorar la sensación de tiempo dentro
del tiempo, de porción de eternidad ganada en un instante. Una acción narrativa que avanza hacia dentro de sí
misma. Como la toma sucesiva de los castillos concéntricos de los que hablan los místicos árabes y los cristianos.
El corazón dentro del corazón, región secreta donde todo
cabe de otra manera.

Ivonne G., la convincente productora del editor,
me había invitado a participar en ese proyecto que incluía
libros de varios escritores, cada uno con la misma modelo.
Tuve muchas dudas al principio. No tanto por aparecer
desnudo sino por caer en los lugares comunes de la imagen fotográfica. Pero poco a poco me fui enfrentando al
problema estético que estaba implícito y creo haber encontrado una manera de solucionarlo. Ya entonces acepté
con gusto, picado por su reto de hacer algo que fuera coherente con la idea del erotismo narrativo que animaba ya
a mis otros libros. Una idea erigida prácticamente en contra de la imagen fotográfica del asunto.

Yo había escrito poco antes una declaración sobre
la estética de los relatos eróticos más comunes. Me parece
que son sobre todo descripciones hechas en un registro
realista, como la mayoría de la literatura que más se vende.
Y que esa visión desde fuera los hace cercanos y subordinados al cine porno y a la fotografía de desnudo más di-
fundida. Estos dos lugares comunes habían moldeado a la
literatura. La habían doblegado y vuelto acomodaticia.

En esa época yo tenía la impresión de que una
buena parte de lo que se conoce como literatura erótica es
simplemente descripción externa del acto amoroso. Y por

eso está llena de estereotipos. Nunca toma en cuenta la parte de delirio que es indisociable a hacer el amor. Y si la vida interna del encuentro amoroso se olvida sólo queda una imagen externa empobrecida. Tenía la impresión de que en eso se quedan también una buena parte de las imágenes fotográficas que vemos circular más fácilmente.

Cuando hacemos el amor y hay un espejo, lo que vemos reflejado es muy poco comparado con la intensidad de lo que sentimos y, sobre todo, deliramos mientras estamos unidos. Por el viaje de adentro hacia afuera y viceversa, hacer el amor es una experiencia irremplazable y siempre es distinto. Sólo nos parece mecánico y repetible si nos quedamos anclados en la exterioridad. El cuerpo de la persona amada, su materialidad, es una droga muy potente que va multiplicando sus efectos sobre nuestros sentidos y nuestra imaginación. Hacer el amor es siempre un acto irrepetible pero no siempre somos capaces de percibirlo, menos aún de lograrlo.

Alguien mencionó los diarios eróticos de Áziz al-Gazali. Son prácticamente delirios alimentados por el cuerpo amado, experiencias de conocimiento de lo indescriptible o aventuras del instante compartidas con quien se ama.

Aunque es evidente que se trata del diario erótico del protagonista, se presenta como un diario de sus sueños por tres razones principales: para quitarle el prestigio de lo real y así la connotación de un hombre presumiendo sus hazañas, tan común en los relatos eróticos que más circulan. Para facilitar, bajo el formato de sueño, el flujo delirante de la interioridad erótica. Y, finalmente, para hacer un eco estético coherente con la idea ilustrada en ese libro de que existen seres hipersensibles al deseo que se reconocen súbitamente entre sí como una casta especial, casi secreta: la casta de los sonámbulos.

Mi solución para las ilustraciones del experimento con la modelo consistió simplemente en tratar de añadir a las imágenes de desnudos que nos hacía el editor, una rigurosa idea de la composición que volviera al cuerpo geometría: que hiciera del desnudo un cuadro abstracto. Pero no cualquier tipo de composición geométrica (eso ya se había hecho muchas veces, en ocasiones con frialdad extrema) sino una que hiciera un eco de la espiritualidad que se siente evidente en cuadros expresionistas abstractos como los de Joseph Rothko, por ejemplo.

Una parte central del relato fotográfico tendrían que concentrarse en las manos. Eso en un principio no le gustó mucho al editor fotógrafo: "Si sólo quieres que les capte las manos, ¿cuál es el caso de que los ponga desnudos en el estudio? ¿No crees que boicoteas el principio de la colección?", me dijo, algo triste. Le aseguré que era lo contrario. Que su colección se enriquecía con otra dimensión algo más experimental y, tal vez con imágenes estéticamente más interesantes, si él lograba producirlas.

En cuanto al tema de concentrar las imágenes en las manos había dos implicaciones, que eran dos grandes retos para todos nosotros. Él tenía que asegurarse de que en las manos acariciándose se notara que se trata de las manos de dos amantes en el punto culminante de su pasión. La intensidad total de nuestro encuentro amoroso tendría necesariamente que aparecer en las manos. Ser visible en ellas. Y eso, ya tan difícil, se lograría mucho menos si ella y yo nos ponemos tan sólo a acariciarnos las manos.

Por otra parte, las manos amantes, así presentadas, se vuelven metáforas del cuerpo. Se constituyen como un lenguaje paralelo, un arte expresivo con su gramática propia. No imágenes realistas sino metáforas. Usaríamos al cuerpo para hablar de sí mismo con distancia.

Y en la secuencia de composiciones posibles, imaginé una que fuera culminante. Una doble espiral formada por las dos manos tomándose. Era importante que nunca dejara de verse que se trata de manos, que se trata de piel. Se necesitaba que fuera la más abstracta de las figuras del libro pero también la más intensa.

Sólo faltaba, en quinto lugar, la participación de una artista joven, excepcionalmente bella: la escultora de Toronto que había llegado conmigo un día antes. Ella nos miró sonriendo mientras dijo: "El único libro erótico que tengo es el de mi vida, el de mi cuerpo". Y es como un libro escrito para ciegos, sólo se lee tocándolo. Parecía una metáfora trillada pero no lo era.

Comenzó a desvestirse y a mostrarnos y pedirnos que tocáramos en su garganta la cicatriz de la traqueotomía que le hicieron al nacer. Poco a poco fue orientando nuestras manos por cerca de treinta cicatrices que aquí y allá se ocultaban en su cuerpo mientras nos contaba emocionada y con palabras contadas, como en un poema, cada historia que la había marcado, literalmente.

"Y no soy la única que ha hecho de su piel un libro sobre su vida". Nos mencionó una película famosa, llamada *Happy Birthday*, donde la artista canadiense Linda Steel, cuando cumplió 25 años, contó así su biografía: desnuda frente a una cámara y enumerando cada accidente que la vida le había dejado en la piel.

Llegó un momento en que parecía que todo estaba dicho, que no podríamos ir más lejos leyendo en su cuerpo. Pero de nuevo nos tomó por sorpresa.

"Ahora el capítulo final", dijo con perturbador entusiasmo mientras hundía los dedos en su pubis muy tupido, extraño, inquietante. Desde el principio me encantó la orientación de sus vellos púbicos, como peinados hacia adentro para confluir más tupidos todavía en el centro y señalar lo abultado de sus labios vaginales. Que asomaban al mismo tiempo que se escondían de nuestra vista detrás de esa marea de pelo. Ese oleaje en cresta desafiante.

Y como si abriera delicadamente una cortinita de vellos, desplegando también sus labios anchos y suaves, nos mostró las casi imperceptibles huellas de la operación gracias a la cual, según nos dijo entusiasmada, cumplió desde muy joven su deseo de dejar de ser hombre y se convirtió en la mujer bellísima que estábamos admirando y tocando.

Sus labios vaginales eran como una orquídea carnosa. Una de las artistas entre nosotros sólo decía una y otra vez: "esplendorosos". Su clítoris discreto se volvía abultado e hipersensible incluso a nuestros soplidos y, más aún, al calor de la cercanía de nuestras manos. Como insistió en demostrarnos. Su vagina, delicada y cambiante, profunda y fuerte, era capaz de estrangular nuestros dedos pero también, cuando ella lo decidía, era capaz de arroparlos suavemente como si los envolviera una lengua redonda. Se movía con la independencia que sólo las bailarinas logran establecer en cada parte de su cuerpo.

Entonces me miró a los ojos, tomó mi mano derecha y me pidió que le reconociera por dentro la huella de su operación. Dijo que ella, tan llena de cicatrices, se sentía orgullosa de éstas especialmente.

Aunque de vez en cuando aún le dolían, según dijo. Tomó mi dedo más largo: el cordial. Lo miró. Se lo llevó a la boca empapándolo. Luego se lo metió lentamente de tal manera que la yema de mi dedo tocaba la pared superior de la vagina localizando las cicatrices. Y la verdad es que me costó mucho trabajo sentirlas. Las tres cicatrices largas y muy delgadas que corrían de la boca de la vagina hacia adentro apenas y eran percibidas por mi dedo. Orientado por ella las toqué o creí tocarlas y creció en mí la sensación de verlas claramente, de mirar la perspectiva que formaban perdiéndose en el fondo. Era como el llamado de un abismo para los suicidas extremos. Estaba mirando con las manos. Mirándola por dentro. Por algunos instantes tuve la sensación de estar asomándome dentro de su vagina aunque sólo las manos lo hicieran.

Y cuando mis ojos se cruzaron con los suyos comprendí de lleno a los alces. Me convertí por unos instantes en un cuadrúpedo enorme trotando sobre sus colinas y entre sus bosques, rascándome en sus árboles, perdido en la noche de su cuerpo. En el segundo de un parpadeo tuve otra vida. Una que comenzaba y se agotaba en su cuerpo.

Al vestirse de nuevo nos dijo como conclusión de sus ideas, que por cierto he ido confirmando todos estos años: "Un buen libro erótico nunca se cierra, sigue vivo en las manos y en los ojos de quien bien gozó sus formas. Un libro erótico puede contar la historia que sea, incluso la más inverosímil, lo importante es que produzca la aparición, el instante de la visión maravillosa, de la sensación irremplazable. Lo importante de un libro erótico es la epifanía: la revelación poética del cuerpo amado."

Al regresar al auditorio con los otros grupos cada uno hizo un resumen de lo más notable que habíamos discutido. El nuestro era el último. No hubo duda que le correspondía a ella relatar nuestras conclusiones, nuestra experiencia. Hizo un resumen certero de cada una de nuestras ponencias y mostramos algunas imágenes. Y para continuar asombrándonos tanto como antes, ella contó detalladamente cómo nos había hecho leer su cuerpo con las manos. Nos hizo confirmar en público cada cosa que ella decía. Hasta me pidió que describiera las huellas de su operación transexual: sus cicatrices internas y externas. Lo hice con detalle. Claro, con más certeza que cuando comencé a acariciarla por dentro. Confirmé la perfección de su operación.

Quise decirle a todos algo más al respecto… La sensación de tocarla era más que tocarla, para mí había sido una especie de fuego transformador. Yo era otro porque ella me había enseñado a leer con más cuidado, con más cautela un cuerpo.

Pero no pude terminar de explicar mi idea. Tal vez apiadándose de mí, de mi inocencia, ella me interrumpió. De pronto me sonrió, me tomó de la mano, se dirigió al público y confesó que nos había hecho creer una historia de transexualidad que no era cierta. Pero que con su habilidad artística para contar historias, y una idea fuerte animándola, nos la hizo verosímil e inolvidable. Me había hecho tocar y creer incluso en lo que no existía. "Como lo hace un buen libro erótico", concluyó mi amiga.

Claro que la sorpresa de todos fue inmensa. Y ella estaba feliz de su proeza. Pero dentro de su enorme regocijo no dejaba de estar notablemente preocupada de que yo me hubiera sentido ridículo o humillado. Me costaba trabajo hacerla entender que nada de eso, que me sentía privilegiado por haber sido su conejillo de indias: su lector experimental.

Así ella se convirtió desde entonces en mi libro erótico favorito.

La recuerdo y la sueño con frecuencia. Una y otra vez regresa en mis noches. La añoro y la toco de nuevo cuando aún no estoy completamente despierto.

Al salir de aquella sesión estaba feliz y muy entusiasmado de haber aprendido tanto y de una manera tan extraña. Y no quería que su olor, o la memoria de sus cicatrices abandonaran mis manos.

De hecho nunca pude volver a hacer el amor sin estar seguro de que siempre se exploran dimensiones desconocidas en el cuerpo amado. Que todo está por descubrirse. O por ser inventado.

Que nada es lo que parece. Que al hacer el amor los amantes se leen y se escriben historias siempre distintas. Y siempre se hace por primera vez: siempre comienza de nuevo el reto de aprender a leer los deseos en ese otro cuerpo al que anhelamos. Cuando se ama, pensé, nada es cierto, nada es falso, se hace el amor colgados del instante.

Susan y Elizabeth sacaron sus conclusiones, nos hicieron preguntas y la discusión se alargó una hora más de lo planeado.

Elizabeth hizo notar que en todos los proyectos presentados estaba ausente la tan manida noción del erotismo como transgresión. Noción ya vieja pero todavía algo prestigiosa entre lo más superficial y conformista de la crítica del arte contemporáneo. Léase la filia irreflexiva del performance y las instalaciones, incapaz de ver lo interesante que hay en esas expresiones más allá de la supuesta transgresión. Dijo que la clásica fórmula de Georges Bataille había envejecido notablemente mostrando su férrea armadura católica. Incluso su necesidad de herejía seguía siendo católica. Y por lo visto ninguno de los veinticinco participantes sentía ahora la necesidad de romper prohibiciones que ya no sienten como yugo.

Susan comentó la significativa desaparición de un premio que se daba en España para la literatura erótica con el sugerente título de La Sonrisa Vertical. "Ahora, dijo, eso que estaba recluido en un subgénero y en colecciones especiales está en todas partes. No hay novela que no tenga su escenita erótica, generalmente muy mal contada. Y la sección erótica en las librerías es un amasijo de tópicos. Equivalente a la novela rosa o *Romance*, como lo llamamos en el voluminoso pero pobre (por homogéneo) comercio de libros estadounidenses. Tal vez la nueva prohibición es hablar de la poesía que hay en el erotismo. Su vida interna."

Ambas terminaron la larga discusión sacando a flote el tema del creciente crimen internacional organizado alrededor de la pornografía infantil, el comercio internacional de menores de edad destinados a la prostitución, las mafias y el tráfico de influencias políticas y económicas que animan a esos fenómenos. Ambas hicieron el elogio de Lydia Cacho y de su libro *Los demonios del Edén.* Casos extremos pero muy comunes donde el erotismo, que es afirmación de la vida, se convierte en su contrario.

Y ahí de nuevo la concepción de Bataille sobre el erotismo como "afirmación de la vida hasta la muerte", se llevó una severa acotación de ambas. Por decir lo menos.

Antes de que se acabara la sesión y se dispersara el grupo; incluso antes de que todos se acercaran emocionados a hablar con ellas y con mi audaz escultora, ella se me acercó y casi al oído me dijo: "Perdóname si te sentiste usado. Pero me di cuenta de que eras el lector perfecto. La inocencia o más bien la disponibilidad para creer todo lo que una mujer te diga se te ve en los labios. No pude resistirme. Me llené de ganas de saber hasta dónde llegaba tu vena crédula. Pero estoy en deuda contigo. Ven a mi cuarto esta noche, dentro de una hora. Vamos a conocernos más a fondo y con calma. Cuando amanezca habrás olvidado que te usé, que te exhibí. Te lo prometo. Vas a pensar en cosas más placenteras. En dos horas nos vemos. Es el cuarto 333 del nuevo edificio, atrás de la alberca. ¿De acuerdo?"

Le repetí que no había ninguna ofensa. Todo lo contrario. Quedamos entonces de vernos más tarde. Fui a mi cuarto de hotel a relajarme un poco después de tanta emoción e incertidumbre. De pronto ya era tarde para mi cita. Pensé que, ilusionado y cansado, me había quedado dormido sin darme cuenta. Y mientras caminaba en la nieve hacia su cuarto, me encontré de nuevo con los alces.

Ahora sí, pensé, voy a tener mucho cuidado de no mirarlos a los ojos. Después de lo que había pasado aquella tarde en nuestro congreso, me sentía más frágil, más expuesto a lo improbable pero más preparado también para tener precaución ante cualquier imprevisto.

Pero fue imposible. Cuando unos diez alces se cruzaron de pronto en mi camino quedé entre ellos y algunas de sus crías. Me di cuenta demasiado tarde. Miré a los cachorros de alce a mi izquierda. Miré a los inmensos alces a mi derecha. Nos vimos a los ojos. Supe que era una torpeza. Y ahí cometí un segundo error. Me eché a correr. Y detrás de mí, como una colosal estampida, bufando y bajando la cornamenta, los alces. Corrí asustado muchos metros, más de quinientos, pero ellos no dejaban de seguirme. Estaban por alcanzarme. Me tuve que detener, agotado, sin respiración, con el corazón palpitante, traté de correr de nuevo y me tropecé con la nieve. Estaba esperando el golpe de una cornamenta sobre mi cara y entonces, jadeando… desperté. Estaba en mi cuarto de hotel. ¿Me habían llevado ahí después del golpe? No me encontré ningún moretón y nada me dolía.

Tenía aún la respiración muy alterada. La memoria fresca de los alces bufando. Mis pasos atorados en la nieve. Me alegré muchísimo de que la persecución, tal vez, fuera un sueño. Pero no de que también lo fuera mi nueva amiga escultora y su enigmática belleza. ¿Dónde se detenía el sueño? No podía tenerlo claro. Me llevé la mano a la cara y aspiré profundamente.

Me dio risa verme oliendo la mano, buscando huellas olorosas de un posible sueño, de su imposible presencia como el mejor libro erótico de mi vida.

En el amor y en el deseo todo cambia constantemente de sentido, todo es distinto o puede serlo: la realidad erótica es una especie de circo nómada en movimiento.

De ahí el reto enorme de escribirlo. Porque una de las razones de contar cuentos, en la plaza o en los libros, es tratar de comprender la naturaleza cambiante del corazón enamorado, incendiado de figuras que engendra su imaginación deseante. Eso fue sin duda lo primero que me vino a la mente cuando, en una revista de esas que llaman "femeninas o del corazón", me hablaron para hacerme una encuesta. La típica pregunta que siempre se le hace en ese tipo de revistas a los escritores. ¿Por qué escribe? Y en vez de decir que no podía responder, que mi trabajo me lo impedía, me puse de nuevo a tratar de aclarar, o contar, mis más obscuras obsesiones.

El jaguar, corazón cambiante del fuego

Donde el sonámbulo trata de averiguar por qué escribe y descubre
por qué ama, así mira al animal que lleva dentro, su nahual,
este alter ego que aflora cuando él menos se lo espera:
cuando las palabras en la boca lo cuentan como
si fuera otro y le dicen a la amada que en su
selva obscura se levanta un ámbito,
la presencia imprevisible y
poderosa del
deseo

•

Escribo la palabra Mogador, o escribo tu nombre, muy
lentamente y con los labios llenos de los sabores de las
palabras, como quien come tomándose todo el tiempo
para hacerlo. Pero también como si algo adentro me fuera
comiendo y me llenara de una tensión que sólo escapa
luego en palabras, en frases escritas como si cantara. En
páginas armadas como composiciones musicales.

Pero también escribo tu nombre y tu belleza
como trabajan algunos de esos artesanos mexicanos o
marroquíes que pacientemente buscan la mejor forma
para su obra y quieren sentirse orgullos de lo que hicieron. Más orgullosos si ellos sienten que su pieza está
cargada con una parte de su alma. Escribo lentamente
pero creando un tiempo dentro del tiempo. Un instante pleno, extrañamente detenido. Escribo dándole a
cada frase todo el espacio y todo el tiempo. Como si
preparara un fuego que prenderá en cualquier momento. ¿A qué se parece está sensación de llevar algo
expansivo dentro, algo que sólo fluye cuando poco a
poco lleno una superficie de esas manchas que llama-

mos palabras? Cuando escribo siento que dejo surgir en mí algo animal.

Hoy por la mañana estuve frente a un jaguar en el zoológico de Chiapas. Caminaba con pasos extrañamente graves y ligeros a la vez, de un lado al otro de la colina cercada que es su encierro. A diferencia de los otros animales, podía sentirse la enorme tensión que animaba al jaguar. Cada paso, cada gesto era como una amenaza. Daba la impresión de estar habitado por obsesiones: pensamientos o sueños que lo desbordaban, que iban a brotarle por la piel. De pronto se me quedó mirando desde los veinte metros que nos separaban y, casi volando, corrió hacia mí. Dio un salto enorme. Sin un rugido y mucho antes de que yo pudiera parpadear asustado, hizo temblar violentamente la malla de alambre que nos separaba. Me mostró sus garras largas y sus colmillos. Luego, como si nada, continuó su paseo explosivo alejándose de mí. Se me había cortado la respiración por un instante que me pareció infinito. Mi corazón latía mucho más rápido. Mi espalda fue recorrida por un escalofrío y luego, al verlo, se me erizaba la piel. En un mundo invisible, pero no fantástico, donde sucede más de lo que se ve, mi corazón alterado era ya su presa. Me tenía latiendo al tiempo por él marcado. Me había cazado.

Tuve conciencia además de que, mucho antes de su ataque sorpresivo, este animal creaba un ámbito a su alrededor: un área invisible pero que podía ser percibida por mi piel, donde su tensión reinaba como bajo una cúpula precisa y cerrada. Como bajo un amplio capelo de cristal. Y ese ámbito era más grande que el espacio de su encierro. Yo había entrado ahí y percibía la extrema tensión de su cuerpo. Y dicen que ese ámbito que se siente es creado por la presencia del jaguar en cualquier rincón de la selva. Que no se debe exclusivamente a su encierro.

Pensé que cuando escribo me siento lleno de algo que me desborda. Como si fuera a explotar. Como uno de estos animales cautivos, que se mueven habitados por la volatilidad de sus sueños y por la tensión de sus deseos. Un escritor es a veces un animal que crea un espacio sensible a su alrededor, que no se ve pero que es perceptible para los iniciados: para los lectores que se dejan atrapar por el reino de lo invisible. Los que permiten que la poesía atrape su corazón y lo acelere al ritmo de las palabras contadas, de los asombros dichos ritualmente en un poema, como el trote y el salto devorador de un jaguar.

En un mito maya muy antiguo, unos guerreros acampaban en la selva y encendieron un fuego inmenso para protegerse. El jaguar que los acechaba decidió atacarlos. Como no conocía el fuego quedó hipnotizado por él y en vez de ir sobre los hombres saltó sobre las llamas. La fuerza de su espíritu lo convirtió en un quetzal. Y voló esquivando el peligro. Pero ya para entonces estaba tan fascinado por eso tan desconocido y atrayente que dejó de ser ave y se convirtió en libélula enamorada. Y regresó al fuego. Dicen que en la unión con la llama, en su último instante, volvió a ser jaguar. Y sus manchas son las que siempre hacen crepitar al fuego. Que ahí está todavía, en el corazón cambiante de la llama. Y que devora ahí a quienes atrae y atrapa.

Escribo como un jaguar prisionero o enamorado o listo para saltar sobre su presa. Comprendí por qué, en los bajorrelieves y las estelas mayas la piel de jaguar simboliza a fuerzas invisibles. Y, además de los poderosos y los guerreros, los únicos que son calificados por la presencia especial de esa piel manchada son los que escriben. En el mundo maya el que escribe participa del universo secreto y la fuerza invisible del jaguar. Una cualidad involuntaria que los escritores contemporáneos difícilmente alcanzamos.

Y como las mil sombras del jaguar en su cuerpo, siento que escribo y reescribo por mil y una razones y sinrazones en movimiento. Buscando siempre esa composición armónica de lo vivo que podemos admirar en esa combinación de zonas claras y obscuras sobre la piel de un jaguar.

Esta es una lista parcial de las manchas que cubre una parte de mi piel de animal que escribe. Debo decir entonces que escribo obsesivamente: sin disciplina pero sin parar. La obsesión me ayuda a sustituir lo que me falta de disciplina e inscribe mi oficio más cerca del reino del placer que del deber.

Escribo como un artesano terco se concentra en su materia. Un ceramista que ve nacer entre sus manos formas que parecían haber estado esperando durante décadas entre sus dedos. Formas que, ya cuando estén alejadas de mí y sean tocadas por otros, me llevarán a tocar las manos de amigos —o enemigos— que aún no conozco. Escribo también como esos otros alfareros que plasman en los muros cuadros geométricos asombrosos en forma de mandalas, con piezas muy distintas que forman un rompecabezas que es al mismo tiempo proyecto e invención: plan e improvisación rigurosa. Como los artesanos de la orfebrería tengo que forjar mis propios instrumentos a la medida de mis manos. Como las tejedoras, en hilos de colores caprichosos y significativos contaré mis sueños y mis mitos y los de quienes van conmigo en esta vida. Y escribo como el alfarero que entrega al horno el blando objeto de barro que surgió de sus dedos esperando que eso, el fuego, en última instancia incontrolable, lo mejore o por lo menos no lo destruya.

Escribo para conocer, para explorar dimensiones de la realidad que sólo la literatura penetra. Escribo también para recordar. Pero, no menos, escribo para olvidar. Escribo para extender mi cuerpo, mis sentidos. Comprobar día a día la sensualidad del mundo. Escribo por placer. Escribo por deseo. Escribo por rabia. Escribo para señalar la falsificación de los íconos, el abuso de los poderes públicos. Escribo para ser odiado y ser amado: más aún, para ser deseado.

Escribo para proponer nuevos ámbitos en este mundo. Escribo para provocar la aparición ritual de la Poesía. Escribo para bailar. Bailar es la otra escritura mágica del cuerpo. Escribo para dialogar con los muertos. Sobre todo con mis muertos: vivos en su literatura, en su arte, en sus obras. Escribo para escuchar a los vivos. Escribo para ejercer el placer inmenso de comprender.

Escribo para dibujar. Escribo para borrar. Escribo para sonreír con otras bocas en la mía. Escribo para ejercer la vitalidad de la lengua y del sexo. Escribo para seducir a mi amada, de nuevo y siempre otra vez, ganar su paraíso.

Escribo para acercarme al fuego y dejarme tentar por su presencia.

Escribo para viajar. Y mis pasos escriben con mis ojos: y adentro de mi cuerpo lo de afuera va dejando sus letras caprichosas. Las letras del asombro. Escribo para alcanzar eso que me rebasa. Aquello que está más allá y que en su unión me mejora.

Viajo de mil maneras cuando escribo. Y también escribo para no moverme. Escribo para ir hacia adentro. De mí y de mi amada y de los rincones explorables de este mundo. Y para explorar en tu cuerpo, hasta el fondo, sus castillos concéntricos. Y perderme para siempre en ellos.

Escribo sabiendo que hacerlo es una metáfora de amarte. Que haciéndolo te convoco, eres aparición ritual, no sólo recuerdo. Escribo en ti y contigo en la punta de la lengua.

Escribo para desnudarme. Escribo para disfrazarme. Escribo para inventar un carnaval. Escribo cantando.

Escribo hasta cuando no escribo. Y aún así busco, o sin buscar presencio, la aparición ritual de esa súbita existencia: la excepción que podemos o no llamar poesía. Escribo como amo, como te amo, como te escribo.

arik se da cuenta de que finalmente su pieza está lista para entrar al horno, para ser entregada al fuego, ese otro ceramista imprevisible que siempre tiene la última palabra.

A nadie le ha dicho que cuando aceptó el reto y encargo de Jassiba, este ceramista pensó inmediatamente que necesitaba conseguir verdadera ceniza de un par de muertos. La compró clandestinamente y no podía revelarlo. Él mismo no sabe de quién es esa ceniza. Como no sabe qué resultará finalmente con ese barro mortuorio después del horno.

La clave y gran misterio es siempre cómo se comportarán los diferentes ingredientes químicos del barro al llegar a su punto de fusión. Hay materiales más lentos, otros intempestivos. El punto de fusión es ese momento primordial y obscuro que naturalmente obsesiona al ceramista.

Haciendo el amor sucede lo mismo, ha pensado Tarik: hay un momento en el que todo lo que pongamos en juego al hacer el amor se funde de maneras distintas y, si tenemos mucha suerte, muy buena química y un poco de destreza, de la fusión absoluta de los amantes resultará una obra llena de esplendor y belleza.

Pero, todo ceramista lo sabe, incluso usando los mismos ingredientes el resultado nunca es igual. El color de una pieza esmaltada, por ejemplo, no depende de una fórmula fija sino de una sucesión de acontecimientos dentro del horno que determinan su apariencia final. El fuego precipita una especie de composición musical de fenómenos distintos para cada materia, no una matemática precisa. El otro día lo pudo comprobar cuando estuvo trabajando con un amiga alfarera en el mismo taller: dos ceramistas distintos, con los mismos ingredientes y siguiendo los mismos pasos logran colores tan distantes como amarillo o negro con puntitos blancos.

Por eso a Tarik, aun siendo un amante obsesivo de la perfección y eficacia de sus movimientos, siempre le han resultado extraños e inocentes, y sobre todo imprecisos, los manuales del amor. "Incluso la misma pieza de barro hecha por el mismo artesano, puesta en el horno vecino resultaría muy distinta. Ningún amante puede decir que domina el arte de los enamorados. Y como decía aquel filósofo del cuerpo y sus poderes: el mismo sol que solidifica el barro funde la cera."

Para Tarik, hay tanto arte en su trabajo con el torno como en dejar secar, pero hay más arte aún en la manera de meter las piezas al horno. Al hacerlo crea una especie de escultura efímera que establece las mejores condiciones para que cada una de las piezas obtenga su esplendor. Tarik cuida el espacio de cada vasija, el aire que circula entre ellas, la posibilidad de que algunas salgan dañadas si su pieza vecina explota dentro del horno. Piensa en ese sonido sordo que lo obliga a apagar el fuego, enfriar y limpiar cada una de las piezas que fueron agredidas en sus superficies esmaltadas por las partículas volantes de la que explotó. Todas y cada una de las vasijas, aun si están juntas, deben ser cuidadas y atendidas desde que entran al horno. "La horneada entera es un cuerpo, piensa Tarik, pero cada pieza es una parte del cuerpo que pide atención, que exige que todo el esfuerzo físico y mental del alfarero se concentre en darle lo que necesita, en complacerla".

Con la misma actitud se enfrenta Tarik al cuerpo de su amada. Piensa en cada mano y pie, en cada dedo y en cada hueso como algo que requiere su atención por separado. Tarik hace el amor, pero no con la voluntad de su amante sino con los miembros individualizados del cuerpo amado. Cada uno le responde distinto. El cuerpo que se ama es Legión. Y no siempre las voluntades de esa multitud voluble e instintiva obedecen al mismo deseo.

"El alfarero como el amante, piensa Tarik, somos artesanos del fuego y por lo tanto, en verdad, somos amantes de la bella incertidumbre".

Anular

El dedo anular, el cuarto de la mano, es el que lleva tradicionalmente los anillos. Entre ellos el del matrimonio y antes el del compromiso. Es por tanto el dedo del vínculo amoroso. Del compromiso con la persona amada, con la vocación, el oficio, la meta que da sentido a la vida. En las culturas donde los anillos son extremadamente significativos, un dedo anular sin anillos es signo de imposibilidad, de confusión o de rechazo de las maneras colectivas, comunitarias.

Es el dedo de la importancia excesiva de las cosas: del fetichismo.

Como dedo de la vinculación es el dedo de las religiones (de todas las cosas que religan) y de su ausencia. Las autoridades de la Iglesia, las que se casan únicamente con una parte superior de sus egos, o con la divinidad, muestran en ese dedo el anillo que les da rango, silla, podio, escala celestial. Y por ironía de esa importancia celestial es también el dedo de los trapecios, los malabarismos y el circo. El circo es un círculo de ilusiones y proezas: un anillo excepcional.

Algunos lo llaman el dedo solar y en varias sectas africanas se le relaciona con el centro de círculos concéntricos. Por añadidura de la espiral. Por eso simboliza al amor que no busca necesariamente la gran cumbre del orgasmo sino un placer detenido en su multiplicidad de sutiles cumbres que recomienzan.

Para las religiones en las cuales la vida es una espiral, el dedo anular es el que muestra el camino asumiendo la imperfección de la vida, la orientación intuitiva. Se contrapone a la indicación del camino que trata de imponer el índice con su autoridad; el anular asume y anuncia su manera accidentada y natural. Los anillos salen y entran. Es el dedo de la retención y la riqueza, que puede ser fugaz. Por lo tanto también de los vínculos que se pierden: con las personas amadas y hasta con los dioses.

El deseo nos ata al fetichismo del instante

Donde el sonámbulo descubre que esa otra piel, la de los zapatos,
puede ser mágica extensión del cuerpo, fantasía radical
y banal al mismo tiempo, superflua y profunda,
pero útil para atar nuestros sueños
un instante a los tobillos, las
orejas y a los sueños
de la persona
amada

•

Todos los consejos que pretenden dar los principales manuales orientales del amor para que las relaciones pasionales duren y los matrimonios persistan terminan convirtiéndose en elogios del instante. Por sus diarios sabemos que Ibn Hazm interrumpió ochenta y un veces su tratado, *El collar de la paloma,* al llegar a ese capítulo. Se ve que es el que más trabajo le costaba. Y en la versión final el tema se diluye, no existe como tal. En cambio, en su *Kama Sutra involuntario, La ley de Jamsa,* afirma sin pudor que si una pareja subsiste en matrimonio y amándose es porque la patología deseante de cada uno confluye extrañamente a lo largo de los años. No ve ninguna normalidad en ello. "Amarse es como un rayo que nos cae encima, seguirse amando es una tormenta compartida, un equívoco del cielo y su electricidad azarosa. Se requiere una patología tormentosa pero sincronizada para que eso sea posible por un tiempo largo. Y nadie está a salvo nunca de que termine la tormenta. O estalle al lado." Ibn Hazm se concentra en el vínculo, en la metáfora del anillo, y en describir las causas extrañas que unen a los amantes. Una de ellas: fetichismo, pasión por los objetos que uno llena exageradamente de significados. Cosas absurdas que desde fuera parecen únicamente banalidades, pueden determinar el vínculo entre dos amantes: son parte del anillo que los une. Que muchas veces, por un instante de carnaval vital, los encadena.

Los zapatos coronando las piernas de las mujeres y la imaginación de algunos hombres son como los anillos en algunas manos. Su placer es anular y vistoso, se ponen y se quitan. Marcan vínculos sobre todo cuando son innecesarios. Simbolizan la capacidad de las personas de llevar algo puesto como las plumas del pavorreal. Son banales y retratan el alma.

Desde que comencé a ser editor de la revista erótica *El Jardín Perfumado* —una especie de *Playboy* con menos rubias y más costumbres eróticas de pueblos lejanos— como me gusta definirla, sin que yo lo sospechara o lo quisiera, los zapatos de mujer entraron en mi vida arrasando mi tranquilidad.

Por primera vez, la causa principal de ese alboroto no fue tanto el erotismo ostentoso de la revista, que siempre se ha entrometido en mi relación con las personas porque agita su imaginación sobre lo que soy y lo que hago, sino por el largo y oscuro pasillo de piedra que era necesario recorrer para llegar a mi oficina.

Todo comenzó suavemente y con cierta melancolía, como un goteo de inquietudes dispersas ante los pasos de alguien recordándome a una mujer: la que se fue de mi vida taconeando con ostentosa tranquilidad su abandono en ese largo pasillo de mármol.

Ya pasaron muchos años y todavía la oigo alejarse cuando el silencio se vuelve denso y anuncia el fin de la tarde. He olvidado su teléfono, el día de su cumpleaños, muchas de sus palabras y hasta el tono exacto de sus ojos. Pero nunca sus zapatos. La voz de sus zapatos.

Porque, cuando menos lo espero, esa voz picoteada sale por cualquier otro tacón y casi menciona mi nombre en su golpeteo. Una especie de monótona frase en código Morse de despedida perdiéndose escalera abajo. Me costó mucho tiempo dejar de llenarme de tristeza ante la música de cualquier par de zapatos altos alejándose. Pero como tantas cosas en la vida, el tiempo del duelo se cumplió y los zapatos dejaron de ser huellas de mi abandono amoroso. Entonces mis problemas con ellos aumentaron y aquel goteo tristón se convirtió en una perturbadora estampida de suelas metiéndose hasta en mis sueños.

Yo no sé quién decidió en aquel entonces que rentáramos una oficina en uno de esos viejos y muy altos edificios del centro de la ciudad, al fondo de ese pasillo donde se oía llegar a la gente desde que salía del elevador. Me preguntaba cuántas personas se daban cuenta de que estaban entrando en una caja de resonancias. Tal vez ninguna, aparte de quienes trabajábamos ahí bajo esa esporádica música caminante.

Cuando yo salía del elevador y me atacaba de golpe la conciencia amplificada de mis pasos, me daban ganas de quitarme los zapatos y caminar de puntitas. O, si nadie venía conmigo, de hacer lo contrario y recorrer el largo andador bailando *tap*, tal vez en una burda imitación que yo hacía de Gene Kelly en *Singing in the rain*. La primera vez que lo hice llevaba zapatos nuevos que en la calle se me habían mojado un poco.

Cuando tomé unas incipientes pero obstinadas lecciones de tango, la solitaria penumbra del pasillo fue ideal para ensayar los pasos largos, los giros encadenados, y escuchar el arrastre continuo de mis zapatos seseando contra el suelo, como decía mi maestra que debería oírse al fondo un tango bien bailado.

Mi maestra Paulita, que era psicoanalista en Buenos Aires además de bailarina, afirmaba que, gracias al tango, ella había aprendido a leer en los zapatos la historia familiar de una persona y sus enredos. Ella decía sobre sus clientes: "Yo los acuesto en el diván, no tanto para que se relajen y hablen sin verme, sino para examinarles detenidamente los zapatos por arriba y por abajo. Cuando de verdad llega el momento de ayudarlos con sus problemas, los pongo a bailar tango hasta que el baile comience a modificar sus zapatos. Porque en los zapatos está todo lo que uno es y lo que quiere: drama familiar, tensión, entrega." ¡Cómo extraño a mi maestra de tango! Y a sus zapatos, tan altos y tan libres al mismo tiempo, que golpeaban el aire de pronto entre mis piernas y luego la inclinaban perfectamente hacia mí cuando dábamos ciertos pasos en los que su equilibrio dependía de mis hombros, de mis manos.

Con tantas horas solitarias en mi oficina, separado del pasillo tan sólo por una puerta de madera y vidrio opaco, gracias a las obsesiones de Paulita aprendí a reconocer a cada persona por su paso, su agilidad o su arrastre, su brusquedad o ligereza. Cobradores con prisa o con pereza, visitantes ociosos o angustiados me mostraban los gestos esenciales de su cara anunciándola con su calzado. Cada uno aportaba al edificio el palpitar de sus zapatos.

Las modelos de la revista eran más fáciles de identificar que otras personas. Llegué a conocer las medidas del cuerpo de una mujer por su manera de avanzar hacia mí sin saber que yo las escuchaba. El balanceo tiene su música. Y cada paso delata los excesos de un cuerpo hacia adelante o hacia atrás. El equilibrio es raro. La armonía de quien vive bien su cuerpo es una composición de pasos tan excepcional que se vuelve notoria. Hasta las huellas más profundas y contradictorias de una personalidad se muestran caminando. Casi podría saber por sus pasos, mucho antes de verla, si una modelo desnuda iba a resultar interesante ya fotografiada. El ángel o el monstruo interno de una persona se apodera antes que nada de sus zapatos.

Y finalmente sucedió lo que temía. Con tanta y tan concentrada atención en el mundo del zapato femenino, llegó el día en que me enamoré perdidamente de una mujer por un crujido inesperado de sus suelas.

Desde que salió del elevador ejecutó tan extraña perfección armónica en sus primeros tres pasos que, muy violentamente, me distrajo de las pruebas de imprenta que yo estaba corrigiendo. Cuando escuché que se cerraron las puertas del elevador detrás de ella, me invadió una perturbadora sensación de intimidad. Estaba lejos y sin embargo muy cerca, demasiado cerca. La voz de sus zapatos me estaba hablando al oído.

No había llegado a la mitad del corredor cuando un paso se fue haciendo un poco más largo produciendo algo así como un apretado mugido y de golpe vino esa especie de quejido amoroso. Un crujido del zapato que inmediatamente me entregó una sensación total de su cuerpo. Sentí cómo se llenaban de sangre palpitante por dentro los dedos de mis pies, mis manos y, claro, mi sexo. Hay gente que en esas situaciones se sonroja, a mí me palpitan torpemente los extremos del cuerpo. Y por una extraña asociación de imágenes sensibles e ideas intuí, sin equivocarme como lo comprobé luego, que los zapatos amorosos que se me iban acercando tenían la forma alta e inclinada de aquellos que llevaba Marilyn Monroe en la escena donde el respiradero del metro le levanta el vestido. Y vi también que eran muy rojos, de un tono profundo de sangre alborotada.

Como es evidente, esa visión clara, contundente, certera, me quitó la tranquilidad por varios años. Pero lo que siguió fue aún más terrible y aún camina ruidosamente en mi vida.

La segunda mitad del pasillo se me hizo eterna. Pensé en levantarme y correr hacia esa mujer que nunca había visto y que sin embargo sentía conocer profundamente. Que conocía ya de golpe en ese aspecto que se muestra exclusivamente por los zapatos. Se equivoca quien cree que sólo hablando largas horas la gente puede llegar a saber quién es ese que tiene enfrente. Hay parejas que se conocen muy a fondo bailando sin haber cruzado una palabra. Y quienes haciendo el amor saben más de alguien que si hubieran leído sus memorias o escuchado la grabación de su psicoanálisis. De la misma manera hay una dimensión de la persona que aflora, y si tiene suerte incluso florece, a través de sus zapatos. Pienso de inmediato en esa especie de girasol crispado, pleno y grande y agresivo, que suele llevar en sus sandalias Catherine Zeta Jones, y que siempre me ha parecido la otra cara de sus labios y su belleza tan dócil y tersa.

Pero no fui a su encuentro. Me controlé para no asustarla con mi respiración impaciente o la mirada obsesiva que debo haber tenido entonces, y seguí esperando su llegada. Cada tres o cuatro pasos, un nuevo quejido. Padecí y anhelé cada uno.

Yo sabía exactamente cuántos pasos se necesitaban para llegar hasta mi puerta. Pero lo sabía de una manera casi musical, como una escala de ritmo más que como un número abstracto. De la misma manera en que uno puede conocer un número de teléfono por la tonadita de diez notas que se produce en el teclado al marcarlo más que por las cifras que lo componen. Y me iba llenando de urgencias al sentir incompleta la cancioncita de sus pasos hasta mi puerta. De pronto incluso tuve miedo. ¿Y si está aquí por error y antes de llegar se da cuenta de que se equivocó de piso? De nuevo sentí el impulso de abrir la puerta antes de que ella la tocara pero de nuevo me contuve. Siempre es un error abalanzarse sobre una mujer, sea quien sea. Aunque era irremediable sentirme, soñarme su avalancha.

Cuando sus pies se detuvieron juntos rozando la piel de sus talones y sus nudillos golpearon el vidrio de mi puerta, me dio otro indicio claro de la música interna que forma su alma. Cuando vi su sonrisa, ya era su prisionero.

Traté de que mi ojos no fueran demasiado insistentes examinando sus zapatos. Algunas veces eso puede ser tan indiscreto y burdo como asomarse al escote de alguien admirando un filo de lencería que se insinúa como un puente estirado entre dos tentadoras colinas. Y más vale contenerse, aunque la vista instintivamente lleve a buscar detrás y por los huecos del encaje el fondo de ese breve abismo que, claro, se adivina más que de lo que se ve. Lo mismo pasa con los zapatos. Verlos detenidamente puede ser resentido por algunas mujeres como una invasión de su intimidad. Y claro que quieren y no quieren que nos asomemos. Eso que inventó Madonna al llevar su ropa interior por fuera y encima de otras prendas es algo que casi siempre hacen los zapatos de mujer: son prendas íntimas que se presumen muchas veces con falsa inocencia. En realidad se exhiben con orgullo teatral. Tratándose de zapatos, todo recato, timidez o modestia son actuados. Un zapato de mujer es siempre intimidad que da la cara al público.

Sucede igual con la boca que, como he tratado de explicar en otras ocasiones, es el órgano sexual más maleable y sensible que tenemos. Y lo llevamos fuera, untándolo con felicidad o rutinaria indiferencia a la cara de muchas de las personas que encontramos cada día. Los zapatos de mujer son la lencería más atrevida, más indiscreta y cara, más artesanal y socialmente compartida que los humanos tenemos. Un zapato llamativo o discreto no esconde la obscenidad del pie sino que más bien revela en clave la capacidad de una mujer para sonreír con profunda alegría perversa. Basta contemplar esa escena maravillosa que la vida nos ofrece sin cesar. Una mujer que se prueba unos zapatos frente a un espejo. Se levanta y los examina desde arriba poniéndolos juntos. Luego contorsiona el cuello tratando de ver cómo lucen desde atrás. Levanta un pie y examina de nuevo. Se sienta y cruza las piernas para columpiar suavemente una punta. Y entonces surge, sin siquiera mirar al espejo, una sonrisa plena que ilumina su rostro. No una carcajada compartida con quienes estén por ahí sino una sonrisa: la muestra de que su interioridad se agita. Lo más íntimo de ella que se alegra con un deseo que nunca conoceremos con precisión ni certeza.

Por eso tenía que ser precisamente Madonna quien nos mostrara un día en la pantalla, a mediados de los noventa, unos zapatos Ferragamo de tacón en punta, hechos completamente de encaje negro por arriba, con el talón descubierto en sus alturas, el empeine agitando su bombeo detrás de la lencería mientras ella caminaba, y los dedos entre escondiendo y mostrando su llamarada de uñas rojas detrás de la celosía obscura que ya en ese momento resulta tan inadecuado llamar simplemente zapato. Es muy probable, por cierto, que Madonna se inspirara en unos muy similares del mismo diseñador, que Anna Magnani había usado cuarenta años antes. Y la película donde Madonna los muestra pretende situarse en esa época lejana del siglo veinte: *Evita*. La he visto más de veinte veces tan sólo por admirar en movimiento la extensa gama de zapatos que ella usa. Sé de memoria cuando viene una toma de cuerpo entero que me permitirá ese instante de felicidad, ese breve parpadeo de asomo en su más profunda intimidad. Salen en pantalla, creo, más de veinte pares muy diferentes pero con personalidad similar. Aspectos de la Madonna indomable hasta por ella misma que van más allá del disfraz, del personaje que encarna para los productores, de la representación escrita por algún otro. Hay un par de zapatos hechos todos de cintas de colores vivos, rojos verdes y azules, como serpentinas o tirantes enredados de un traje de baño que simula caerse. Hay otros de moñitos blancos recatados que a simple vista se sabe que no duran sin desatarse. Y abundan los que parecen de pieles muy sugerentes al tacto, como ante suave en una gama muy subida y ardiente de marrones: fuego maduro. Los de cintas doradas y plateadas son más comunes: muestran un aspecto superficial de la Madonna que en ocasiones no se aleja de lo que otras usan. Como diciendo: yo también soy como ustedes. Pero no tarda en calzar de nuevo algo excepcional mostrando ostentosamente otro aspecto activo de su rigurosa e íntima originalidad.

El zapato de una actriz es inevitablemente una parte de su alma que no puede ni ocultar ni fingir. Un zapato puede llegar a ser un emblema de su biografía. Basta con fijarse en las casi sandalias siempre tan bajitas y discretas de Ingrid Bergman. Las mismas sin importar qué papel hiciera. Como si usara siempre los mismos zapatos. Nos hablan de su necesidad de descender, de parecer menos alta, pero también de su falta de *glamour* buscado y artificial. Muestran la inseguridad ante su talla y la seguridad que tenía en su natural y portentosa belleza angelical. Y un valor primordial en ella de comodidad corporal sin sacrificar la belleza impecable, léase angelical, de la sandalia. Plenitud sin coquetería. Casi se entienden sus amores sucesivos con Lindstrom, Roberto Rosellini, Frank Cappa y Lars Schmidt: en cada uno buscó la belleza de un romance que fuera como bellas sandalias casi iguales. Como lo cuenta con gran naturalidad en sus memorias, *My Story.* Aunque hasta los moralistas del senado norteamericano la condenaran severamente de "demoniaca pervertidora" cuando se enamoró de Rosellini, ella sólo dice que era la misma. Con sinceridad afirma que pasó "de ser una santa a ser una prostituta y luego una santa de nuevo". Pero enfatiza: "y todo eso en una misma vida".

Más allá de la condena social, zapatos adentro, le dolía darse cuenta de la confusa ilusión que amantes y zapatos crean en uno: finalmente nadie puede llenar de verdad cuatro zapatos al mismo tiempo. Los zapatos Ferragamo de Ingrid Bergman, con su despliegue de exagerada sencillez tan contrastante con el resto de sus diseños, muestran que entre el calzado femenino y los deseos variados que éste suscita en las mujeres, se tensa y se trenza el hilo complejo que hace del deseo de monogamia y el deseo de poligamia una misma cinta bien o mal atada al tobillo de todas las mujeres: como dos alas del mismo pájaro o un mismo par de zapatos.

Los zapatos de Marilyn Monroe siempre me han hecho pensar en ese falso candor que algo tenía de cierto pero sobre el cual una sensualidad desbordante se imponía. Son zapatos sencillos pero sensuales, hablan de pies carnosos y un cuerpo tambaleante. Sus puntas en pico y una ligera inclinación hacia el frente desde un tacón muy alto me hacen recordarla en algunos de sus gestos más fotografiados, ofreciéndose y negándose al mismo tiempo desde el balcón curvado de su cuerpo. Con esos zapatos tan predispuestos, tan cercanos a un trampolín físico y emocional, se corre el riesgo de una caída fatal. Y sus famosos tacones tan afilados que se llamaban "tacones de daga", eran una especie de arma que asustaba y atraía a los hombres pero que tarde o temprano usaría contra ella misma. Zapato es biografía, no cabe duda.

Todo esto se me agitaba en la mente mientras trataba de no ver con demasiada concentración los zapatos rojos de la mujer que tocó a mi puerta ese verano. La invité a sentarse en una de esas sillas incómodas de madera que tenía en mi austera oficina y me senté frente a ella del mismo lado del escritorio. Se presentó. Se llamaba Raquel. Era escritora y estaba interesada en presentarme un proyecto muy original para la revista. Hacer una serie de fotografías eróticas donde las mujeres y algunos hombres tan sólo vistieran zapatos. Pero con un reto mayúsculo para el fotógrafo y los diseñadores gráficos: hacer que el calzado añadiera al desnudo un rasgo de osadía, de revelación erótica evidentemente más intensa que si los zapatos no estuvieran ahí. Ella dirigiría las tomas y escribiría, para cada mujer y hombre una historia breve donde la combinación de zapatos y desnudos fuera interesante y sugerente.

Raquel era una mujer excepcional, de belleza mediterránea e inteligencia aguda. Con gran firmeza en sus palabras y en su cuerpo. Capaz de interesarse con igual intensidad —y falta absoluta de superficialidad— lo mismo en la moda que en la poesía. Y mientras me contaba su proyecto y me mostraba un par de imágenes de ella misma desnuda como ejemplo de lo que podría ser su reportaje, me lanzaba los pies por delante mientras me miraba a los ojos retándome prácticamente a concentrarme en su rostro, a no dejarme llevar por la curva desnuda de su pie escotada por un zapato de piel de serpiente que columpiaba suavemente hacia mí. Está ofreciéndome una mordida, pensé: su pie es como una manzana pálida. Una fruta devorada a medias y, al mismo tiempo, ofrecida entre las fauces de su zapato.

Hicimos el reportaje. Nueve mujeres calzadas a su gusto y mostradas en imágenes inusitadas por su perspectiva y su desenfado. La pequeña biografía de cada par de zapatos que ella escribió decía más de cada persona que cualquier otro tipo de semblanza. Yo le pedí que ella misma fuera una de las nueve personas modelando, la última. Las fotografías que me había mostrado eran el principal argumento. Y aunque ella decía no querer hacerlo, finalmente ya lo había hecho y tenía ganas de que la convenciera. Los zapatos que llevaba durante la entrevista tenían algo que llamó inmediatamente mi atención. Una especie de arete colgando de la cinta que se enredaba a sus tobillos. Cuando finalmente me atreví a mirar fijamente sus pies le pregunté sobre esa pequeña pieza de plata en cada zapato. Se llevó la mano a la cabeza para retirar el cabello que le cubría las orejas y me mostró un par de aretes iguales a la filigrana de los zapatos. Y, en la mano que me mostraba los aretes, unos anillos que hacían juego. En la otra mano también los llevaba.

—Qué buena idea, le dije, combinar aretes, anillos y zapatos. No creo que alguien más lo haya hecho.

Me miró con extraña fijeza y una ligera sonrisa traviesa diciéndome muy lentamente:

—¿No te das cuenta? No sólo combinan. Sobre todo se enganchan perfectamente. Y al engancharse producen un tintineo, como diminutas campanas de plata que sólo se escuchan al oído. El tuyo y el mío.

Me quedé con la boca abierta, pensando lo evidente: que sus tobillos y sus orejas sólo podían juntarse en esa posición amorosa de piernas tan levantadas que su rostro bellísimo quedaría perfectamente enmarcado por esos perturbadores zapatos rojos. Y su sexo sonriéndome, invitándome tal vez, provocando mi sed y mi asombro. Pero ella todavía añadió:

—Yo los mandé hacer inspirándome en un poema arábigo andalucí de la poeta Walada que presume su elasticidad atándose los pies a la orejas con unas arracadas que cascabelean. Ella asegura en el poema que ese sonido siempre hace pensar a su amado que está haciendo el amor con un ángel. Y me dije, si Walada pudo, yo también. Pero además me ilustró sobre el poder de los zapatos para unirnos: si yo los siento poderosos y me hacen caminar sintiéndome más bella, más alada y cercana a ti; y si tú te fascinas con ellos y con su existencia de arracadas que cascabelean, en ese movimiento mutuo de encantamiento ritual nos vamos convirtiendo en uno solo. Y estamos siendo tocados al mismo tiempo por sus dones leves de profunda posesión.

Imaginé tantas cosas mientras ella me sonreía. Yo acercando mi rostro al suyo. Un tintineo que sólo ella y yo escuchábamos. Y entendí a fondo, en ese instante, desde qué universo amoroso y desde qué imaginación corporal aguda venía el crujido (redondo como un anillo de compromiso o una arracada) que desde entonces me posee. La voz más profunda de sus zapatos. Descubrí que en el amor todo, desde la más pequeña banalidad hasta el más profundo pensamiento, se suman conduciendo a los amantes hacia el único tintineo del fuego.

•••

El deseo desata una separación monstruosa

Donde el sonámbulo conoce la extraña forma inhumana
que puede tomar la separación de los amantes,
la piel y sus tenaces laberintos,
la fugacidad de lo eterno,
la sorpresiva belleza
de todo lo
invisible

•

Ha venido tu lengua, está en mi boca
como una fruta de la melancolía.
Ten piedad en mi boca:
liba, lame amor mío,
la sombra.

ANTONIO GAMONEDA

Puedes ser un ángel, y no lo eres:
esa es la cualidad que distingue
a los demonios.

JOSÉ MARTÍ

Estoy cansado de que me pregunten por qué nos separamos. Cuando una relación amorosa comienza nadie interroga a los enamorados. Cuando termina debería ser igual. ¿De dónde viene esta idea de que enamorarse no necesita razones y desenamorarse sí?

En mi caso, además, la pregunta siempre ha venido con juicio y condena. Cada vez que estoy, como ahora, en el vértice doloroso de una separación, incluso cada vez que tengo problemas de cualquier tipo con alguna mujer, todos a mi alrededor piensan inmediatamente que se deben a mi trabajo como editor de la revista erótica *El Jardín Perfumado.*

Me imaginan, confesó una amiga, rodeado las veinticuatro horas de modelos desnudas enlazando sus piernas con las mías, empujando mi larga nariz para abismarla en sus abultados escotes. Me imaginan como parte de una caricatura.

Tal vez la rabia que me da ser visto así cuando tengo problemas me ayuda a no caer en el melodrama: nunca he podido concentrarme en el sufrimiento de mis separaciones. Sin duda soy más colérico que melancólico. Ni el despecho cuando he sido abandonado, ni la depresión han podido durar en mí. Siempre llega a predominar el aguijón de la rabia y la risa: detesto el equívoco que me define ante los ojos ajenos y finalmente ante los míos. Si todo enamorado tiene algo de ridículo visto desde afuera, todo enamorado que se está separando va un poco más allá del ridículo y se vuelve grotesco.

El otro domingo, en un restaurante hubo una reunión de varias parejas entre las cuales yo era el único solo. Gerardo, un amigo que me conoce desde hace muchos años estaba hablando de mí, casi a mi lado, y me dejó boquiabierto cuando lo escuché decir: "porque Zaydún, que es un mujeriego…"

"Te equivocas, lo interrumpí enojado, yo soy lo más alejado de un mujeriego que puedes encontrar. Lo que dices es falso y es grotesco. Y no condeno a quienes sí lo sean. Me da lo mismo. Pero me niego a ser clasificado así."

Me miró con una sonrisita de pícaro, hizo un gesto de complicidad que me pareció repugnante y, tratando de ablandar mi enojo pasó a perdonarme la vida y justificarme: "Bueno, con ese trabajo que tienes es imposible no serlo."

Para colmo, al día siguiente de mi reclamo furioso, Gerardo me habló para decirme que no me enojara tanto, que lo había dicho sin intención despectiva, más bien elogiándome, y que soy su envidia. ¡Qué tontería! Y que además, según él, soy un mentiroso: esa mañana una amiga suya, a quien yo no recuerdo, le contó que la semana anterior me había visto en el restaurante libanés Adonis cenando con cuatro mujeres bellísimas vestidas de forma muy provocativa. Que a la hora de bailar las cuatro se convirtieron en una especie de ramillete de odaliscas con el vientre desatado. Y que, rodeándome y acercándose a mí, "untándome su sexo", como decía su amiga, escandalizamos a más de una pareja en el lugar.

Unos días antes, como una forma de agradecimiento, yo había invitado a cenar a mis amigas del grupo de danza árabe Las Gacelas. Ellas habían bailado la semana anterior durante la presentación de uno de mis libros. Y, generosamente, en vez de cobrarme, decidieron que las invitara a cenar. Bailaron como ellas bailan siempre. Como se baila la danza del vientre de manera tradicional. Bailaron a mi alrededor y en el baile mismo hay una puesta en escena de la seducción, del coqueteo. Culmina con el vientre vibrando enloquecido, feliz de moverse libre como el viento. Por eso, en otra ocasión, cuando me pidieron que pusiera nombre a uno de sus espectáculos lo llamé: "El vientre, espejo del viento". Nada más alejado de algo que me convirtiera en amante de las cuatro o de alguna. Y eso a pesar de la tontería galopante de aquella pobre mujer escandalizada por nuestros "untos".

Le dije a Gerardo que personas de mente tan estrecha como su amiga seguramente tenían una vida sexual igualmente estrecha y que deberían suscribirse a *El Jardín Perfumado* y leerla completita porque en la revista siempre tratamos de mostrar que en el mundo hay maneras muy distintas de vivir la danza, el desnudo, el cuerpo, el amor, etcétera.

Él se rió de mi inocencia y me hizo ver de nuevo lo que ya sé: que mi comentario es inútil y que la imaginación prejuiciada pesará siempre mucho más que todo lo que yo pueda decir para transformar sus impresiones, para hacerlas más sutiles. El malentendido seguirá reinando siempre que dos cuerpos aparezcan ante un tercero perturbado por esa presencia.

Aunque no puedo afirmar que mi trabajo sea por fuera lo contrario de lo que esa gente imagina. Por dentro todo es otra cosa. Incluso un beso tiene para la pareja un significado preciso que nadie desde afuera puede cabalmente descifrar.

Gerardo me recordó lo que sucedió precisamente aquel domingo que estábamos a la mesa, el día de mi enojo con él. Cuando acabábamos de sentarnos pasó una chica que trabaja en la oficina y me saludó dándome dos besos muy lentos, uno en cada mejilla. Y me acarició el lóbulo de la oreja mientras me saludaba. Yo no puse atención especial a ese detalle porque así me saluda todas las mañanas. A mí y a casi todos en la oficina. Pero a Gerardo y a algún otro amigo les produjo una perturbación memorable. Equivocadamente dedujeron que entre nosotros "había algo". Desde fuera y desde dentro todo es distinto: sabe, huele y significa otra cosa. Y nadie parece querer aceptarlo, entenderlo.

Debo reconocer que el grado de intensidad erótica que vivo socialmente en ocasiones es muy alto. Me emociona de pronto terriblemente ver a una mujer y tocarla. Sin más. Creo que esa intensidad social es más grande cuando menos se nota. Pero no se debe al desnudo constante que nos rodea o a la gran disponibilidad para abrazarnos con afecto o besarnos dos veces, que por lo visto practicamos quienes participamos en la edición de *El Jardín Perfumado*. Desnudos abundantes y besos dobles, dos realidades innegables alrededor nuestro. Pero son más naturales y por lo tanto más inocentes de lo que supone esa gente tan fácilmente escandalizable.

La intensidad erótica de la que hablo se debe tal vez a algo menos evidente y más sutil. Y en ocasiones hasta más secreto: a la necesidad humana de ser cada vez más creativos en nuestros deseos y en nuestros rituales amorosos. La gente imagina poco y mal lo que sucede de verdad entre las personas que se aman. Y vivimos tan esclavos de la imagen externa del acto amoroso, de las fotografías y las películas porno, que se nos olvida con frecuencia esta verdad simple: hacer el amor es antes que nada entrar físicamente en un delirio, rendirse a una sinrazón compartida.

Dos cuerpos enlazados, compenetrados, viven algo más parecido a la locura y a un sueño desmedido que a la descripción de la mecánica de sus cuerpos penetrándose. Si esos mismos dos cuerpos deciden vivir juntos, tal vez tener hijos, compartir las horas, las aspiraciones, las cosas buenas y malas que les va ofreciendo su existencia, se están lanzando a la aventura de desear que se vuelva permanente su delirio. Se lanzan a lo imposible, al vacío. Y algunos hasta tienen éxito. Al menos lo creen y eso les basta. En amor, religión y política, "la realidad es lo que la gente realmente quiere creer", decía un teólogo polaco. El malentendido sostiene estas tres actividades humanas.

Yo no sé por qué cada vez que me he divorciado la gente me mira como a un pobre enfermo cuando yo siento que me sucede justamente lo contrario. Uno tiene que divorciarse porque deja de funcionar el malentendido feliz que nos ataba. En ocasiones es muy triste, es cierto. Pero tan sólo como es triste y doloroso dejar una adicción. Si el matrimonio es siempre una patología, tan extraña que en ocasiones es buena para nosotros y nos ayuda a vivir, la separación es, entre otras cosas, una forma de alivio.

Nadie parece entender de verdad qué es una separación en todas sus dimensiones. Ni yo mismo que las he experimentado en exceso. Antes de la separación el amor se vive como un malentendido feliz, el amor se acaba como un malentedido infeliz y desde fuera se ve siempre como otro gran malentendido. Quienes nunca se separan viven otros malentendidos, felices o infelices. Allá ellos. Pero que nadie venga con cuentos: un matrimonio largo, insisto, es otra patología. No es ejemplo de salud, de comprensión o entendimiento.

Mi malentendido público más reciente: acabo de separarme de Sofía, la mujer con la que compartí una intensa vida sexual y matrimonial por más de doce años. Cuando lo digo, la gente se ríe incrédula. Nadie vive con verdadera intensidad tantos años una relación sexual con una sola persona. Pero es mayor su sorpresa cuando les cuento que en los últimos treinta años he vivido tres divorcios como éste pero que, hasta ahora, había tenido además a la misma amante.

Normalmente hombres y mujeres cambian de amantes y conservan a sus parejas institucionales. Yo he hecho justamente lo contrario: he tenido muchas esposas y una sola amante.

Casi todos los días me encuentro a personas llenas de prejuicios que comienzan a interrogarme en cuanto se enteran de esto. Mis amigos me presentan como una especie de monstruo, una rareza. Hacen chistes sobre mi extraña fidelidad inversa. Y siempre terminan obligándome a dar explicaciones.

Estoy cansado de este "acoso del por qué" cuando la razón es tan pobre para explicar la intensidad de nuestros impulsos amorosos. Como si no quisiéramos aceptar que en muchas dimensiones de la vida somos definitivamente más animales que humanos. Y que justamente en la vida erótica no es la razón sino la imaginación, tal vez, lo que primero nos distingue. Pero cómo hacer que la gente acepte que me divorcié porque la imaginación se me llenó de raspaduras, la boca de sabores amargos. Porque a los ojos imaginativos de la otra persona los enamorados podemos convertirnos en seres repugnantes, en monstruos. Cómo explicar que somos y no somos al mismo tiempo eso que mutuamente nos imaginamos.

Cómo hacer para que la gente acepte argumentos del delirio, con frecuencia más verdaderos que muchos otros que pasan por racionales. Como por ejemplo los argumentos legales. Para formalizar cada divorcio he tenido que inventar, obedeciendo a obscuros abogados, razones y frases que a mí me parecen absurdas e imprecisas pero que son las únicas que entienden y pueden juzgar "las autoridades judiciales", que por lo visto, al llegar al tema del amor y el deseo tienen la cabeza llena de palabras vacías. Palabras que por supuesto funcionan muy bien mecánicamente dentro de su propio mundo cerrado. En "su jurisdicción".

Con un vocabulario muy distinto sucede algo similar: un amigo científico se llenó la boca el otro día con argumentos bioquímicos para explicarme que los humanos no somos por naturaleza monógamos, pero que vivimos por un tiempo la ilusión de serlo. Gracias a una sustancia que secretamos por un tiempo corto. Como si la persona amada fuera una droga cuyo efecto se acaba tarde o temprano. Toda explicación absoluta del desamor sigue siendo insuficiente y ridícula por ambiciosa. La vida amorosa, desde cualquier ciencia es un malentedido permanente. Nadie comprende de verdad la naturaleza de eso que, intempestivamente, nos hace unirnos o nos separa. Nadie entiende. Punto.

Y no dejan de preguntarme, ¿por qué me separo ahora de Sofía, mi esposa de todos estos años? ¿Quién podría de verdad entender esta historia? Todo comenzó en uno de sus viajes de trabajo. Ella es la fotógrafa principal de *El Jardín Perfumado*. Hace poco fue enviada a Japón en una misión especial. Retratar desnudos a algunos miembros de la mafia nipona. Los famosos *yakuza* que llevan el cuerpo completamente tatuado. Una sociedad clandestina con obras de arte escondidas bajo la ropa, en la piel.

La Fundación Polaroid apoyó su proyecto prestándole un estudio y una cámara experimental que usa negativos muy grandes. Cincuenta por sesenta centímetros. Ella estaba feliz de poder registrar imágenes a tamaño real. Algo de verdad excepcional. Importante especialmente cuando se trata de fotografiar la piel, donde cada detalle, cada poro, transforma el resultado.

Todo parecía perfecto pero había un problema grave: nadie logró antes entrar con una cámara en la intimidad de los *yakuza* tatuados y salir con vida. Sofía lo hizo pero nuestra relación desde entonces no fue la misma.

En un largo proceso que duró varios meses, Sofía fue presentada e iniciada a ese mundo secreto por Horikin, el más grande artista vivo de esto que llaman *irezumi*: tinta injertada. Aunque, según él, sería mejor llamarle con su nombre antiguo, *horimono*: cosa esculpida. "Porque uso al cuerpo pero no para dibujar sobre él sino para cincelarlo y darle una forma distinta. No es un lienzo, es un volumen. Y se trabaja como si algo extraño, algo que la persona tatuada lleva dentro, empezara a brotar compulsivamente al ser tocado por mi aguja de tinta: un oleaje desmesurado, un dragón inquieto, un temible guerrero, un tigre entre las rocas. Un buen tatuador libera las formas vivas escondidas entre los músculos y abajo de la piel."

Antes de cargar su aguja, Horikin pasa días enteros con su paciente conociéndolo para averiguar qué cosa o qué ser lo habita. Lenta pero ávidamente, sus manos tienen que recorrer mil veces esa piel, esos músculos y huesos. Y sus dedos deben entrar donde se pueda. La lengua, el olfato, también le ayudan.

Así, el tatuador ve antes que nadie lo que brotará de cada cuerpo. Y antes de verlo lo siente porque el *irezumi* nunca es tan sólo dibujo para los ojos: aparece de adentro hacia afuera y se lee antes que nada con los dedos. Si no hay empatía entre el artista y su cliente el ritual no puede ser realizado por sus manos.

"Afortunadamente Horikin me enseñó a usar las mías para que mis fotografías fueran fieles al espíritu de cada *yakuza*. Me enseñó a tocarlos como él sabe."

Sentí una punzada de celos. Imaginé al tal Horikin tocándola profundamente. Y luego a ella tocando a los *yakuza*. Esperaba tan sólo que nadie le hubiera robado para siempre el corazón. Y por suerte no lo hicieron. Pero la obra de Horikin en ella caló muy hondo. Por desgracia para mí su poder de transformación fue más profundo.

Sofía me contó fascinada cientos de detalles sobre ese asombroso ritual de tinta. El proceso de tatuaje dura muchos años. Es tan doloroso que son pocos los que regresan a la segunda sesión. Cuando resisten y continúan ofreciendo su piel al artista ritual, éste siempre encuentra algo más que cubrir de tinta. Hasta las bolsas de los testículos y las cabezas de los falos *yakuza* tienen motivos peculiares. Muchos llevan ahí bocas que con la erección extienden su sonrisa y bigotes rizados que se alacian. Entre más cubierto de tatuajes está un hombre más apreciado es por su grupo pero también más rápidamente se acerca a la muerte. Porque una piel totalmente pintada es una piel que no respira y el cuerpo termina envenenándose. Muchos se van de la vida antes de que el ritual de cubrirlos se considere terminado.

Por otra parte el color rojo es muy peligroso porque contiene una sustancia muy tóxica, a base de estaño, que da un brillo único a esa tinta. Quienes más rojo llevan en la piel más cerca han estado de la muerte. En una de las fotografías que tomó Sofía se ve a un hombre convertido en un estanque donde nadan y saltan miles de esos peces japoneses que se reproducen locamente: las carpas cara de gato. Todos los peces son de color rojo carmesí y chapotean en una escasa agua azul que emana como torbellino de espuma en oleajes espirales desde el ombligo.

Algunas de estas pieles maravillosas han llegado a valer más de cien mil dólares subastadas en el mercado del arte. Así que algunos *yakuza,* en caso de emergencia, las han vendido por adelantado especificando que a su muerte tal museo o tal coleccionista se quedaría con su piel independientemente de lo que quisieran hacer sus familiares. Pero en algunos casos que la piel fue dañada por perecer en un accidente o en un asesinato, la familia quedó endeudada para siempre y hasta fue a la cárcel. Por eso últimamente para ese tipo de venta se necesita también la aprobación firmada de los familiares más cercanos.

Muchos *yakuza* mueren en vendetas familiares, batallas de clanes y guerras internas de las mafias. Por eso la policía tiene siempre entre sus empleados a un historiador del arte experto en tatuajes *irezumi.* Así logra saber, a través del análisis de la obra de arte, a qué banda *yakuza* pertenecía la víctima y deducir a cuál otra sus ejecutores.

En el teatro Kabuki hay personajes cuyo carácter se hace evidente al público por su tatuaje. Y como los dibujos sobre la piel se transforman al moverse la persona tatuada, el efecto dramático es muy fuerte. Entre las obras de teatro que Sofía presenció, una mostraba a una mujer que había tenido un amor fugaz con un bandido tatuado. Él huyó y, muchos años después, para ser reconocida por el bandido que regresa, ella le muestra en el brazo un tatuaje igual y complementario al suyo: prueba de amor apasionado. Y prueba de que ella creía en la certeza del encuentro futuro. Además, llevando el mismo tatuaje sus dos almas se encontraban según ella creía, en alguna región de lo invisible.

En otra pieza Kabuki, un tatuaje de dragón crece cada día en un hombre bueno, metiéndose hasta en sus sueños, haciéndolo ir a la cárcel porque lo confunden con un miembro de la mafia *yakuza* que lleva el mismo tatuaje vivo, y que al final lo devora cruelmente.

Al amanecer, mientras escapa volando, el dragón devorador produce sin quererlo la lluvia que necesitaba desesperadamente el campo luego de una cruel sequía que él mismo había provocado con el fuego de su boca al iniciar el relato.

Sofía afirmaba que detrás de cada obra de arte *irezumi* hay un viaje espiritual que transforma al tatuado para siempre. Y lo transforma en todos los sentidos acoplándolo a una cualidad interna que podría haber estado oculta, reprimida. Sofía nunca se dio cuenta, tal vez, de que ella misma avanzaba en un camino sin regreso hacia una realidad fascinante pero terrible dentro de ella, un territorio donde ya no sería posible acompañarla.

"Horikin prácticamente salvó mi vida al explicarme que, en contra de lo que se cree, los *yakuza* no temen ser fotografiados para evitar que la policía los identifique. Eso los tiene sin cuidado. Lo que odian es que una fotografía no muestre con decidida fuerza el poder interno que aflora sobre cada milímetro de piel tatuada. Una fotografía equívoca, infiel al rugido de su alma es una traición que se paga con la vida tanto del retratado como del fotógrafo." Mis celos se multiplicaron pensando que ella se había entregado a los nueve *yakuza* desnudos cuyas fotos me mostraba eufórica. Tenía que haberlos conocido físicamente muy a fondo. De otra manera no estaría viva contándomelo.

Esa noche de su regreso, mientras hacíamos el amor a oscuras, sentí que otro par de ojos me observaba sobre su vulva hambrienta, escondidos en la maleza de su pubis. Pero nunca los volví a ver. ¿Un tatuaje fugaz? Y, un poco después, mientras estaba adentro de ella de una manera tranquila pero tan intensa que, creo, nunca había experimentado, sentí que un brazo largo, escamado y caliente ataba dos y tres veces mi cuerpo al suyo, más cola de dragón que serpiente. La piel se me vuelve a erizar al recordar ese abrazo.

Antes, a ella le gustaba sentirme dentro alineando mi pene con su columna vertebral y que yo la acariciara desde el cuello bajando por sus vértebras. Como si adentro y afuera un mismo movimiento la tomara. Esta vez, de pronto, reacomodó mi pene por dentro alineándolo no ya con la columna sino con su continuación hacia el otro extremo de su cuerpo, con lo que yo sentía como esa cola serpentina. La lanzó de un lado al otro llevándome en ella. Luego, apretándome en la base y dejándola inmóvil, hacía girar el extremo de esa cola de dragón a toda velocidad en círculos y la sangre parecía escapárseme por la punta del pene. Eso sentía o imaginaba estando en ella.

El placer era inmenso, pero el vértigo crecía. Comenzó a devorar todas las sensaciones y el dolor se volvió insoportable. Y, fatalmente, mi delirio amoroso terminó por subordinarse al dolor. Cada parte de mi cuerpo era lastimada por un monstruo de aspereza inconcebible y olor insoportable.

Yo viví esa transformación como una realidad absoluta. Claro que al despertar ella aparentemente era la de siempre. Ni siquiera tenía una escama de tinta del dragón *irezumi* que se me aparecía en la obscuridad de mi cama a través de su cuerpo. "Al despertar el dragón ya no estaba ahí", como dijo, haciendo un chiste muy privado, un amigo guatemalteco cuando le conté esta historia. El dragón había volado fuera de Sofía o se hundió de nuevo en su piel. Pero lo que con certeza sí estaba dentro de ella y de mí era un equivalente a la rosa de Coleridge: ésa que un visitante cortó en el paraíso mientras soñaba. Pero que luego, al despertar, llevaba aún entre las manos como prueba de su visita. Salvo que la rosa de Sofía en vez de pétalos tenía más espinas.

Aunque los signos externos de cambio en su cuerpo fueran mínimos, cada uno significaba para mí alguna otra cosa más grave. A partir de ese día dejó de usar crema y toda su piel fue tomando una textura de codos abandonados, cubierta aquí y allá de ligerísimas escamas. ¿Estaba yo exagerando mis sensaciones? Pensé que, tal vez, ella siempre fue así y yo no me había dado cuenta. Nunca me atreví a mencionarle que sentía su piel dura.

Pero pronto aparecieron otras transformaciones. ¿O debería decir otras sensaciones mías exageradas? Su aliento cambió volviéndose un poco más fermentado. Comenzó a roncar y lo hacía más fuerte cada noche. El aliento de su vagina de pronto tenía algo de sulfuroso en su sabor y en su olor. Y me parecía que un ligero tufo de ceniza mojada nos rodeaba siempre. Aunque sólo yo era capaz de detectarlo. Tal vez porque yo había dejado de fumar hacía muy poco y me molestaba cada vez más el humo de los demás en los ojos. Se me ponían intensamente rojos, como si fuera alérgico.

Pero sobre todo, mi adoración por ella se fue convirtiendo en un vago sentimiento de temor creciente que aún no alcanzo a definir completamente. El día que mientras hacíamos el amor sentí quemaduras por el cuerpo, como si cientos de cigarros hubieran sido apagados sobre todos los rincones de mi piel, decidí que no podía más.

Aunque unas horas después de bañarme nada se notara, yo tenía viva aún la memoria de esas quemaduras.

¿Y me siguen preguntando por qué nos separamos? ¿Alguien puede entender de lo que hablo cuando digo que mi amante se volvió un monstruo? ¿A alguien puede parecerle razón suficiente de separarnos que su piel ya no sea la misma, que sus uñas se hayan vuelto robustas y su voz gruesa? Que mientras yo dejé de hacerlo ella comenzó a fumar y se nota ya en su voz que, además de ronca, se ha visto atormentada por una tos cavernosa.

Hay quien piensa, al oír estas razones y sinrazones mínimas, que soy injusto y estoy loco. Que yo soy el que cambié. Tal vez soy yo quien se volvió un monstruo de escamas y ronquidos. Un tatuado *yakuza* involuntario cuyo cuerpo se va cubriendo de dibujos venenosos —esta vez invisibles— que lo llevan a no poder vivir: a la muerte. Nadie entiende. Ni siquiera los amantes desamados. Nadie puede de verdad entender la naturaleza de cada separación amorosa. Y lo que vemos, insisto, nunca es exactamente lo que parece.

El deseo nos ata a sus malabarismos

Donde el sonámbulo descubre que el circo fue inventado
como imagen del erotismo en la vida, y el erotismo
como metáfora del circo: pirueta y compromiso,
alto riesgo y belleza extraordinaria
del cuerpo amante y del
cuerpo amado
vueltos
uno

•

El antiguo *Kama Sutra* de Vatsyayana, el clásico que todos copian, es una recopilación de varios tratados amorosos anteriores. Es un puerto privilegiado en el río sagrado del erotismo. Como lo es todavía la muy antigua ciudad de Varanasi o Benares sobre las aguas sagradas del río Ganges, donde se supone que el *Kama Sutra* fue concebido en el siglo III. En el río del erotismo, de sus misterios y revelaciones, todos de una manera u otra navegamos. No todos tienen conciencia de ello y con frecuencia hay ahogados que no entienden qué les sucedió en la vida: los náufragos del erotismo. Quienes llegan a darse cuenta lo navegan, lo sobreviven, incluso hay quienes franca y sanamente lo gozan. Pero muy pocas veces lo reconocen como un río especialmente sagrado. Y como tal, uno de los componentes fundamentales de la vida. Siguiendo con el paralelo, el ritual de bañarse en el Ganges al amanecer, ¿no será una metáfora de la obligación kamasútrica de bañarse en la divinidad del cuerpo de la persona amada cada día que comienza?

En el mundo donde se escribió y se cultivaron los saberes contenidos en el *Kama Sutra* hacer el amor formaba parte indispensable de las tres metas de la vida: trabajar y alcanzar bienestar; meditar y alcanzar riqueza espiritual; hacer el amor y alcanzar la felicidad más profunda y por ahí la experiencia de lo divino. Se le consideraba un libro tan sabio, serio e indispensable como un tratado de astronomía, medicina, administración de las cosechas o de teología y moral. En varios de sus capítulos se esmera en dar muy precisos consejos técnicos para que las parejas de miembros sexuales con tamaños desiguales o entusiasmos disparejos puedan ser felices haciendo el amor. Y así comienza su descripción de posiciones que, muchas veces, resultan malabarismos. Como la cultura india es tenaz elaborando clasificaciones exhaustivas, la lista de posiciones es larga y muy curiosa. De ahí que cuando se menciona un *Kama Sutra* se piensa antes que nada en esa exuberancia de posiciones malabares y pequeñas diferencias técnicas en besos, pellizcos o mordidas. Se le reduce a un compendio de hazañas de imaginación corporal, equilibrio y elasticidad. Se trata en cambio de un arte de la vida.

Incluye una amplia sección pragmática sobre los cuerpos amándose. Pero es un tratado de técnicas para tener una vida cotidiana más rica en todos sentidos y, en última instancia, para alcanzar mejor la experiencia de lo divino. Así el malabarismo es parte de un ritual: es una forma de oración silenciosa y activa. Hacer el amor parados de cabeza o anudados sobre un columpio puede ser una muy efectiva forma de rezar. Y con su repetición ritmada es una técnica para alcanzar un éxtasis que nos haga sentir que entramos en contacto con algo que nos rebasa, que está más allá de nosotros y de lo natural. Tan extraordinaria que se vive como una experiencia sobrenatural.

La antigua cultura hinduista ha marcado a muchas otras culturas orientales y la cultura árabe no es excepción. El *Kama Sutra* impregna todos los tratados árabes sobre el amor con sus fines espirituales y muchos de sus consejos.

Aunque la idea del malabarismo pragmático no sea tan protagónica en ellos. Los tratados árabes son más coreografías poéticas que lista de posiciones. Pero son igualmente un método para llegar a Dios por los caminos del sexo. Porque no hay ningún conflicto entre ambas nociones, salvo en las religiones más intolerantes. Me gusta la idea de que todo lo que se haga, que cada beso, cada sonrisa, cada intromisión entre amantes es una forma ritual que nos acerca a la experiencia del éxtasis divino. Como lo explica claramente Ibn Hazm: "La posición amorosa, por más heroica, interesante e imaginativa que parezca, no es la meta de los enamorados. Es un momento del goce dentro de una ruta de goces ritmados que nos llevan al placer supremo, a la unión con el fuego sagrado del vientre amante que siempre pide más de nosotros, que aún devorándonos no deja de llamarnos más adentro, más unidos, más confundidos, más y más y más."

Y mientras leía las insaciables opiniones teológico sexuales de Ibn Hazm sobre el amor malabarista comencé a sentir un mareo muy intenso y embriagante. Todo me daba la sensación de estar a punto de caerse en un riesgo creciente y eso me producía una tensión enorme. Después de unos minutos relacioné esa sensación extraña con aquello que sentía al hacer el amor con una asombrosa mujer de la India a la que, como a la diosa, sus padres habían llamado Parvati. Me invadió la mente y el cuerpo entero el recuerdo abrupto de la época en la que estuve perdidamente enamorado de esa trapecista que era mi compañera de clase en la Facultad de Filosofía. Fue hace muchos años, cuando fui estudiante en París, que me enamoré de esa mujer que desde niña había trabajado en un circo. Su familia entera, desde hacía varias generaciones, era reconocida en Europa del Este y en el norte de la India por la sutileza y osadía de sus espectáculos. Claro que cuando la conocí ni siquiera podría haber imaginado todo eso. Y mucho menos hubiera imaginado que ella me haría ver al circo, y a través de él apreciar al erotismo en el mundo con otros ojos.

Estábamos juntos en la clase de filosofía de Gilles Deleuze en la Universidad de Vincennes y nos fuimos haciendo amigos sin que yo supiera nada del glorioso pasado circense de su familia. Lo primero que llamó mi atención fueron sus manos. Eran largas y delgadas pero muy fuertes. Las movía con una extraña destreza. Parecían coordinarse perfectamente con sus inmensos ojos negros porque eran de piel obscura que daba a sus uñas una presencia luminosa. Como si tocara con las pupilas y mirara con los dedos. Y luego entraba la boca, que también me miraba y acariciaba el aire cuando decía mi nombre con sus labios anchos y obscuros. Pensé que era una bailarina de la India. O que era, de verdad lo sentí, pausada sacerdotisa de algún rito extraviado al que ya quería adherirme.

Cuando la invité a salir, en vez de ir al cine o al teatro o a cenar me propuso ir al circo. Acepté sonriendo sin imaginar la profundidad del ámbito al que entraba. Sus comentarios durante el espectáculo me hicieron darme cuenta de mil y una dimensiones del circo que yo no habría notado sin ella. Lo más parecido que recuerdo es mi primera corrida de toros en la feria de San Marcos donde un amigo, que le decíamos el Diablo, me inició a todos los códigos secretos de esa fiesta. Tantos y tan sutiles que si no se les conoce se pierde una parte fundamental del placer que proporciona la corrida y no se les puede adivinar espontáneamente. El circo es aún más arriesgado y complejo. Parece más inocente y no lo es.

Mi amiga Parvati, la bella cirquera, me hizo percibir primero la dimensión de terrible excitación ante el riesgo. Me fue señalando paso a paso en qué consiste el vértigo de tener todo bajo control, hasta lo que parece imposible que el cuerpo de una persona realice; y de pronto el vértigo acelerado de perder el control por algunos instantes.

Cuando me mostraba cómo se vive desde el público y desde el punto de vista de los cirqueros esa combinación explosiva, me dijo: "Aunque la gente no tenga conciencia, el circo es una metáfora del más bello acto amoroso. La gente viene al circo a tocar, a vivir de otra manera lo mismo que se siente si se tiene suerte y se vive el amor con intensidad. El amor a fondo y en la punta del alfiler de sus sensaciones, eso es el circo: la esencia de hacer el amor. Es la intensidad máxima del erotismo traducida a un espectáculo que demuestra cómo lo imposible es posible."

Claro que cuando me dijo eso yo ya estaba completamente en sus manos elocuentes, deseándola locamente pero también intimidado hasta donde se puede estarlo. No me atreví a decirle mis deseos. Y a partir de ese momento comenzó a armar, simbólicamente, un número increíble con todos mis sentimientos hacia ella. Primero hubo varios días en los que yo era como un trapecista perdido, yendo y viniendo hacia Parvati. Mi camino parecía cruzarse con el suyo y ella me miraba como si fuera inevitable encontrarnos intensamente pero no lo era. Un día estaba a punto de atraparme desde su propio trapecio pero me dejaba pasar o me atrapaba durante un momento para regresarme luego a mis solitarios vaivenes anhelantes.

Fue creciendo en mí la sensación de un abismo entre los dos. Un vacío peligroso en el cual podría caer en cualquier instante. Y por momentos tuve la certeza de que era inevitable desmoronarme al fondo, solo y sin que ella volteara siquiera a mirar mis pedazos.

Fue entonces cuando Parvati decidió rescatarme de mi vuelo en picada y llevarme hasta la pista iluminada de su cuerpo. Y ahí comenzó de nuevo, de otra manera, el número de los trapecios. Mi deseo en sus manos y ella yendo y viniendo hacia mí sin dejarme saber cuándo. Y todos los números clásicos del circo: desde el desfile de elefantes hasta la escaramuza de los payasos pasando por el mago, el lanzamiento de cuchillos, los trapecios, los tigres luciendo su feroz belleza, servirían para describir a nuestros cuerpos amándose. Y, a ratos, éramos circo de tres pistas con varios espectáculos simultáneos entre su piel y la mía.

¿A quién se le ocurre pensar en el amor pobremente en términos de penetraciones y de orgasmos, incluso múltiples, si se tiene al circo entero para describir lo que se hace y a lo que se tiende? Me sentía viviendo ya para siempre bajo las reglas del asombro, como los personajes de aquella bellísima película de Alexander Kluge: *Los artistas del circo bajo la cúpula perplejos.* Y a ratos, en los peores momentos, sentí el miedo y la desolación herida del protagonista de otra película asombrosa, *Freaks:* yo era un pedazo de hombre mal arropado y tirado en el lodo entre las ruedas de una carreta mientras una tormenta de relámpagos llenaba el cielo.

Claro que cuando pienso en Parvati me viene a la cabeza la música de Nino Rota escrita para la película de Fellini *Los payasos.* O las tonadas de bandas gitanas a lo Kusturica. Y más aún, esa épica musical gitana que comienza en la India y termina en Andalucía que se llama *Latcho Drom.* La música de su cuerpo siempre me grita al fondo de esas tonaditas. Y, algunas noches, todavía después de tantos años, sus gritos de intenso placer saliendo nítidos de mi memoria me despiertan en sueños.

Mis amigos sabían que mi novia era cirquera y se imaginaban actos de amor donde sus habilidades de contorsionista aseguraban el placer a través de mil malabarismos. Nada más simplificador, aunque no completamente alejado de la realidad. Pero no era su habilidad para doblarse, para hacer de su sexo un órgano transformable y además llevarme en sus piruetas, lo que hacía crecer la intensidad de nuestras sensaciones. Era su manejo total de la emoción ante lo imposible. Y toda ella, como amante, era un circo complejo y creciente, nunca contorsión simplona.

Claro que recuerdo claramente, por otra parte, cómo le gustaba hacer el amor tan sólo en el filo de la cama y que yo la empujara desde dentro de su vientre con mi pene, sin usar las manos, hasta que más de la mitad de su cuerpo colgaba de la cama y su cara se llenara de sangre y enrojeciera mientras gritaba y se dejaba caer en catarata llevándome con ella en un grito y un orgasmo que parecía infinito. Como si en cada etapa de esa caída de la cama el tiempo dentro del tiempo se extendiera y daba incluso para que yo girara y, en vez de caer sobre ella, me convirtiera en su red, en su pista suave. Y ella entonces, al caer me comenzaba a cabalgar. Entusiasmada recorría la pista mental que vivíamos, sin terminar y sin comenzar nunca nuestro circo amoroso lleno de riesgo, de drama, de proeza, de animalidad inminente, de humor y de magia, todo ello esencial al erotismo y al circo.

Pero lo que ella amaba explorar poco a poco en cada malabarismo era otra caída más profunda que sucedía dentro de nosotros. Ya en el extremo de las sensaciones provocadas y compartidas, me empujaba a sentir con el cuerpo de ella, con todos sus sentidos. Me hacía aumentar la sensación certera de ver adentro de ella con mis manos y mi sexo y de ahí sentir la forma de lo que sólo sus manos tocaban, de lo que sólo su lengua acariciaba o probaba. Y luego ella sentía con mi cuerpo, con todo mi cuerpo, mi manera de estar en el mundo, de caminarlo, de respirar.

Pero era justamente cuando estábamos dentro uno del otro y en pleno malabarismo que habíamos aprendido a vivirnos como un sólo cuerpo de cuatro brazos y cuatro piernas y dos lenguas enloquecidas. Y en ese momento entendí una dimensión de la escultura de la India, con sus dioses de múltiples brazos por los múltiples atributos y poderes que tenían. Como si fueran varias personas en un sólo cuerpo. Así estábamos Parvati y yo multiplicados en nosotros mismos.

Un día, comencé a sentir algo extraño o distinto. Parvati se empeñaba en mi goce y en empujarme al precipicio del orgasmo que siempre evitábamos y prolongábamos multiplicándolo. Esta vez quería hacerme sentir otra cosa. Primero me hizo eyacular explosivamente y algunos minutos después me hizo sentir el más intenso y prolongado orgasmo de mi vida. No eran orgasmos múltiples sino aislados pero en pareja. Parvati me explicaba, "todo viene doble y por fortuna en tiempos distintos cuando somos uno sólo. Tal vez el primer orgasmo era el tuyo y el segundo el mío o viceversa". Y después ya nos encaminábamos, como era más común, a la variedad del éxtasis múltiple.

En otras ocasiones alcanzábamos un estado de plenitud tranquila. Nada de montañas, un valle de placer que nos unía casi sin movernos hundiéndonos cada vez más uno en el otro por la propia inercia del tiempo detenido. Era una de nuestras porciones de eternidad.

Una noche me mostró un libro ilustrado sobre la diosa Parvati y sus representaciones. Aparecía en una plenitud muy parecida a la de ella, luciendo la redondez misteriosa de su pecho, la contorsión sorpresiva de sus caderas. Y sus manos hablantinas y poderosas. Recuerdo perfectamente esas manos sobre el libro. Las mismas que tantas veces me habían acariciado y había visto empujándose contra el muro o el piso para apoyar su hundimiento en mí o el mío en ella.

Esas manos me señalaban delicadamente a su diosa Parvati al lado del dios Shiva y me explicaba que al ser adorada por Shiva, Parvati lograba en ambos la iluminación de verse a sí mismos como nunca antes, en plenitud de su ser.

Y entonces me mostraba otra imagen en la que el lado izquierdo de la figura tenía un pecho abultado y el derecho musculoso, el derecho un arete femenino y el izquierdo nada, el derecho también con las cejas depiladas y los ojos pintados y el izquierdo con cejas anchas y mirada muy entornada. La pierna derecha era musculosa y la izquierda firme pero suave. Era una mezcla armónica de ambos dioses y ambos cuerpos. Y en uno de sus cuatro brazos, un espejo.

"Con eso pueden mirarse por dentro. Es la mirada que han ganado compenetrándose, dándose mutua plenitud. Logrando el malabarismo de caer totalmente uno en el otro." Y esa noche, más que nunca, sentí que su pecho abultado y firme, que yo tanto adoraba, era completamente mío y ella sentía suyos mis latidos en las venas de mi sexo. Al borde de caernos, en uno de tantos malabarismos indescriptibles desde adentro, nos fundíamos poco a poco en la suma de las sensaciones compartidas. Y, en el mismo delirio iluminado llegué a ver, muy claramente, por un instante que me pareció eterno, que nuestros cuerpos eran de verdad uno solo. Y en ese momento estaba seguro que esa era la realidad única de nuestros cuerpos. Y vi cómo nuestras cuatro manos eran llamas poderosas recorriéndonos. Vibraciones extendidas del fuego en el que ardíamos y que aseguraban la vida de la única llama columpiándose que ya éramos. Y en medio de ese ardor que era placer al mismo tiempo nos vimos a los ojos. Cuatro espejos con una sola imagen que iba y venía.

Debo confesar que fui iluso y me faltó conciencia de que ni siquiera la intensa eternidad de los amantes dura para siempre. Que es necesario, cada día, en cada momento, volverse a ganar el paraíso y hacer de nuevo el ritual de malabarismos esenciales que nos hacen caer uno dentro del otro en el aire amplio de la vida. Y, tal vez, nunca supe dónde o cuándo, descuidé mi vuelo hacia ella.

Parece que otra parte esencial del circo es su nomadismo. Y es bien conocido que el deseo se multiplica dando giros asombrosos en la ausencia de quien se ama. Parvati se fue de la ciudad, tal vez para siempre. No sin dejarme sembrada muy adentro la posibilidad y el deseo de que algún día vuelva a hacer pista en mí, conmigo. Mientras tanto, voy al circo como quien se enfrenta sin lucidez ni calma a una rica síntesis metafórica de lo erótico.

Inevitablemente, todos los leones hambrientos, los tragafuegos que cantan con lenguas como llamas y los saltimbanquis piramidales que pretenden tocar el cielo me cortan el aliento. Y me recuerdan los movimientos más sensuales de su boca y de sus manos. Todo en el circo me lleva a sentirla cerca aunque no lo esté y a desearla luego con cierta desesperación.

Pero también evocan su idea de filósofa cirquera y obsesiva: "El circo es erotismo porque el circo es la más portentosa y ritual afirmación de la vida."

El ritual que se hace en el mundo para que mi diosa Parvati aparezca y yo pueda ser de nuevo devorado por ella en su llama.

.

uando el barro entra al horno termina su posibilidad de ser maleable. De ahí en adelante la forma irá quedando fija. El barro se casará con ella, tal vez para siempre. La dureza se irá apoderando de la pieza. El barro crudo se vuelve barro cocido. Pero el peligro de que antes estalle es inmenso. El primer fuego erradica toda la humedad pero debe hacerlo de manera constante y homogénea. "Como un amante delicado que no descuida detalles ni cambia el ritmo con el que prodiga sus afectos, sus caricias, sus besos."

Pero no es sino hasta el segundo fuego, cuando al horno se le sube un poco más la temperatura, que la pieza se vuelve sonora. "Como una amante que suspira, solloza, jadea y finalmente grita."

Al tercer fuego, con más temperatura pero todavía no la más intensa, lo llaman fueguito o fuego menor y es el que termina de separar el agua de la tierra. No sólo el agua que añadió el ceramista para modelar su pieza sino también el agua integrada a la tierra desde las eras geológicas más lejanas. Si la evaporación del agua se acelera, la pieza estalla. Fuego menor es cruel con quienes se mostraron torpes o indecisos. Él exhibe, mucho más que los fuegos anteriores, los errores del alfarero en el modelado, mezcla y secado. Aquí brotan sus huellas de manera abrupta sobre la felicidad formal de la pieza. Este fuego lo juzga y lo absuelve o lo condena. "Como lo hace 'el horno del sexo' de una amante que no ha sido suficientemente acariciada antes de entrar en ella o lo ha sido con torpeza."

Con frecuencia los ceramistas no sólo encomiendan su horneada a algún dios o algún santo sino que además ruegan a los demonios de la cerámica, aliados del fueguito, que se apiaden por favor de su trabajo. Los demonios o genios, dyins malvados que comen barro se llaman: Carbón, Ollarrota, Huellachueca, Malamezcla, Fisura, Estampida, Desigual. Aparecen en cuentos populares y en anécdotas familiares y es claro que se divierten rompiendo y mordisqueando las piezas que van al horno. Hay quienes, según las huellas del daño sobre el barro, identifican al dyin perverso que lo hizo. Y todo ceramista sabe que estos demonios sólo atacan hincando el diente en la debilidad más notoria del artesano. Por eso es muy importante identificarlos, el perfeccionamiento del ceramista en su oficio es impensable si no escucha el juicio del fuego menor y sus genios malos.

Según la catástrofe amorosa que le toca vivir o que le cuentan, Tarik sabe qué demonio que come carne enamorada se ocupó de la pareja. Algunos de ellos se llaman, Brusco, Seco, Apresurado, Blando, Distraído, Sucio y, sobre todo, Egoísta, que es uno de los peores y más activos.

El ceramista se preocupa especialmente de la circulación del aire entre las piezas, dentro del horno. Se dice que respiran bien o mal. Que se ahogan o incluso que se hiperventilan. Si les falta oxígeno, el fuego lo toma del que tengan en su composición química los elementos que forman el barro. Y entonces su color cambia. El ceramista puede ahogarlas un poco si quiere que obtengan un color distinto.

Y piensa Tarik que el buen amante está siempre muy atento a la respiración de la amada. Y a la suya. Del ritmo de su aire dependerá la duración del placer, su disminución o crecimiento, sus vuelos o abismos, su felicidad. El amante cuida el aire de su amada tanto como la humedad de su sexo. Nunca más, nunca menos.

Amar en "punto de aire", piensa Tarik, es difícil y no hay reglas escritas para lograrlo. Cuánto enseña el horno del alfarero al amante empeñado en mejorar su vida amorosa. Nos obliga antes que nada a pensar en un ámbito, a controlar los cambios de atmósfera, la presión, la velocidad, las regiones sensibles. Y, algo importantísimo que olvidan más los amantes comunes que los alfareros: controlar el enfriamiento.

El horno que se apaga de golpe condena como un destino a las piezas. Al hacerse definitivamente sólido, el barro adquiere su nueva y definitiva personalidad. Todo se gana o se pierde cuando el horno se está enfriando. El amante que no se preocupa por hacer que el enfriamiento de su amada sea muy paulatino y mesurado, está descuidándola. El amante debe menguar la caída de intensidades amorosas como la red cuida a los trapecistas en el circo. Y en cuanto más largo y suave es el descenso más fácilmente resucita el deseo en la amada. Su círculo se cierra al renacer, se vuelve anillo. Si hay fortuna se vuelve incluso espiral. El círculo del deseo que parece interminable es el único anillo verdadero que une a los amantes.

Y mucho antes de que Tarik pudiera abrir el horno y mirar el resultado sólido de sus sueños, llegó a visitarlo Iliana, la hábil vendedora de cerámica en la ciudad vecina de Mazagán. Su cliente de muchos años y su cómplice en el amor por la alfarería. Sus dos manos estaban llenas de anillos y dos dedos del pie también. Sus pulseras hacían que cada uno de sus movimientos pareciera fiesta de castañuelas de metal. Como las que usan los músicos Gnawa en su ritual para convocar a los espíritus en su noche de noches: su Laila.

Antes de que la conversación avanzara hasta llegar al tema del horno y su incertidumbre, estaban haciendo el amor. No era la primera vez pero en cada encuentro se renovaba la fascinación que los había envuelto desde el principio. En esta ocasión, Iliana llevaba algo distinto. Sobre el vientre, al lado izquierdo del pubis, casi sobre la ingle, se había hecho un tatuaje que pretendía ser una mensaje secreto para Tarik: una caligrafía muy estilizada. Era como una llama que decía: nosotros somos el jardín.

Era un guiño, una declaración de complicidad profunda y un condimento a la belleza del cuerpo de Iliana. Tarik la acariciaba como si escribiera de nuevo la frase. La repetía luego por todo el cuerpo y cada uno de sus movimientos era escribir de nuevo la promesa de paraíso compartido: nosotros somos el jardín.

Tarik reconoció el origen de la caligrafía. Venía de un libro de su amigo Zaydún donde él describe ese mismo tatuaje sobre el vientre de Jassiba. Zaydún siempre había tenido la curiosidad de tocar, con los dedos y la lengua y los ojos, ese tatuaje sobre Jassiba. Pero no estaba seguro de que en verdad existiera y no se había sentido en situación de preguntarle. Ahora su Iliana se lo traía a los ojos y dedicado a él. No podía haber mejor encarnación de un sueño: las formas deseadas fuera toman vida en su amada.

Por un instante Tarik se preguntó si Iliana conocía a Zaydún, si habría algo entre ellos. Más tarde en la conversación fue comprobando que Iliana no conocía a Jassiba ni a Zaydún. La caligrafía venía directamente del libro, regalado por una amiga que lo adoraba, su calígrafo era el conocido artista Massoudy y un tatuador la había copiado con maestría.

"Eso sí, le aclaró Iliana, el tatuador que me lo hizo presumía de haber sido él quien lo grabó sobre la piel del personaje de la novela. Y me dijo que ya llevaba unos doce en diferentes mujeres en lo que va del año. Le pregunté si los maridos de todas ellas se habían puesto tan celosos como el mío."

Porque en Mazagán esa mañana, el marido de Iliana, que no sabía nada de Tarik y de su larga relación, se había alterado muchísimo al ver el tatuaje. "Fue como si su necesidad de dominio sobre mí hubiera sido severamente violentada."

No volvieron a pensar en el tema porque sus manos y sus brazos estaban ya enredados en otros temas.

Todas las teorías alfareras de Tarik sobre el amor fueron olvidadas en un instante. Todos los paralelos entre el oficio de alfarero y el oficio de amante se quedaron en divagaciones. Ni una palabra de ellas estaba presente en su mente mientras besaba a Iliana. Aunque, tal vez, todo eso y más está en sus manos. Y brota en silencio de ellas cuando menos se lo espere. La memoria de las manos lleva los gestos espontáneos de la destreza natural y adquirida pero también la memoria de cientos de humanos que usan sus dedos de forma similar, rezan, aman, comen, crean. La memoria de las manos es siempre un enigma ritual renovado.

Mientras acariciaba la espalda de Iliana con los diez dedos extendidos volvió a verlos como alas de un insecto, como libélulas acercándose hipnotizadas al sexo cálido de su amada. A su horno lleno de esperanzas y deseos. Recordó con un ligero escalofrío que las libélulas anuncian muerte. Pero lo olvidó al instante con una leve sonrisa mientras hundía muy lentamente sus ojos dactilares en ella.

Meñique

El dedo meñique es el quinto y más discreto. También se le llama auricular porque algunos lo usan para destaparse los oídos. Simboliza por lo tanto el gusto por la música, y por las historias sagradas y los cuentos. Es el dedo en el que prefieren pensar quienes desarrollan el placer de contar y escuchar historias en público.

Por añadidura, simboliza el gusto por los detalles y las pequeñas diferencias en la comida y en los placeres del sexo. Es el dedo de la consideración y la sutileza.

En algunas culturas lo llaman el hijo de los otros dedos. Y se dice que él puede jugar y disfrutar mientras los otros gobiernan, trabajan, pelean. Se piensa que es el único dedo que siempre merece el paraíso, por lo tanto el jardín de jardines. Es el dedo de los jardineros: es una pequeña flor en el ramo de cinco tallos que es la mano.

En culturas insulares de Occidente se enseña a las personas a levantarlo mientras el resto de la mano se ocupa encorvada en tomar y sostener una taza de té, por ejemplo. Ahí es signo de distinción, disciplina en la educación, de equilibrio y contención en las maneras. Aunque son más las ocasiones en que significa el ridículo de esos valores.

En una tribu nómada de África, chuparse el dedo pequeño frente a una mujer es el mayor de los elogios que se le puede hacer. Y si ella responde chupándose también el suyo, esa noche viajarán estrellas de una obscuridad a la otra de sus cuerpos. Le dicen "dedo jardinero" o "creador de paraísos".

Se le considera el dedo de los apetitos de todo tipo pero especialmente carnales. Pero también es el dedo de la magia, de los deseos secretos, los poderes ocultos, la adivinación.

Dicen que el dedo meñique es la última parte del cuerpo que muere. Simboliza en algunas tribus la vida después de la muerte. Y a la vez la síntesis de la vida que termina. Es por tanto el dedo de lo extremo, lo que está más allá de lo visible, el dedo de lo que no se puede explicar, de lo indecible. Es decir, de los misterios del amor y del fuego.

La música nocturna de una voz

Donde el sonámbulo se deja poseer por la voz cercana de una mujer,
la abuela de su amada, bruja delirante de visitas nocturnas
y aventuras innumerables, que le abre de nuevo puertas,
le muestra la necedad y la necesidad del deseo
y cómo se impone darle un ámbito,
escucharlo, cultivarlo y
ayudarlo incluso a
emigrar si así
lo pide
•

Me sorprende comprobar, le cuenta Jassiba a Zaydún, cómo después de tantos años resuenan en mí todavía las frases de mi abuela, la primera Jassiba, como si recordara obsesivamente una tonada. Todavía la veo cuando cierro los ojos y muchas veces me despierto esperando que aparezca por la puerta, como lo hacía todos los días, emocionada e impaciente por contarme algo que había pasado hace mucho tiempo y que de pronto había entrado en su memoria o en sus sueños con la fuerza de un relámpago.

Los vecinos que hablaban de ella como si fuera una combinación ligera de bruja y de loca no estaban menos fascinados. Y acudían a su casa con frecuencia aunque fuera para escucharla, pedirle un brote de sus plantas o alguna receta especial de cocina. Creían que tenía poderes porque siempre les decía cosas sorprendentes y porque, de noche, ella decía ser el centro de un torbellino imaginario.

Cada mañana, su primera frase, incluso antes de decirme buenos días, era una pregunta emocionada:

—¿A que no te imaginas quién vino a verme anoche?

Se refería a los espíritus de los muertos que la visitaban, tal vez en sueños, para conversar con ella, para pedirle que resolviera asuntos que dejaron pendientes, para pedirle consuelo o enviar algún mensaje a alguien más entre los vivos. No faltaban recetas para nuevas y mejores curaciones con plantas. Su recetario de infusiones crecía cada noche. Con frecuencia daba consejo para mejorar las flores de los jardines, lograr audaces injertos o ahuyentar las plagas.

En otras ocasiones eran episodios particulares de su vida los que en la noche sentía transcurrir otra vez. "Me dejé llevar de nuevo por ese amor", decía satisfecha de tener aquella aventura. "Y es que, cosa extraña, a ese amor en especial nunca lo cubrí de amargura o de rencor o de despecho, como solemos hacer casi todos con los amores pasados para poder vivir sin ellos; por eso aquella felicidad viene y viene a mí intacta, como un jardín secreto."

Un día me dijo misteriosamente: "Si quieres que tus mejores jardines regresen siempre de noche, tienen que estar muy bien sembrados de día. Son los jardines de ecos. Hay que cuidar las pasiones como a las plantas. Las amistades más intensas y los amores más apasionados son como plantas que se plagan muy fácilmente."

Me lo decía como si yo estuviera también destinada a tener visitas nocturnas. Algo que entonces me parecía imposible y que sólo podría sucederle a ella. Se lo dije. Me miró como se ve a alguien que todavía no ha vivido lo suficiente, y me dio una breve explicación que a mí me sonaba a promesa. Una promesa condicionada.

—Si algo muy bueno te pasó en la vida, siempre una parte de eso vendrá de nuevo a tu cuerpo, aunque sea con el disfraz de un sueño. Pero puede venir en secreto hasta para ti, bajo el disfraz de una sonrisa matinal que tienes y no te puedes explicar por qué, pero que alegrará definitivamente tu día.

Muchas veces eran sus amistades, sus parientes y algunas otras sus amantes, supongo, quienes venían a estar con ella de nuevo en la obscuridad más secreta de su cuerpo. Ella insistía en que "recordar de golpe lo mejor que hemos vivido es una de las formas del paraíso, es el mejor de nuestros jardines íntimos". Y no me cabe duda de que sus noches estaban ampliamente pobladas por esos jardines.

En su manera de caminar o simplemente en su forma intensa de estar presente en cada lugar se adivinaba que su cuerpo estaba lleno de esas y otras visitas nocturnas. Su belleza se multiplicaba por ellas, por esas "sonrisas" que los demás no siempre podíamos explicarnos.

Dicen que desde muy joven era tal la fuerza de su presencia que cada vez que entraba a los bailes en Álamos, la pequeña ciudad donde había nacido, la orquesta interrumpía lo que estuviera tocando y entonaba inmediatamente la música que un compositor local había hecho para cortejarla. Todos conocían la letra:

"Tiene los ojos tan zarcos la norteña de mis amores, que al mirarlos…"

El compositor suspirante le decía con su canción que sus ojos verdes, "del color de la palma", eran el oasis, el único jardín donde él podría vivir para siempre.

Y es cierto que había algo inquietante y poderosamente atractivo en sus ojos verdes. A mí me parecía que brillaban más cuando tenía intenciones urgentes de contar una historia, o de compartir con nosotros las flores o los frutos de su jardín. Se le volvían radiantes, como ojos de gato en la obscuridad: la noche de apariciones que llevaba dentro le salía resplandeciente por la mirada.

Y al escucharla una y otra vez entrábamos con ella a esa noche. Casi se puede decir que por la puerta de sus cuentos estábamos aprendiendo a escuchar más de lo que normalmente se oye, a tocar y a mirar más de lo que es evidente.

Pero todo lo hacía sin inventar lo que ella llamaba arbitrarias facilidades. "Lo que ya existe es mágico, no tienes que añadirle truculencias: tienes que aprender a percibir con más fuerza y sutileza la magia de lo que ya te rodea." Detestaba por ejemplo, las novelas y los cuentos donde los escritores ponen innecesarias monjas que vuelan o trucos similares para impresionar fácilmente a sus lectores. Con sus ojos de lince nos empujaba más bien a encontrar "en algunas cosas y en algunas personas su dosis de poesía. Lo que nos mueve hacia ellas y da sentido y sabor a la vida." Decía que la magia está en nuestra mirada cuando sabe descifrar lo sorprendente y excepcional en aquello que para otros es sólo vida cotidiana, incluso monótona.

Por eso tal vez todas sus historias hablaban de los mundos infinitos que hay en el mundo que vivimos. De diferentes maneras nos enseñaba a buscar las puertas que llevan a esos universos paralelos: "las puertas del deseo", como ella las llamaba, "las puertas para ir de lo que somos a lo que no somos, o más bien a lo que sí somos pero de otra manera, porque también somos nuestros deseos, nuestros espejismos, nuestros sueños. Lo que llevamos en el corazón nos ayuda a transformarnos. Ser es ser otra cosa, si estamos vivos."

A diferencia de la abuela, el abuelo era en la familia una presencia más mítica que real. Habían tenido un encuentro apasionado en Marruecos donde, como tantos otros, se habían enamorado de la ciudad de Essaouira (la antigua Mogador), compartieron algunos años de vida en diferentes países, tuvieron tres hijos, entre ellos mi madre, y después el abuelo siguió su camino con otras mujeres. Yo casi no lo conocí. Mis recuerdos de él son muy vagos y muy antiguos.

Tengo sin embargo una imagen más marcada por las descripciones que de él hace mi abuela en un libro que es un tributo amoroso y apasionado al abuelo y al mismo tiempo una crítica sutil, muy literaria, a su machismo, su pasión incontenible por las mujeres, su búsqueda imposible de todas las metamorfosis del deseo en su cuerpo. Como si el deseo fuera una especie de dios moderno, obscuro, a veces pleno y en ocasiones inalcanzable.

En ese libro propone la existencia de esa "Casta de los Sonámbulos" a la que pertenecen quienes de nacimiento y con pasión viven poseídos por el deseo hasta sus últimas consecuencias. Una tarde, ya siendo yo adolescente, mi abuela me previno: "Todos en esta familia somos sonámbulos del deseo, nos reconocemos sin vernos, nos tocamos a distancia, sabemos del hormigueo que traemos en el sexo. Ya lo verás cuando hayas crecido un poco más. Aunque me parece intuir por tus actitudes que tú eres una Sonámbula más de tierra que de agua: no huyes encandilada por la primera luz que pasa, no te escurres entre los dedos sino que buscas arraigarte. Tus obsesiones son de estabilidad. Te gusta viajar, eso es diferente, pero te gusta tocar a fondo la tierra que pisas, no mojarla por encima sino habitarla piel adentro. Creo que yo también soy así. Es igual de peligroso. Gozarás mucho tu deseo de otra manera, también sufrirás con más conciencia de tus límites. Te gusta sembrar en los otros tu afecto y esperar a la cosecha. Eres jardinera. Sabes que la semilla necesita tierra fértil y viceversa. En la materia de la tierra se cruzan los deseos masculinos y femeninos y se transforman para siempre. El agua en cambio toma la forma del recipiente donde la pongas, es voluble; la alquimia de la tierra es irreversible…"

Ella venía de una región del norte de México donde las mujeres hablan fuerte y claro, y además saben decir con todo el cuerpo lo que no se dice fácilmente por la boca. "Las mujeres del desierto, aseguraba mi abuela, estamos tan acostumbradas a vivir entre espejismos que ya sabemos contar con ellos para las cosas de todos los días."

Donde ella nació y yo viví una parte de mi infancia, Álamos, es una antigua ciudad minera del desierto de Sonora que después de haber sido tremendamente rica se volvió muy pobre al agotarse, en un centenar de años, los más de cincuenta yacimientos de plata que asombrado había contado un jesuita, el padre Kino a finales del siglo XVII. Mucha gente emigró a las ciudades vecinas y Álamos se convirtió en un enigmático y muy bello pueblo fantasma mexicano.

En tres siglos ha cambiado poco su apariencia. La arquitectura no fue destruida al no haber especulación inmobiliaria. Las viejas casonas se han convertido en refugio invernal de nórdicos en retiro. Ellos han ayudado a conservar la belleza y el carácter de la ciudad. Curiosa paradoja: hay en Álamos una colonia de norteamericanos que quieren vivir como en un imaginario México antiguo y han restaurado las casonas maravillosas con esa idea, mientras en dos ciudades cercanas, Ciudad Obregón y Navojoa, muchos mexicanos acomodados quisieran vivir como norteamericanos promedio y construyen sus casas copiándolas de las revistas arquitectónicas de moda en los Estados Unidos.

La plaza central conserva nueve álamos y está en la confluencia de dos arroyos secos que sólo cada diez o quince años llevan agua de nuevo, por algunos días, pero en tremendas cantidades. Por eso las banquetas tienen un metro de alto desde el nivel de la calle y la iglesia se levanta sobre una escalinata de dos metros. Hay además algunos puentes elevados para cruzar caminando las calles principales. Como si el agua invisible de esos arroyos ocasionales fuera uno más de los fantasmas de esa pequeña ciudad casi abandonada.

Cuando la corriente desbordada del Arroyo de la Aduana y del Arroyo Agua Escondida se apodera de la ciudad, su cabalgata entra sobre todo por las calles del norte y del oeste y se escapa ya concentrada y rodeando la montaña, por la salida sur de Álamos, la amplia calle de tierra que se convierte esos días en un río que pronto es bebido por el desierto.

La última construcción en la orilla sur de la ciudad, por cierto abandonada desde hace décadas, es una enorme y enigmática mansión, Las Delicias, edificada en el estilo de las plantaciones sureñas de los Estados Unidos. Con su frontal semicircular de columnas muy altas. Frente a ella, compartiendo lúgubres leyendas, se extiende el cementerio de barro, con sus más viejas tumbas violadas por los buscadores de dientes de oro, los tristes últimos gambusinos de esta ciudad minera.

Ahí, en el cementerio, las corrientes repentinas se han ido llevando hasta las letras de las más antiguas lápidas. Por lo que ha crecido en la gente la certeza de que hay un pacto entre el agua y la muerte: "viene de vez en cuando para llevarse otra vez a los caídos, para borrar de nuevo su presencia, para que puedan entrar muy limpios en el olvido".

Pero el olvido y la memoria tienen vasos comunicantes: en Álamos todavía corren cientos de historias sobre cada ocasión en la que han aparecido los ríos. Ahí se cree que todo lo importante que sucede en la vida espera para correr al mismo tiempo que el agua: las mujeres se fugan con sus amantes cuando llegan los ríos, los hermanos se pelean o se reconcilian, las vacas estériles quedan misteriosamente preñadas, los árboles dan un brinco volviéndose más altos y todas las otras plantas desaparecen ahogadas o se estiran vigorosas.

Los nueve álamos de la plaza, acostumbrados a beber muy poco y a soportar el sol tapándolo únicamente con sus pequeñas hojas afelpadas de cinco dedos, se embriagan de golpe, se hinchan y tienen que llevar luego para siempre en el tronco las cicatrices abultadas de su crecimiento abrupto. Mi abuela decía que ese era "el jardín de los fantasmas" del pueblo, que en la presencia espigada de esos árboles estaban marcados los sueños y los arrebatos de los vivos y los muertos de Álamos. Cada vez que íbamos a la plaza la abuela me señalaba uno de esos anillos en la corteza de un álamo y comenzaba la crónica desmedida de algo que le sucedió aquel año...

•••

"Después de la crecida que recuerdan estas marcas en los álamos decidimos irnos. Nuestra ciudad de tierra había sido sorprendida de nuevo por su amante incontenible de tres brazos, el agua. Cuando esas dos mujeres desaforadas, agua y tierra se aman convulsivas, nos arrastran entre sus piernas, sus melenas, sus miradas húmedas y sus caderas. Nos ahogan en sus olores, nos aturden con sus gemidos."

"Fue ese año cuando tu abuelo y yo decidimos dejar el desierto y, queriendo darle la vuelta a la moneda de la vida fuimos a instalarnos por un tiempo en el bosque tropical de la Guayana trabajando arduamente como cazadores de orquídeas..."

Al escucharla casi podía sentir en su voz tanto el ruido del agua desbordada como los ruidos de los insectos en la noche de la Guayana... Todas sus palabras obsesivas y, claro, su mirada felina, puerta a la magia de la noche enmarcada por los contornos cambiantes de su voz, resuenan en mi cuerpo como una canción que nunca podrá alejarse. Son para mí, la melodía ritual de su presencia nocturna. Un misterio iluminado que vive conmigo más allá de su muerte, tal vez como una especie de alma que me habita. Esa música secreta es, también, uno de los jardines de historias donde vivo. El jardín de espejismos que me da el desierto cuando es mi paraíso.

Temblor en Guayana: los insectos son formas del deseo

*Donde Jassiba la sonámbula se entrega a desentrañar el fantasma
de su abuela, quien la visita ya todas las noches y le envía
mensajes muy secretos en forma de insectos que se
vuelven un lenguaje privilegiado para hablar
del deseo, para conocerlo mejor y tratar
de descifrar sus secretos, su
existencia infinita, su
sed de luz y unión
con el ser a
quien se
ama*

•

Sin saber exactamente lo que buscaba pero contenta con
todo lo que iba encontrando, pasé una semana abriendo
las cajas de mi abuela, que mi madre había por fortuna
puesto a salvo en una bodega. Encontré cartas, diarios y
muchos cuadernos de notas sueltas. Me llamaron la atención varias menciones a insectos, a jardines y mujeres
embarazadas y llenas de deseo. Pero me interesaron sobre
todo las reflexiones que hizo durante sus tres embarazos,
la temporada en que ella y mi abuelo fueron cazadores de
orquídeas y una extraña aventura que le sucedió en la
Guayana cuando un insecto parásito se injertó bajo su
piel, vivió ahí por algún tiempo, comiendo de ella. Parecido a un grillo gigante con alas bellísimas, al salir, ese
insecto creció desmesuradamente, como todo en aquel
trópico. Luego mi abuela lo disecó y ahora yo lo con-
servo.

Antes de llegar a mis manos ese insecto asombroso,
pasó por muchas otras manos junto con algunos de los

cuadernos de la abuela. En ellos anotó cosas que a veces me parecen inconexas. Pero que tienen la unidad de la personalidad que era ella. Al leerlos pensé que los libros deberían ser así, fieles a lo inconexo de las personas, a lo variado de las situaciones que vivimos, sin pretender ni simular más coherencia de la que de verdad tenemos. Que la vida es más parecida a los sueños que a las novelas realistas. Que alguna vez escribiría un libro, que lo llamen novela o lo que cada quien quiera, pero que sería un libro sobre el deseo narrado con fidelidad a sus delirios, a la manera en que ella los vivió.

Otras veces, la abuela hizo anotaciones de lo mismo que contaría más claramente en cartas y en los libros que publicó simulando que era un hombre el que los escribía. "Porque cuando escribimos somos, en diferentes dosis y maneras, todo lo que viene a nuestra boca, hombres y mujeres, animales, piedras, vientos, anhelos."

En una carta que me escribió cuando yo era adolescente me cuenta cómo ella y el abuelo comenzaron su pasión por las orquídeas, que fue finalmente lo que los llevó a la Guayana.

•

Como en todas las cosas que emprendí con tu abuelo había una buena dosis de imposible, de deseo desmesurado, de aventura secreta en querer convertirnos en cazadores de flores salvajes. Pero como siempre, lo hicimos con pasión, riéndonos de nosotros mismos y dispuestos a encontrar tal vez nuestra alegría no tanto en nuestras metas sino seguramente en todo aquello que estaría esperándonos por casualidad en el camino.

Todo comenzó cuando visitamos, muchos años atrás, el orquideario de Stirling Dickinson en San Miguel de Allende, en el centro semiárido de México, y nos quedamos fascinados por su odisea personal. Ese hombre que conocimos ya nonagenario había llegado de la ciudad de Los Ángeles a esa pequeñísima ciudad colonial mexicana sesenta años atrás, con la intención de quedarse unas semanas para escribir una novela ambientada ahí. Un monje mexicano que era cantante de ópera y estrella de Hollywood, José Mojica, se lo había aconsejado. Desde su primera visita sintió que ese era su lugar en la tierra y ahí se estableció para siempre. Poco a poco ayudó de muchas maneras a crear un ámbito semiurbano también muy atractivo para otros inmigrantes que se hicieron como él amantes de San Miguel. Varias décadas después ya eran más de tres mil las casas antiguas restauradas por inmigrantes; o casas modernas construidas siguiendo la línea de las antiguas. Stirling luchó por la conservación del carácter particular de la ciudad y salió victorioso. Miles se han sumado a su entrega, muchas veces ya sin haberlo conocido. Stirling decía que a las ciudades hay que cuidarlas como si fueran amantes o jardines. Y era el único argumento que convencía claramente a los más indecisos.

Desde su segunda semana en San Miguel, Stirling compró un terreno en una cañada donde antes hubo una curtiduría. En una de sus riberas, que se extendía hacia arriba sobre la falda de una colina, se conservaban las pozas para curtir las pieles y teñirlas. Un complicado sistema de canales entre ellas, que formaba un impresionante arabesco, estaba completo y era la delicia de fotógrafos de vanguardia amantes de la geometría.

El sol pegaba más tiempo en la ribera opuesta, donde las pieles eran antes tendidas para secarse. Ahí Stirling había construido su casa en varias terrazas. En el lado más sombreado y profundo de la cañada, en el lado de las pozas, varios invernaderos que él construyó albergaban sus orquídeas. Cientos de ellas hacían año con año sus giros aparentemente caprichosos en esa humedad controlada.

Unas floreaban mientras otras eran bulbos a la espera de su mejor momento. Pero hasta esos bulbos tenían detrás una hazaña, un reto, un desenlace interesante sobre el azar feliz de su captura. Había puesto en una sección especial los bulbos con historias más extraordinarias, flores tan increíbles que en algún momento parecía inútil siquiera tratar de buscarlas. Y llamaba a ese rincón: "mi jardín de lo imposible".

Quedamos seducidos por la historia de cada una de sus orquídeas. Había recorrido el mundo "cazándolas". Y junto con la flor traía el relato de la cacería. Algunos nos parecían más emocionantes que los de Hemingway matando leones en África. Y ni siquiera se trataba de matar sino lo contrario, de explorar las manifestaciones más extraordinarias de la vida en una de sus formas más llenas de secretos, las flores.

Pero la palabra misma de la caza aplicada perversamente a la búsqueda de una flor excepcional nos parecía enfatizar las posibilidades ilimitadas de la aventura. Stirling nos contó que algunos de los más famosos piratas ingleses del siglo XVII se volvieron agudos y reconocidos botanistas. Las especias y los tintes naturales, como el palo de Campeche, eran entonces tesoros tan valiosos como el oro o la plata. Sir William Dampier, por ejemplo, mientras no hundía o saqueaba puertos y navíos, cazaba las más de mil flores exóticas que después llevaría a sus invernaderos y con las que impresionaba a la sociedad londinense de su tiempo.

A este caballero de flores, espadas y velámenes lo hizo célebre su relato de un bosque lluvioso no muy lejos de Cartagena de Indias donde cada uno de los cientos de árboles estaba cubierto, sin dejar al aire un trozo de corteza, de orquídeas multicolores: millones de pétalos retorcidos que de pronto se extendían como alas buscando en movimientos leves la escasa luz entre las sombras tropicales. Lo llamó, con excesiva flema inglesa, *The wings garden*. Alas extremadamente sensibles y movedizas que reaccionaban agitándose hasta por la presencia de insectos voladores, y con mayor razón por la presencia de humanos. El pirata inglés contaba que, sin quererlo, con un soplido de cansancio que se le había escapado hacia lo más denso del bosque de orquídeas había desencadenado un movimiento de pétalos que al comienzo era casi imperceptible pero que al reproducirse y crecer geométricamente hacia el fondo del bosque había hecho que a unos doscientos metros de donde se encontraban él y sus corsarios, las orquídeas hubieran derribado con la fuerza de su aleteo cinco grandes árboles de maderas finas.

Con ellos hizo construir un baúl con incrustaciones de concha nácar que regaló a la reina, un atril de mesa para sus libros de botánica, doce sillas y una gran mesa que dejó en Cartagena, una arqueta que lo acompañó a partir de entonces en todos sus viajes y, lo más interesante, ordenó también a sus carpinteros una serie de cajas especiales para empacar orquídeas. Tenían la medida exacta para caber en sus barcos y un sistema de respiración interna que las hacía pequeños invernaderos temporales. Estaba muy orgulloso de tenerlas y de usarlas exhaustivamente. Las llamaba con cierto cinismo "mi jardín corsario".

Dampier llevó algunas de esas flores aladas a Londres. Se conservan descendientes de ellas en los Kew Gardens bajo el nombre latinizado del pirata. Pero al ser transportadas perdieron poco a poco su movilidad asombrosa, nunca su belleza.

Cuando emprendió otra expedición a América quiso cazar de nuevo orquídeas aladas pero ya no las encontró en el bosque. Incluso muchos árboles habían desaparecido o existían a medias, sin follaje, consumidos por una marabunta de las famosas hormigas arcoiris que adoran las orquídeas.

Sus exploradoras habían dado desgraciadamente con ellas y, un día, en menos de una hora, tres hectáreas de orquídeas se habían convertido en ese abono minucioso que se fermenta en las granjas subterráneas de los hormigueros.

A la muerte del pirata sus múltiples herederos decidieron rematar sus pertenencias. La venta de su castillo, las tierras, los muebles, las armas, las joyas sumaron un capital enorme. Pero la venta de sus flores exóticas rebasó a la de sus otros bienes. Los amantes de las orquídeas se precipitaron a la subasta codiciando su famosa colección venida de todos los mares. Entre las más extrañas y preciadas había una espectacular orquídea del Polo Norte que convivía con otras no menos sorprendentes de la patagonia chilena, de las Torres del Paine. Eran orquídeas dentro de bloques de hielo, eternamente bellas, aunque un poco azuladas. Lo llamaba, claro, *The ice garden.* Aunque una de sus amantes, según consta en su correspondencia, peleó hasta el último minuto de su vida por que se lo regalara o que por lo menos lo llamara como ella quería: *The still garden.*

Pero los precios más altos fueron alcanzados por una serie de orquídeas que el corsario botánico había hecho crecer en secreto dentro de nueve calaveras. Las flores salían generalmente por las órbitas de los ojos. En la frente cada una había sido bellamente pintada de manera diferente por un conocido artesano alemán, bávaro sin duda, especialista en relicarios barrocos. Cubriendo totalmente el cráneo había motivos florales entretejidos con letras góticas que decían el nombre de la persona que movió alguna vez ese esqueleto, y una breve descripción de cómo sir William Dampier le quitó la vida. Sus enemigos principales se habían convertido en el jardín de sus triunfos, en *The victory garden.*

En la parte trasera del cráneo se relataba el experimento botánico cuyo resultado era la flor ahí contenida.

Nueva victoria de Dampier, esta vez sobre el mar de enigmas que son las orquídeas.

Y como él, cada amante de ellas encuentra un reto, un acertijo que descifrar, un cruce imposible que buscará tal vez toda la vida.

El viejo Stirling se especializaba en crear y procrear flores blanquísimas, conocidas como albinas y había desarrollado genéticamente una tan blanca y única que ahora los científicos la llaman *Dickinsoniana*. Su jardín albino, aun en el calor de San Miguel de Allende, parecía algunos días estar lleno de nieve y la luz era tan clara que había que entrar a verlo con lentes de sol.

Él nos inició en la extraña pasión por las orquídeas y con el tiempo llegamos a tener un orquideario pequeño pero interesante en Álamos, ciudad lejana de San Miguel pero hermanada a ella de muchas maneras además de compartir orquídeas.

Como él, viajamos por el mundo tras las flores salvajes convirtiéndonos en "jardineros nómadas". Otro aparente contrasentido como el de cazar plantas, ambos igualmente emocionantes para nosotros.

Viajar es sembrar de otra manera. Entrar a otras culturas es hacer nuevos cultivos en la superficie más profunda de nuestra piel. Enamorarse es lo mismo.

Viajando descubrimos que las orquídeas pueden ser símbolo de algo que se encuentra en todo el planeta si se sabe buscarlo: una combinación de enigma y belleza sorpresiva. Visto así, el mundo es un orquideario gigante.

El verdadero jardín de todos los jardines es el mundo y nuestros prados o invernaderos no son sino el mapa florido de él, una anotación, en ocasiones un poema sobre el jardín total que vivimos.

De alguna manera somos, para la amplitud del jardín del mundo, como insectos polinizando entre las flores. Y cuando experimentamos en nuestros invernaderos o jardines para lograr nuevas variedades, ¿no es precisamente eso mismo lo que hacemos? Y hay un enorme placer en ello. Un placer instintivo, ¿placer de insectos?

Como Stirling nos inició necesariamente en la experimentación reproductiva de las plantas para buscar nuevas especies (indispensable en su noción de la caza vegetal como una búsqueda absoluta de la belleza), también nosotros desarrollamos una flor muy especial: la nuestra no fue blanca sino básicamente muy roja. Pero su particularidad no estaba sólo en el tono de fuego de sus pétalos sino en la capacidad de cambiar la intensidad de su color al acercarse la gente.

Cada flor particular de este nuevo tipo establece afinidad inmediata con diferentes personas respondiendo más o menos al calor de sus cuerpos y de sus presencias. Lo llamamos, claro está, *El jardín sonámbulo*.

Lo que produjimos fue una variedad muy original de orquídea que se enamoraba de cuerpos humanos y se ruborizaba al tenerlos cerca. Al participar los humanos en su proceso reproductivo como en el de otras plantas entran los pájaros o los insectos, esta flor se volvía altamente perceptiva a ellos y podía llegar incluso a llamarlos. Como otras flores atraen a los insectos y a las aves.

Tenemos que reconocer que hubo una buena dosis de casualidad en nuestro pequeño logro. Todo amante de las orquídeas trata de verlas reproducirse interviniendo entre ellas. La vida sexual de las orquídeas siempre intrigó a sus apasionados y a sus estudiosos. Es muy difícil comprenderla y tiene miles de variantes y mutaciones. Su misterio ha despertado la fantasía de los botánicos como pocas flores lo han hecho.

Durante varios siglos se pensó que la orquídea era un ser no muy bien acabado por Dios: que lo había hecho mitad insecto y mitad flor. El jesuita Athanasius Kircher afirmaba en el siglo XVII que "las orquídeas nacen de la fuerza seminal latente de los cadáveres podridos de ciertos animales, o del semen que cae sobre la tierra cuando se unen en las montañas o en las praderas." El sabio jesuita veía al mundo no urbanizado como un lugar peligroso por lo inesperado latente: *El jardín del semen eterno.*

El misterio de las orquídeas siguió intacto varios siglos después, cuando Joseph Hooker, el famoso botanista inglés que fuera director de los *Kew Gardens,* murió estudiando la vida sexual de las orquídeas, comparándola con la de una planta traída de Zanzíbar cuya flor es una especie de bella catapulta que se abre con una impaciente explosión lanzando sus semillas a lo lejos. Poco antes de morir asfixiado por las emanaciones de alguna de las plantas tropicales que estudiaba en su invernadero londinense hizo la que sería la última de sus anotaciones: "sólo la flor de la Impaciencia de Zanzíbar, por encima de la prolífica Impaciencia de Calcuta, es más perversa, engañosa y sorpresiva que la orquídea". Nunca se supo cuál de sus flores lo mató; ninguna dejó escapar de nuevo gases tóxicos. Los periódicos amarillistas de Londres, haciendo la crónica de ese misteriosos asesinato perpetrado por flores llamaron a su laboratorio *El jardín perverso.*

Algunas orquídeas necesitan abejas para hacer viajar su polen y reproducirse; otras un tipo especial de colibrí. En una isla caribeña donde cazaron a todos los colibríes para vender sus plumas, desaparecieron al mismo tiempo varias especies de orquídeas. Bellezas paralelas que crecían juntas, que se anudaban en el aire y que ya no veremos.

Nosotros experimentamos con un tipo de orquídea cuyas semillas sólo pueden ser fertilizadas cuando las penetra un hongo corrosivo. Cultivamos un hongo más poderoso para esos propósitos reproductivos y lo hicimos alimentarse de una mezcla perfecta y delicada de semen con jugos vaginales.

La idea, que parecería extraña, nos vino por el nombre griego de la flor, *orchis,* testículo. Y por la más perfumada y seductora de las orquídeas, la orquídea de origen mexicano: la vainilla, cuyo nombre tiene una raíz emparentada con la palabra vagina.

Añadimos obligatoriamente algo de vainilla a la mezcla, por necesidades estrictamente estéticas, lo que es una libertad mayor que tenemos quienes no somos científicos sino jardineros aficionados. Además, Carl von Linné, el sabio que en el siglo XVIII ideó la actual clasificación de la naturaleza y divulgó la idea de que las plantas tienen un sexo, afirmaba, con más imaginación deseante que con rigor, que la vainilla era un excelente afrodisiaco. Tal vez sabía de lo que hablaba porque él tomaba tres tazas diarias con chocolate. ¿Qué más motivos queríamos para incluirla en el experimento pensando en ayudar a nuestra orquídea en sus afanes reproductivos?

Curiosamente, la vainilla desarrolló en nuestras flores, después de varias generaciones, una sensibilidad especial hacia algo sexual en los humanos y que viaja en el aire con los olores. ¿Percibe tal vez esa señal invisible que lanzan los animales para atraer a sus parejas y que llamamos feromonas?

Una de nuestras flores se prendó de tal manera de un joven visitante, de tipo muy mediterráneo y de actitudes solares, que al sentirlo a menos de un metro la base de sus pétalos casi se incendiaba y hasta se movían levemente como una boca adormilada tratando de decir algo en su lenguaje de silencios.

Teníamos que darle un nombre a nuestra orquídea. Pero no quisimos llamarla con ninguno de los nuestros, como acostumbran hacer quienes crean nuevas flores. Me negué a usar el mío. Creo que ponerle tu nombre a una planta es una vanidad algo torpe, muy masculina. El de tu abuelo era tan común: Juan Amado González, que perdía toda significación usarlo. Pero le recordé que su verdadero nombre de familia no era González, que el abuelo de su abuelo lo había tomado al emigrar a México desde Marruecos en un esfuerzo por ser más aceptado en su nuevo país. Se llamaba Jamal al Gosaibi. Y, no por casualidad, la manera desesperada e instintiva, casi sonámbula, con la que esta flor se relacionaba con las personas recordaba la actitud deseante de todos los descendientes de Al Gosaibi, sonámbulos despiertos moviéndose sin pensarlo hacia otros cuerpos. Sonámbulos del sexo como tu abuelo y su abuelo lo fueron ampliamente.

Esta orquídea también era, de forma muy particular, una descendiente de la familia. Por todo eso, *Algosaibiana* parecía un buen nombre para la desaforada flor deseante que habíamos puesto en el mundo. *Orchis algosaibiana*, la reina del *Jardín sonámbulo*.

Cuando nuestra flor comenzó a ser conocida y vinieron botanistas de varias universidades para estudiarla, llegó esa inesperada crecida del río que sucede cada diez o quince años en Álamos y se llevó nuestro orquideario a una velocidad que no nos permitió ni siquiera quedarnos con un bulbo en cada mano. Nuestro jardín de orquídeas deseantes había emigrado flotando ante nuestras mirada, como se van a veces los amores que no sabemos retener.

Entonces llegó también, por suerte, el ofrecimiento de una sociedad de orquideófilos ingleses y americanos para que incursionáramos en el territorio francés de la Guayana, donde ellos no podían entrar por problemas diplomáticos. Querían que siguiéramos la pista de flores increíbles que algunos viajeros de otros siglos habían descrito ahí, y las lleváramos clandestinamente hasta sus invernaderos nórdicos, donde serían pagadas a muy buen precio. Así nos lanzamos a la caza mayor de orquídeas. Aceptamos el reto y tomamos rumbo al puerto de Cayena, a la orilla del delta del Amazonas. Fuimos cazadores clandestinos, piratas y traficantes de flores.

•••

Cuando mi abuela murió, continuaba Jassiba contándole a Zaydún, formulé en secreto un deseo imposible: quería fervientemente que ella viniera como fantasma en la noche a contarme sus historias. No podía conformarme con su desaparición. Anhelaba seguir viéndola o por lo menos soñar con ella, lo que a ciertas horas era prácticamente lo mismo.

Como eso obviamente no sucedió fui arrinconando mi deseo en el olvido. Pasaron nueve años de su silencio. Pero de pronto, un año antes de mi viaje a Mogador y mi encuentro contigo, sin que yo tuviera conciencia de algo especial que haya sucedido para provocarlo, comencé a pensar en ella, a verla en sueños, a escuchar su voz contándome sus cosas, aconsejándome, repitiendo incesantemente algunas de las historias que le había oído.

Cada despertar era una vuelta radical al olvido, como si sus visitas nocturnas quedaran encerradas en un grueso y opaco papel de envoltura. Hasta que al tercer día, por la mañana, como si de golpe se hubiera roto ese papel, quedaron resonando en mí dos frases que eran el arranque de una de sus historias más sorprendentes. "Te voy a contar lo que pasó la noche que tu abuelo y yo llegamos al bosque tropical de la Guayana. Nunca hubiera pensado que aquello fuera posible…"

Una y otra vez su voz comenzaba esas frases con pequeñas variaciones pero contando un poco más. Yo misma me sorprendí de lo que estaba pasando en mi memoria: un regreso de la abuela, varias veces con una misma historia, la de su primera noche en la Guayana francesa muchos años atrás. Mi sorpresa se sumaba a mi incredulidad: durante muchos años la abuela, que practicaba el espiritismo como muchas personas originarias de Sonora, en el norte de México, me contaba sus diálogos con los muertos. Nunca le creí. Creí, eso sí, que ella lo creía sinceramente. Y ni siquiera en aquellos días que estaba recordando obsesivamente sus palabras, pude creer completamente que fuera ella la que me hablaba.

Es más fácil pensar que el azar ata y desata en nuestras vidas coincidencias sorprendentes. Pero esta idea misma es una poderosa creencia más. ¿Endiosamos al azar?

El caso es que al tercer día de esas apariciones en mis sueños y en mi memoria, cuando la presencia de mi abuela ocupaba casi todos mis instantes, llegó a mis manos un mensaje inesperado.

Justo a las doce de la mañana sonó la puerta de mi casa y un hombre con el uniforme de un servicio especial de mensajería me entregó un paquete urgente. Para mi asombro venía de la Guayana. Era una carta del director del Museo de la capital de aquella región francesa tropical, de Cayena.

Mis abuelos habían vivido allá y tuvieron que salir huyendo, como muchos otros, ante la amenaza de un ciclón que prometía ser el más grande y destructor del siglo en la región. Y lo fue. Su casa, en el pueblo de Cacao, que se levantaba sobre altos pilotes de madera, desapareció en el aire y bajo el agua. Cuando varios meses después las inundaciones se retiraron de la ensenada del río donde la casa había estado, no había ni una sola piedra o pedazo de madera, ni siquiera un agujero que recordara su existencia.

Habían dejado casi todas sus cosas en el desván de unos amigos de Cayena, en una casa antigua que supuestamente resistiría mucho más. Como la catástrofe creció incluso más de lo ya esperado, los amigos también huyeron. La casa había sido saqueada durante los meses de inundación y los abuelos nunca supieron el destino de lo que habían dejado. Tenían mil y una razones para pensar que todo había desaparecido, tal vez para siempre. Lamentaban especialmente una caja con algunos libros antiguos e ilustrados que habían logrado reunir sobre las tres Guayanas, su pequeña colección de insectos y una colección un poco más grande de herbolaria.

Ahora, más de cincuenta años después, según me enteré por la carta, una persona cuyo nombre me mantendrían en secreto, tal vez un amante de la abuela, había donado al Museo de Cayena algunos insectos, no muy diferentes de los que ya tenían, y una colección de herbolaria regional, ésa sí única, con varias especies ahora desaparecidas, que la hacían valiosa y muy interesante para su estudio.

"Hace tres días —escribió el director del Museo—, mientras tratábamos de restaurar los restos muy maltratados de un insecto enorme cuyas alas extendidas miden cuarenta y tres centímetros, mitad verdes y mitad moradas (como un perturbado amanecer sobre esta imprevisible selva amazónica), un extraordinario ejemplar de *Titanacris albipes*, la caja que lo guardaba cayó al piso, se rompió y encontramos en un compartimento oculto nueve cuadernos muy delgados. Como en ellos no hay contenido científico ni dato que contribuya al estudio de esta

colección, no
interesa al
Museo conservarlos.
Sobre cada uno está
escrito el nom-
bre de una mu-
jer que, con la
ayuda de algu-
nos de los más
viejos patronos del
Museo, hemos lo-
grado identificar. Por
nuestro consulado en su
país, con quien usted tuvo alguna vez relación, sabemos que usted le
sobrevive y la hemos localizado. Creo que estos cuadernos,
de interés muy privado y, en ocasiones, me atrevería a
decir, vergonzosamente íntimos, incumben más a la pri-
vacía de su familia que a la ciencia. Están aquí a su dis-
posición en cuanto usted decida emprender los trámites
legales para recuperarlos."

No me cupo la menor duda de que yo haría todo
lo necesario para tenerlos en mis manos, aunque tuviera
que ir personalmente a la Guayana. Era como si mi abuela
me enviara un mensaje desde la muerte, una última historia para ser vivida más que escuchada, las últimas semillas especiales (mágicas para mí) de su granada. No podría
nunca negarme a hacer todo lo posible por encontrarlas y
las encontré. El insecto cuelga ahora a la entrada de mi
estudio y biblioteca. Al verlo no puedo dejar de pensar
que ese bicho, cuya belleza y tamaño todavía me sorpren-
den, alguna vez se alimentó del cuerpo de mi abuela. Fue
una larva incrustada en ella, como contaría en esa carta
sobre su primera noche en aquel trópico seductor y a la
vez delirante.

•••

Nuestra primera llegada al puerto de Cayena.

Invierno de *(fecha ilegible).*
Llegamos de noche a la Guayana. Nuestra alegría era parecida al incierto enjambre de luces prendiéndose y apagándose sobre el puerto. Apenas una hora antes, corrientes agitadas en tumulto y un miedo que crecía al ritmo de las olas que golpeaban el barco, nos habían hecho dudar seriamente de que llegaríamos. Por eso aquellas luces, aura del puerto sobre el horizonte, eran como un trozo de madera flotando del que deseábamos sostenernos.

Un poco antes, por atrás de la Isla del Diablo, una maraña de contracorrientes casi voltea al barco. Muy cerca vimos la punta de la isla Saint-Joseph, con su avance de rocas plagado de restos de barcos rotos. Casi tantos pedazos de engranes y calderas herrumbrosas como rocas blancas. Ensalada de naufragios.

Un faro iluminaba cada diez o quince segundos esa imagen amenazante y el tiempo de espera hasta el nuevo paso de la luz aumentaba nuestro nerviosismo. Nos daba la impresión de que una corriente incontrolable se iba apoderar de ese suspiro de obscuridad para estrellarnos, sin ver, contra las rocas afiladas de la isla.

Más adelante, sobre una piedra enorme en medio del mar, isla hecha de una sola pieza que desaparecía bajo las olas para aparecer de nuevo, vimos levantarse el Faro del Niño Perdido. Una torre metálica, sin muros, que daba una idea de gran fragilidad. Aunque a partir de ahí las corrientes se hacían menos violentas.

Mi primer pensamiento al ver el faro sobre esa roca sorpresiva fue de inquietud: quise saber si habría en este lugar más rocas como esa, aisladas, casi invisibles y muy raras tan lejos de la costa. Se lo pregunté al capitán. Me dijo que eran muchísimas las puntas rocosas que rodeaban a Cayena. Tantas que todos los barcos contrataban a un capitán local que era el único experto en acercarse a Cayena.

Nos alcanzó una barca con diez remeros. Un hombre con uniforme era el único de pie en ella. Subió él solo a nuestro barco y comenzó a dar órdenes complicadas para evitar la amenaza invisible. Había un camino secreto en el agua y sólo él lo conocía.

Después de verlo maniobrar y agitarse mientras gritaba sus órdenes por más de media hora, me atreví a preguntarle:

—¿Cómo sabe dónde están las rocas?

—Nadie lo sabe, ni yo siquiera. Se sabe sólo cuando ya es demasiado tarde.

—Entonces, ¿cómo puede ser contratado para guiarnos? Se supone que usted es el único que sabe dónde están las rocas.

Sin voltear a verme, concentrado en lo que hacía, me respondió simplemente:

—No, yo tampoco sé dónde están.

Mi nerviosismo crecía ante la certeza de que ese hombre era un timador que por cobrar el dinero que le pagan por este servicio era capaz de ponernos en riesgo. Pensé en los famosos tiburones gigantes que rodean las islas. Pensé en que casi no había botes salvavidas. Cuando me vio inquieta más allá de lo soportable, me dijo:

—Cálmese por favor, señora. Me pone más nervioso usted que los arrecifes. Yo no sé donde están las rocas. Pero sí sé dónde no están. Esa ha sido por años razón suficiente para que me contraten y sólo yo pueda meter los barcos hasta el borde de la ensenada de Cayena.

Poco tiempo después estábamos frente al puerto. Pero teníamos que quedarnos a medio kilómetro de distancia porque la ensenada era muy baja y no nos permitía llegar hasta el muelle. Un par de botes ligeros de vapor vinieron por nosotros.

Mientras nos acercábamos lentamente vimos cinco inmensas aletas de tiburón rodeándonos. Nos explicaron que desde la época de las prisiones no hay cementerio para todos los muertos, que el trópico difunde enfermedades terribles si los cadáveres no se deshacen rápidamente. La tierra los pudre y complica la situación ya insalubre de los pantanos. Por eso los muertos son arrojados al mar y los tiburones ejecutan el servicio funerario. Nos rodeaban como esperando su ofrenda, haciendo con el giro de sus aletas una especie de rezo sin palabras.

Las luces de la ciudad eran muy escasas y poco a poco iban dejando ver el perfil de algunos edificios y palmeras más grandes que las construcciones de dos o tres pisos de altura.

Había zonas que de pronto se veían mejor iluminadas que otras. Pero las luces se apagaban y volvían a prenderse en otro lugar, como si viajaran por la ciudad. Nos explicaron que eran enjambres de un tipo especial de luciérnagas buscando su alimento en la ciudad.

A la derecha destacaban las murallas de un fuerte sobre una colina. Todo lo demás estaba a la misma altura. Ya en el muelle lo primero que notamos es que el ruido de los insectos era más fuerte que el del mar.

Un cargador del puerto se ofreció a llevarnos a nuestro hotel. No eran más de diez calles. Mientras caminábamos, el aire caliente lleno de mar nos daba la bienvenida con su abrazo.

Nos detuvimos al cruzar la primera calle porque una línea de sapos inmensos pasó frente a nosotros.

Nuestro guía explicó:

—Los animales no saben que aquí hay una ciudad. No se han enterado.

Señaló hacia un lado y nos dijo que bajáramos la cabeza. Cientos de murciélagos iban y venían deteniéndose en las casas que rodeaban la plaza central. Las inmensas palmeras de esa plaza reinaban a una altura desconcertante. De pronto oímos un griterío y un ruido tremendo, como si se desplomara una casa. Era una de las ramas secas de una palmera que se había caído. Detrás de ella vino un coco que se partió en tres pedazos.

—Es muy importante aprender a cuidarse de las palmeras al pasear por la plaza —previno nuestro guía—. Una pareja de enamorados distraídos fue a dar al hospital la semana anterior.

Todo era excitante y estábamos muy cansados. Cada impresión nos dejaba una huella profunda.

El *Hôtel des Palmistes* era el único en la zona central de Cayena. Tenía cuatro pisos de alto, todo construido en maderas tropicales y los tablones crujían bajo nuestros pasos. Desde lejos, una o dos calles, lucía más iluminado que el resto de las casas. El guía nos señaló esa diferencia diciendo: "no son luces eléctricas ni lámparas de petróleo, son las luciérnagas buscando meterse a los cuartos. Ya lo verán, aquí todo en la naturaleza es grande y se mete en todas partes."

Nos registramos en el hotel, dejamos nuestras maletas en una habitación del segundo piso y salimos a cenar en un café cercano. Como se había acabado el tiburón en tomate nos sirvieron un pescado de río con cuatro largos bigotes gruesos, ojos inmensos y armadura en vez de escamas, que llaman *attipa* y que nos revelaba un sabor muy fuerte, completamente nuevo para nosotros.

Ni en el universo fascinante de los mariscos de Chile ni en el delicioso de las costas gallegas habíamos encontrado esa intensidad de mar caliente, ese sabor desbordado que se apodera de todos los sentidos en un instante y que sólo tienen los peces turbios de la región amazónica. Lo acompañaban con tres vegetales distintos que tampoco habíamos visto ni probado y cuyo sabor era tan sutil que envolvía al del *attipa* en tres modulaciones bien diferenciadas pero las tres muy suaves, cercanas a lo neutro. Eran tres altos para un exabrupto, tres razones para calmar una pasión. Y esa mezcla perfecta de freno y desenfreno en el paladar agudizaba todos nuestros apetitos.

No desempacamos. Casi no vimos en ese momento cómo era nuestro cuarto. Todo era excitante en ese trópico nuevo hasta el extremo de sentir que al besarnos nos estábamos descubriendo. Todo era posible, y todo era mejor. Hicimos el amor larga y pausadamente sin darnos cuenta del tiempo que pasaba, hasta quedarnos dormidos, sumando todos los cansancios del viaje a los de nuestra excitación.

Fuimos cerrando los ojos cobijados por todas aquellas sensaciones que se entretejían con el aire denso y caliente de la noche. El ventilador giratorio del techo, muy arriba de nosotros, soplaba sobre nuestros cuerpos desnudos una caricia que nos empujaba suavemente hacia el sueño.

No sé cuánto dormimos. Era todavía muy obscuro afuera cuando el ventilador comenzó a columpiarse y pegar con las aspas en el techo. El espejo y varios cuadros se cayeron de las paredes. Nuestra cabecera crujía, los muros de madera también. Una ventana, ya desajustada por el movimiento del edificio se entreabrió. Entró una bocanada de aire caliente por ella y saltamos de la cama para ponernos algo de ropa y salir corriendo del edificio antes de que lo derribara el temblor.

Nos dijimos que en la Guayana los temblores son por lo visto más fuertes que en la ciudad de México. Oímos gritos de mujeres. Como si alguna estuviera siendo aplastada por un muro.

Salimos corriendo. Y de pronto, mientras íbamos por los pasillos nos dimos cuenta de que ya no estaba temblando. Regresamos a nuestro cuarto y temblaba de nuevo. Entonces pudimos entender que nunca hubo terremoto. El temblor que nos despertó venía de la pareja que hacía el amor en el cuarto de al lado, de otra en el de arriba y una más en el de abajo. En el del lado derecho ya habían terminado. Confundimos un terremoto con la fiebre amorosa del lugar.

Claro, el misterio es por qué en todos los cuartos casi al mismo tiempo estaban haciendo el amor. Al día siguiente nos enteramos de que muy cerca, no más lejos de una calle, hay una especie de discoteca o cabaret de fines de semana, del que salen muchas parejas a la hora que lo cierran para entrar directamente en el hotel.

Pero en ese momento, riéndonos de nosotros mismos, nos acostamos de nuevo bajo la música gutural de nuestros vecinos. Pero entre risa y escalofríos, antes de desvestirnos ya éramos parte de su coro. La estructura de madera del edificio también absorbió y expandió nuestro movimiento.

Lo que siguió fue aún más sorpresivo que nuestro terremoto amoroso. Estábamos abrazados y desnudos cuando entró por la ventana entreabierta un enjambre de esas luciérnagas gigantes y nos envolvió en su nube. Por un momento, aquello fue tal vez una de las cosas más bellas que nos podían haber pasado haciendo el amor, como si la luminosidad que sentíamos desde el sexo nos brotara por toda la piel; como si perdiéramos las orillas del cuerpo y todo en nosotros tendiera a ser luz. Era un jardín de luces, nuestra piel encendida. Y en ese jardín las fuentes más luminosas, más llenas de luciérnagas estaban entre nuestras piernas. Era como si los diminutos insectos brillantes nos olieran, como si percibieran en el aire, como si sintieran la misma atracción nuestra de ir muy adentro uno del otro por las puertas secretas del sexo.

Desgraciadamente, muy pronto nos dimos cuenta de que no eran luciérnagas. El enjambre entero comenzó a picarnos, a beber de nuestra sangre, a atormentarnos hasta la impaciencia y luego la fiebre.

Un médico nos explicó esa misma noche que en la Guayana llaman Luciérnaga del Amor a esta especie mutante de insecto que es más pequeño que un mosquito encendido pero que pica como avispa. Se alimenta comúnmente de la sangre de los animales en celo. Pero también de los humanos que, como nosotros, se descuidan mientras hacen el amor. Algún ingrediente de la sangre enamorada lo atrae y lo satisface. "Son insectos feromónicos", decía el doctor.

En otra de sus mutaciones se parece a una termita, no pica pero se come la ropa de las mujeres que menstrúan. Una joven fue atacada por un enjambre hace un mes y quedó desnuda en menos de una hora. Algunas de estas Luciérnagas del Amor llegan a tener nueve mutaciones, todas implacables con la vida hormonal de los animales y de los humanos.

"Pero lo peor —nos explicó el médico—, no es lo que ya vivieron. Dentro de doce horas más o menos los cientos de piquetes que tienen se reactivarán agresivamente porque en cada uno la luciérnaga ha depositado una larva. Comenzará entonces a alimentarse de ustedes por otras doce horas. El dolor es más fuerte que una comezón. Se parece al que produce el fuego. Para evitarlo tenemos que asfixiar a las larvas tapando los poros de la piel, que es por donde respiran. Aquí se usa con frecuencia el alcanfor mezclado con aceite de coco. Se aplica en toda la piel y al secar deja una capa delgada que ayuda a matar a las larvas. Pero como no es una superficie muy elástica sino más bien quebradiza, al mover el cuerpo se rompe y no resulta completamente efectiva. Lo mejor es una pomada muy roja que siempre han usado los más antiguos habitantes de esta región: los Oyampi, los Wayana, los Galibis, los Arawaks. La extraen de unas semillas muy jugosas que produce el extraño y espinoso fruto seco del rucú, pariente del achiote mexicano. Con rucú se tiñen todo el cuerpo para las fiestas y para salir de caza también. Porque ayuda no sólo a matar al bicho sino a evitar que entre. Además es buen cicatrizante. Hasta su ritual de hacer el amor durante sus bodas comienza pintándose de rojo uno al otro."

Así que desde la primera noche en la Guayana nos pintamos de rojo el sexo para tratar de curarnos. Y seguimos haciéndolo con frecuencia para tratar de prevenir nuevos ataques luminosos. Entendimos por primera vez que Colón no exageró cuando escribió que lo habían recibido en las islas del mar Caribe hombres y mujeres "de piel muy roja".

Las larvas murieron en el cuerpo de tu abuelo y en el mío, con la excepción de una que se me alojó en una zona de vello púbico que no cubrí completamente con la pomada del rucú. No vi el pequeño piquete y no le di importancia. Pagué mi descuido con dolores y comezón inacabables. La simple idea de tener un animal alimentándose de mí me atormentaba.

Comenzada la segunda fase de vida de la larva en mi cuerpo había que atacarla de otra manera. El médico me hizo comprar un trozo de carne cruda de res que no tuviera menos de nueve centímetros de espesor. Me la colocó sobre la herida atándola con vendajes y tuve que conservarla poco más de una semana. Olía horrible, pero la larva tendría que moverse poco a poco de mi carne hacia la de la res para poder respirar y comer algo más blando.

Yo esperaba con impaciencia el día de quitarme los vendajes. La señal para hacerlo era que dejara de sentir dolor en mi vientre porque significaría que el animal ya no estaba comiendo de mi cuerpo. El doctor me había prevenido: "Si esto falla también, el siguiente paso es más doloroso y lleno de peligro. No quiera quitarse antes de tiempo el trozo de carne."

Con esa advertencia mi espera estuvo más llena de miedo. Cuando finalmente el médico comenzó a desenredar la venda que yo llevaba en la cintura, el olor me obligó a volver la cara hacia atrás y tapármela con las manos. Pero mientras separaba la carne de mi cuerpo el médico comenzó a gritar, asustándome más aún, y me pidió que mirara.

Entre la carne ya tumefacta, como una joya verde flotando en lodo, había una especie de capullo grande que se rompió al contacto con el aire. De él surgieron poco a poco, como haciendo grandes esfuerzos, unas alas que se desdoblaban y se volvían a desdoblar llenando nuestros ojos. Tenían algo más de treinta centímetros cuando emprendieron el vuelo. La mitad superior de las dos alas, como un horizonte al atardecer, era morada y la otra muy verde, como un bosque tropical.

Al salir el insecto por la ventana, una especie de cuervo gigante se lanzó a devorarlo. Logramos ahuyentar al pájaro justo antes de que lo mordiera, pero le había dado un golpe que lo dejó maltrecho. Luego un niño en la clínica lo atrapó para mí y lo conservé en una caja especial de maderas tropicales mientras vivimos allá.

Ese insecto, que había estado en mi vientre y se había alimentado de mí como si yo fuera el huerto público de sus necesidades, que me había dolido y luego me había regalado la sorpresa de su belleza alada, se convirtió para mí en un emblema de nuestro viaje a Guayana. Era un recordatorio de que los humanos y la naturaleza no somos dos cosas separadas. De que todos y cada uno somos jardín o huerto de los demás. Y todos nos unimos, nos fundimos y nos transformamos. Aunque no siempre podamos decirlo. Los amantes, en nuestros momentos más afortunados, somos jardín uno del otro.

arik, amante y alfarero, se ríe de sí mismo y de sus comparaciones obsesivas. Iliana, su amada, está a su lado, sonriente. Han regresado al taller, al pie del horno exigente que pronto van a abrir. Tarik, reflexivo tenaz, piensa que el horno es el gran misterio de los alfareros. Que uno puede tratar de reducir la proporción del azar, controlar todas las variables que son posibles y aun así el misterio apasionante permanece. Es más, piensa que cuando el ceramista logra sacar del horno exactamente lo que había planeado, su pieza tendrá algo de fracaso, aunque parezca perfecta. Algo de obra muerta, muda. Porque en el arte de la alfarería es necesario que el horno aporte más de lo que se esperaba.

Tarik, más terco que terco, no puede dejar de hacer paralelos y piensa que el amante controlador, el que cree que al hacer el amor todo puede salir como lo ha planeado, vive equivocado. Más aún en el amor que en la alfarería se debe buscar que surja algo maravilloso y completamente inesperado durante el acto amoroso. No saber solamente qué efecto tiene cada movimiento o posición, cada mordida o caricia sino saber que sus posibilidades son más grandes de lo que cualquier manual pretenda. No controlar al azar sino multiplicarlo.

La curiosidad nos lleva sin embargo a tratar de conocer mejor cada vez el horno y sus posibilidades. Existe la leyenda del alfarero francés, Ernest Chaplet, que a principios de siglo se quedó ciego de tanto indagar dentro del horno los secretos de la luz más intensa y activa. Y cuentan que finalmente quemó sus notas y se suicidó, desesperado de haberse sumido en la obscuridad en vez de vivir la plena iluminación de su oficio. Aunque su obscuridad no era completa. Dicen que, ya declarado ciego, podía ver una especie de halo en las piezas que nadie más lograba distinguir. Sabía la diferencia entre las piezas que tienen alma y las que fueron hechas por una máquina.

Tarik piensa en el enorme esfuerzo que hace desde hace varios años para percibir en la más densa obscuridad de la noche el halo de calor que emana el cuerpo sonriente de su amada. Y recuerda que en los momentos más intensos ha creído ver, aún con los ojos bien cerrados, una nítida luminosidad que emana del sexo que venera.

Y si el horno despierta su curiosidad infinita, la vagina por dentro y por fuera, y todo lo que la rodea, no deja de inquietarlo e invitarlo a saber cómo tratarla mejor, cómo verla nítidamente por dentro con los ojos detallados de los dedos, cómo escucharla respirar y pedir y transformarse sin cesar y seguir revitalizando el enigma, la respuesta, el silencio, la plenitud, el recomienzo.

Un buen amante, como un buen alfarero, piensa Tarik, tiene que conocer más y mejor. Pero también debe saber en qué momento desobedecer sus conocimientos y experimentar de nuevo desde cero. No es posible un Kama Sutra que no se corrija cada día, se reescriba y se desdiga, piensa Tarik. Como no es posible un manual de alfareros que de verdad produzca buena alfarería viva.

El amor, como la alfarería son ciencias experimentales que tienen a los cuatro elementos como materia prima. Aire, agua, tierra y fuego dan y quitan, participan con desenfado en la intensa transformación de la materia y de la vida que son la cerámica y el amor. Hacer el amor nos transforma. Salimos de los brazos amantes como una pieza del horno que ha tomado nueva identidad al fundir, al conjuntar y solidificar sus elementos dispersos. O como una pieza rota o lo que es peor, engreída. Hacer el amor es meternos a un horno imprevisible que nos mejora, nos ayuda a vivir, realiza sueños y abre la puerta a lo imprevisto. Como una pieza de cerámica bien lograda, es tanto realización de un sueño como pie para uno nuevo.

En la materia de una pieza modelada, sostiene Tarik en voz alta ante sus ayudantes, está integrado el sueño de haberla planeado y nuestros sueños de todo tipo, nuestras alegrías y angustias, nuestras inquietudes. Porque una obra de barro es un recipiente que graba todo lo que somos y, ante ojos que saben ver, eso se vuelve evidente. Dicen que un prodigioso ceramista chino podía saber, al tocar una porcelana, exactamente en qué canción estaba pensando el gran maestro que la hizo. En el amor pasa lo mismo, todo lo que somos se comunica en cada caricia, en cada beso, en cada movimiento de la pelvis, en cada gesto de las manos, en cada mirada que toca o dice lo que las palabras todavía no saben cómo formular.

Y cuando los amantes han salido del horno de su encuentro, deben tener cuidado de no romper la pieza que han logrado y que son ellos convertidos en amantes. Porque la memoria del amor es frágil y cualquier torpeza, fealdad o desatención rompe el barro de una bella relación al instante.

●●●

Todavía no abrían el horno del taller de Tarik cuando Iliana ya se despedía de su amante alfarero, con una enorme sonrisa y una manera de caminar que delataba su felicidad. Se había alejado unos cuantos metros cuando vino Al-Jasharat, el viejo narrador de historias de la plaza, a contarle a Tarik que Zaydún, su amigo mutuo, había sido herido gravemente por un marido celoso. Que su vida, tal parece, esta vez de verdad estaba en peligro. Que el esposo de Iliana, la vendedora de cerámica en Mazagán, estaba seguro de que ella estaba en ese momento convertida en amante de Zaydún.

No le creyó que casi no la conocía y decidió apuñalarlo. La evidencia del marido, según explicó a la policía, era que su esposa se había tatuado en el vientre una caligrafía hecha por Zaydún, y que para mayor prueba aparecía reproducida en uno de sus libros. El celoso no dejaba de imaginarse a Zaydún dibujando sobre el sexo de su amada esas palabras caligráficas que aludían a un paraíso reinventado en secreto cada día que y del cual el marido se sentía expulsado.

Tal parece que la extraña geometría de la vida seguía cerrando sus espirales: sin merecerlo Zaydún recibió el puñal que Tarik se había ganado cosechando el amor de Iliana. Y mientras tanto Tarik elaboraba con un poco de sudor de Iliana, la pieza de barro que después deberá llevar las ceniza de Zaydún. "Como decía Zaydún, continúa Al-Jasharat, la vida sigue rigurosamente la lógica de los sueños."

Sin decirlo pero conociendo el trazo general de la historia, el viejo Al-Jasharat decide que la vida de Zaydún tendrá que ser contada por él en la plaza del Caracol. "Por lo pronto sus primeros años", le dice a Tarik para calmarlo. "No te pondré en evidencia, no te preocupes, No llegaré hasta sus últimos días donde tú tendrías que aparecer. Me interesa mostrar y averiguar cómo surgió esa extraña habilidad que él tenía para acariciar a las mujeres hasta con los dedos que le faltaban. Era como si la mano le hubiera crecido de nuevo a la sombra del deseo. Eso me hace interesante su historia: es una muy extraña épica del tacto."

III.
ENTREMANOS

1. Un contador de historias en boca de otro

Tengo entrambas manos ambos ojos
Y solamente lo que toco veo.
SOR JUANA INÉS DE LA CRUZ

Con llama que consume y no da pena.
SAN JUAN DE LA CRUZ

Era el Gran Halaiquí, el contador mayor en la plaza de Mogador. Hacía sonreír desde que mencionaba su nombre, Ibn al-Jasharat, Hijo de los Insectos. Corría el rumor de que era hijo ilegítimo del legendario Toubib al-Jasharat, Doctor de los Insectos. Cuentero de otro tiempo, ya fallecido. Él pasaba a explicar su nombre con una fantasía que algunos, sobre todo los niños, creían literalmente cierta:

No hay nada vergonzoso en reconocer que mi madre era una araña que hilaba fino, enamorada de un artesano carpintero de Mogador que hacía cajas de maderas preciosas incrustadas de plata, hueso, coral y raíz de thuya: cajas de taracea. Mi madre decía que el dibujo geométrico de las cajas era perfecto y las volvía "tan bonitas como si fueran telarañas de madera". Seguro pensaba en él obsesivamente justo en el momento que hizo el amor con mi padre, un piojo muy simpático que se embriagaba todos los días con la sangre azucarada de la esposa del carpintero. Quien por cierto pasaba la vida embarazada. "Incrustada", decía orgulloso su marido, "incrustada de maderas finas".

Daba risa y un poco de pena oír al carpintero hablar de su sexo como si se tratara de maderas finas. Claro que él no se imaginaba que una de esas maderas era la de mi padre el piojo, diminuta pero intensa en su pasión sanguínea. Tanto que nunca en su vida mi padre abandonó la cama de aquella mujer. Ardía en cólera como un nacionalista insultado en cuanto olía al carpintero metiéndose también en cama. Le declaró una verdadera guerra de guerrillas picoteándolo y escondiéndose para volverlo a picar hasta ahuyentarlo del lecho casi para siempre. Pero en los olores más íntimos de ella se embriagaba como un beato oliendo a Dios. Y regresaba de pasear por su pubis con la alegría aventurera de quien ama un bosque y lo recorre siempre sorprendiéndose.

En esa cama cortejó a mi madre y la convirtió en su amante; ahí corríamos a visitarlo sus hijos, en ese "jardín" de telas que a pesar de parecernos un accidentado valle de nieves manchadas él llamaba "mi paraíso". Y lo peor es que también en esas sábanas sucias nací yo, El Hijo de los Insectos. Ahí fui adoptado y amamantado por la esposa del carpintero. Que en paz descanse. Aprendí este oficio de contador de historias en esa cama por tener como ejemplo todas las elaboradas mentiras que ella le decía a su marido. Y regreso a esa cama cada vez que puedo y que la adorable hija menor de la esposa del carpintero me lo permite. Anoche me corrió de ahí porque dice que soy demasiado celoso; que hasta de los piojos en su cama desconfío. Y es tristemente inútil que le diga que yo sé de lo que hablo.

•

Una mujer entre el público de Al-Jasharat, anciana y hablantina, que festejaba al cuentero más que cualquiera de nosotros en la plaza, presumía haberlo conocido desde pequeño porque era su vecina y, al mismo tiempo que él hablaba, nos regaló dos o tres detalles de su vida: aseguraba que la madre de Ibn al-Jasharat no había sido araña pero sí era fea y mala como una araña y que su padre era insignificante y borracho como piojo sediento; que había sido adoptado por el carpintero y se había enamorado de su hija: en fin, que todo lo que el *halaiquí* decía era rigurosamente verdad pero de otra manera. No con insectos sino como insectos.

Ibn al-Jasharat se había hecho muy famoso en el continente africano, abajo y arriba del Sahara, porque parecía volver real o realizable todo lo que salía de su lengua suelta. Había viajado más que ninguno de su oficio en peregrinaciones muchas veces inciertas. Había contado historias a más de cinco reyes africanos y a varios príncipes y princesas. A una de ellas, en plena adolescencia depresiva, la había hecho sonreír para siempre. Se volvió más respetado y famoso, casi una leyenda, cuando rechazó toda recompensa del rey. Aunque dicen que luego confesó inquieto a sus amigos la razón de ese legendario rechazo.

•

No tiene gracia alguna quien siempre sonríe. Tal vez ya ni cerebro tenga. Hice reír tanto a esa pobre princesa que olvidó cómo pensar en cualquier otra cosa y luego ya no sabía pensar en nada. Se quedó instalada en algo que dije y que la tocó por dentro donde no debía. Cuando sus padres se den cuenta querrán colgarme. Si además recibo recompensa creerán que fue mala fe de mi parte lo que sólo ha sido un extraño accidente de la alegría, una de las formas repentinas de la demencia.

He pensado regresar de noche a escondidas y contarle cosas que la hagan llorar para ver si logro que su cerebro se anime de nuevo. Pero me temo que sería inútil y más vale verla sonreír fijamente que tenerla para siempre con cara de disgusto. Lo más común es que a la gente se le detenga el cerebro en la desdicha.

Tal vez ya estaba detenido antes de que yo llegara y lo único que hice fue invertir accidentalmente, en la superficie de la cara, la curva de sus labios. Tal vez estamos viendo al revés su boca, no está feliz sino mal coordinada, la boca es triste pero está puesta de cabeza: parece sonrisa.

Poco tiempo después, la princesa fue casada por su familia con un príncipe oriental de ceño eternamente fruncido. Y se fue con él a vivir muy lejos. Todos en su país subsahariano recuerdan su sonrisa imperturbable. Dicen que sonreía hasta cuando regresó para el entierro de su padre.

·

Ibn al-Jasharat había hecho algo más grave todavía que accidentar a la realeza africana en los equívocos de la felicidad. Tenía el prestigio de haber ocupado con gran éxito un territorio difícil y respetado entre los pregoneros, músicos, vendedores de todo y de nada, curanderos, domadores de serpientes y aplicadoras de tatuajes, de masajes y de consejos en la plaza Jmaá-el-Fná de Marraquech, la más competida y de público más exigente. Su padre supuesto, Toubib al-Jasharat había extendido ahí con majestuosidad su lengua. Entre las montañas de naranjas y dátiles y nueces corría su voz como si fuera una mano puliendo y contando esa fruta. Desde todas las terrazas de los cafés se le oía llamar. Las bicicletas se detenían, los policías de tránsito descuidaban sus cruceros. Las tatuadoras de manos interrumpían los senderos y jardines que construían sobre la piel de sus clientes. Desde los pasillos más profundos del mercado, saliendo detrás de las montañas de telas brillantes, de especias, de tapices, de pieles vueltas babuchas, corrían a rodearlo en cuanto oían a lo lejos el eco de su llamado.

Dicen que a ciertas horas de la tarde hasta las palmeras del parque vecino y la misma torre de la Kutubia parecían inclinarse un poco para escucharlo. Todos los vecinos de la plaza disfrutaron alguna vez de sus historias. Porque nadie que lo haya visto y oído puede olvidarlo.

Parece que en esa época Ibn al-Jasharat terminaba siempre sus funciones citando o incluyendo a alguno de los presentes en sus relatos. Hubo por supuesto quien ni siquiera se dio cuenta. Su amigo, el poeta Ali Ahm Said Esber, mejor conocido en varios barrios como Adonis, pasó a escucharlo un día sin saber que asistía a la última de las representaciones de este halaiquí en la plaza Jmaá-El-Fná. Algo intuyó sin embargo cuando lo escuchó despedirse citándolo con exagerado dramatismo:

> Vestido de mi sangre, me voy.
> Me acarrean las lavas, me guían las ruinas.
> Hombres, olas reventadas, diluvio
> de lenguas: cada frase, un rey,
> cada boca, una tribu.

Y para sorpresa tanto de quienes lo conocían muy bien como de quienes sólo habían oído hablar de él, un día, de pronto, aquella metrópoli color de barro, llanura sembrada de palmeras y pregones vio cómo El Hijo de los Insectos decidió abandonarlo todo: prestigio, acomodo, público fiel, amigos. Algunos dicen que la insatisfacción lo devoró, que se fue apoderando de él la peligrosa sensación de que faltaba en sus historias alguna sustancia. Un día dejó plantada a su gente en la plaza y se lanzó a la búsqueda de aquello que le faltaba.

Otros dicen, con mayor razón como se demostraría más tarde, que la súbita insatisfacción no era de él sino de su esposa. Que la bella Dyamila, que él adoraba mucho más que a su éxito y popularidad, al quedar embarazada dejó de golpe de desearlo y lo corrió de su lecho. Ella, que de verdad era hija de un artesano carpintero de Mogador, decidió regresar a su ciudad amurallada y tras de ella fue Ibn al-Jasharat.

El caso es que, finalmente, la historia de El Hijo de los Insectos y de su esposa Dyamila comenzó a correr en la boca de los otros cuenteros del país, por lo que Ibn Al-Jasharat se apresuró a difundir sin ningún pudor su propia versión. Fue la primera de su nueva vida de cuentero y sigue siendo el eje de sus actuales historias. Desde entonces no deja de contar en plazas mayores y menores, altas y bajas cómo cada quien en Mogador se mete en los sueños amorosos de los otros. Ya no sólo cita a sus amigos y a su público o se burla de ellos sino que ahora los vuelve materia de sus palabras. Los absorbe, los digiere, los transforma.

Él es ahora el gran entrometido. Averigua los detalles de las vidas amorosas de todos y convierte la menor anécdota, el menor asomo de coqueteo, en parte de su tapiz de historias. Todo lo que Ibn al-Jasharat cuenta desde entonces tiene como materia "Lo invisible en el amor: las filigranas del deseo". Y las que este orfebre de historias elabora están tan presentes en todas las vidas de Mogador que quienes lo escuchan saben que tarde o temprano ellos mismos aparecerán muy desdibujados, o sobredibujados, en la boca hormigueante de El Hijo de los Insectos.

Cada tarde, cuando ya ha hecho felices tanto a quienes lo siguen desde hace una hora como a quienes lo rodean desde que amanece, les dice con sincero agradecimiento:

"Ustedes que me siguen y me escuchan en círculo son más que mi familia, son mi *jalca:* mi huella extendida y viva, mi sombra que me escucha, otra parte de mi cuerpo."

Es claro que Ibn al-Jasharat no podría vivir sin su público, fuente de muchos de sus personajes y motivación final de todas sus palabras, sin su ciudad llena de vientos, sin el enjambre minucioso de historias del deseo que lo alimentan: "esas abejas invisibles que zumban incesantemente en su cabeza", como le gusta decir.

Cuando se enteró que uno de sus mejores amigos y colega cuentero, Zaydún, había sido apuñalado por un marido furioso, no se extrañó. No era la primera vez que recibía agresiones celosas aunque sí la primera que eran efectivas y ponían su vida en un hilo, como había explicado el médico que lo atendía.

Al-Jasharat pensó que el mejor homenaje y muestra de afecto que podría hacerle era contar su historia en la Plaza del Caracol. Claro, exagerando y omitiendo, transformando lo necesario para hacer de esa vida algo más excepcional todavía.

.
..
.

Esta historia, no lo cuenta todo, no lo explica completamente, lo aproxima, lo empuja a seguir viviendo entre nosotros aunque sea como rumor infundadado.

Esta historia corrió como agua fresca en boca de todos, hace algún tiempo, aquí mismo, en la plaza de Mogador. Cuenta la vida extraña de un hombre sonámbulo y enamorado al que de niño le habían cortado una parte de la mano por un accidente provocado al jugar con pólvora. Sin embargo, sus amantes decían que la mano faltante le brillaba entera en la oscuridad cuando la levantaba hacia ellas. Y con los cinco dedos de ese resplandor las tocaba a fondo, metiéndose en lo invisible, moviendo y conmoviendo hasta sus ideas, ya no digamos su cuerpo.

Las mismas amantes aseguraban que en él no había magia sino una extraña destreza. Algunos pasajes de su vida aún se cuentan en la Plaza del Caracol, donde los halaiquíes convertimos en historias hasta a los vientos más agitados que entran al puerto. Y él, Zaydún, fue uno de ellos.

2. La amante del viento

La caravana envía por delante un mensajero que previene de su llegada. Así recibe agua y alimentos cuatro días antes de entrar al oasis. Si el mensajero se pierde, la caravana está en peligro. Cuando los demonios del desierto juegan con el mensajero, lo fascinan y lo distraen, una parte de la caravana perece.

IBN BATTUTA

Varios meses antes de la semana en que Ignacio Labrador Zaydún debía venir al mundo, un ciclón entró sorpresivamente en el corazón del desierto de Sonora. Ese enorme mar seco que incluye partes considerables de Arizona, Sonora y la península de la Baja California. Nada parecía detenerlo y seguía creciendo al correr sobre la arena como si estuviera sobre el agua. Arrancó el techo de las casas donde las había, derribó miles de cactus, removió piedras y dunas, puso a volar venados, liebres, incluso víboras de cascabel e hizo llover donde nunca había sucedido. Ese año hasta los espejismos cambiaron de lugar.

Sus padres, José Ignacio Labrador y Aziza Zaydún, recién casados, habían emprendido sus viajes por el norte del país buscando, como tantos otros, una vida más afortunada. Su juventud impulsaba su optimismo y con él la idea de que el desierto es una tierra de oportunidades donde sólo los más valientes, jóvenes y animosos logran una vida mejor. Como si en la enorme extensión de arena y cactus saguaros habitara un monstruo o un fantasma que asustaba a casi todos pero no a ellos. Y trataron de instalarse en aquel rincón del desierto mexicano justo detrás de los últimos vendavales del huracán.

Muchos años después describirían su llegada bajo la cola de aquel ciclón memorable como quien penetra un lugar donde la atmósfera es casi de otro planeta. Como si hubieran entrado a otra dimensión de la existencia. Recordaban sobre todo que con las manos tocaban la densidad del aire hecha de arena y agua turbia. "Era como si otras manos tomaran las tuyas y las apretaran. Como si alguien invisible te recibiera, te tomara de las manos y te hiciera girar sin que te lo esperaras y sin soltarte. El aire tan mojado y tan movido era como algo que te toca fuerte, te pone en peligro pero con las manos te cuida."

La textura densa del aire en el desierto fue la imagen más duradera que tuvieron de su nuevo lugar. Y nunca dejarían de pensar que el desierto es como una textura que se les iba encima: una piel arrebatada de la tierra que decidía enrollarlos, probar su resistencia, su fuerza vital. Pero uno al otro se animaban diciéndose que no estaban dispuestos a dejarse vencer por ningún obstáculo, grande o pequeño.

Antes de que la pareja emprendiera su viaje, Aisha, la madre de Aziza, la llevó a la casa de Susana, la médium del templo espiritista que ella frecuentaba en la colonia Roma. Las recibió descendiendo ruidosamente una escalera, en bata blanca con signos extraños bordados en las solapas y en las mangas, con el pelo quebrado y suelto que le llegaba muy abajo de la cintura. Blandía una espada invisible en contra de seres imaginarios mientras bajaba uno por uno los viejos escalones de madera. Llegó hasta ellas declarando satisfecha su momentánea victoria sobre "los espíritus chocarreros". Las llevó a un comedor de impresionante madera tropical, muy clara y de vetas inquietas. Le pidió a Aziza que se acostara en ella, completamente desnuda y con los pies hacia la ventana que estaba semicerrada. Encendió una vela y la puso en la esquina más obscura del cuarto. Más como presencia que como una fuente de luz.

En aquella penumbra, sobre la deslumbrante madera amazónica, iluminada apenas por un delgado rayo de sol que se colaba desde el patio, la silueta desnuda y embarazada de Aziza era una de las más bellas imágenes que un humano podría ver, pensó la médium. Se acercó lentamente. La recorrió con la mirada de abajo a arriba rodeándola dos veces. Lo hacía tan cerca que más que mirarla parecía olerla. Tocó la punta de sus pies con una mano. Y con la otra la punta de su nariz. Casi sin tocarla pero haciendo sentir muy claramente la presencia de sus dedos, hizo que sus manos, muy lentamente, fueran bajando y subiendo simultáneamente a lo largo de su cuerpo hasta unirse sobre el ombligo saltón de la embarazada. Ahí trazó una espiral acariciando con las dos manos toda la barriga. Sintió la presión que la piel sentía al haberse estirado el estómago y cómo eso jalaba la piel desde las nalgas. Midió en la ingle el tamaño de ese esfuerzo de la piel. Observó y acarició la línea obscura que bajaba decidida desde el ombligo hasta el corazón del pubis. Sopló sobre ella lentamente de abajo a arriba y de arriba a abajo. Tocó y midió con sus dedos los huesos de la pelvis que se abría y el ángulo arqueado de la columna al terminar la espalda. Cabía su mano cerrada. Mientras hacía todo eso observaba los movimientos del estómago adivinando todas las reacciones del bebé, sus acomodos, sus gestos, sus preocupaciones. Después de unos minutos declaró que había terminado de leer su cuerpo, y le preguntó si de verdad querían oír lo que tenía que decirles.

En ese momento, y por la manera en que lo preguntaba, más de una mujer se hubiera retraído pidiéndole que no le dijera nada, que no quería saberlo. Aziza, al contrario, le ordenó que continuara. No había llegado tan lejos para nada.

La médium Susana puso su mano de nuevo sobre el estómago de Aziza pero esta vez apoyando su palma abierta, sin presionar pero cubriendo el ombligo con las líneas de la vida de su mano izquierda.

—Siento que el tipo de animal que llevas dentro, y todos somos más animales que humanos antes de salir de nuestra cueva de carne, es un ave.

Al decir eso apoyó con más fuerza aún la mano sobre el estómago, como si atrapara completamente al niño dentro y éste se le escapara por un lado varias veces, siempre en dirección de la vela. Aziza se dio cuenta de que lo hacía sin lastimarlo pero deseó que todo eso terminara. La médium Susana siguió hablando lentamente:

"Pero no es un ave cualquiera. Se escapa de mi mano como ningún niño lo había hecho hasta ahora. Es del orden de las aves que buscan, que vuelan lejos, que van hacia la luz y se lanzan más allá de sí mismas, más allá de su aire, de su cuerpo. Es una mezcla del Simurg, pájaro místico que simboliza el deseo incesante, la unión más anhelada, y del Fénix, ave monstruosa que es capaz de renacer de sus cenizas, 'heredera de sí misma y testigo de las edades', como dijo el poeta ciego. Fénix y Simurg, vaya matrimonio extraño de fuego y aire."

Aziza irguió la cabeza y apoyó un codo sobre la mesa como queriendo levantarse, entre incómoda y furiosa.

"Yo sólo vine a que me dijera si iba a ser niño o niña, no a que me echara encima tanta tontería. ¿Y además me va a cobrar por esto?"

"Yo te digo sólo lo que veo, lo que sé leer. No puedo hacer otra cosa. El falo atento que le veo al bebé entre las piernas es menos expresivo de lo que son ahora sus alas, sus manos inquietas. Tú piensa lo que quieras. Es niño, ya te lo dije. Pero quiere volar más allá de lo que puede y se le van a quemar las alas. No sé cómo pero le nacerán de nuevo y en eso se le irá la vida. Una parte de la vida. Es hombre entre las piernas pero tiene mucho de mujer en los ojos, en las manos. Es un pájaro que vuela buscando a una mujer, tan ciegamente como las libélulas vuelan atraídas por el fuego que podría consumirlas."

Aziza sintió susto y disgusto. Y decidió irse. Se levantó pesadamente y dejó una huella de sudor sobre la mesa, pero tan abundante que dibujaba claramente todo su cuerpo.

La médium, sorprendida, sintió que tenía que actuar rápidamente. Acarició esa huella a la altura del corazón. Puso sudor del corazón a la altura del estómago y viceversa. Luego fue recogiendo con su mano todo el sudor, poco a poco, y echándolo sobre la vela. Ésta, en vez de apagarse se encendía más. Una y otra vez levantó el cuerpo de sudor, parte por parte y lo depositó sobre la llama. Cuando terminó, sacudió sus manos hasta la última gota. Sopló fuerte sobre su mano, muy lejos del fuego, pero la vela se apagó como si hubiera soplado sobre ella.

Aziza se vistió, llamó a su madre y se encaminó hacia la puerta. Atrás de ellas Susana las despedía con su último veredicto.

"Puedes irte con calma. A pesar de todas tus necedades tu hijo sobrevivirá, por lo pronto."

Y justo en esas últimas palabras pensaba Aziza cuando estaba finalmente en el desierto con su marido y sentía a su hijo patalear más que de costumbre. Por primera vez quiso creer en el vaticinio de Susana. No sabía cómo calmarse si el viento no lo hacía.

Ese primer hijo, Ignacio, que luego elegiría ser conocido tan sólo como Zaydún, estaba todavía en el vientre de su madre y supuestamente debería estarlo muchas semanas más. Pero en un estómago tan echado hacia adelante que parecía desafiar a aquel viento alebrestado.

Su madre, Aziza, que significa "la muy amada" pero también "la muy deseada", sintió muy pronto que el viento iba tras ella en forma especial, como un amante fascinado por su embarazo descubriendo incansablemente la nueva sensibilidad cambiante de su cuerpo. Sintió que el viento le daba un placer sin medida. Y se ponía en sus manos noche y día. Hacía el amor muy lentamente con su marido, José Ignacio, imponiéndole, enseñándole cada vez nuevas caricias sutiles. Y cuando él caía agotado y se dormía, Aziza dejaba entrar una ráfaga de viento al cuarto. La dejaba acariciar sus piernas, sus labios verticales abultados y muy húmedos, explorar sus abismos como dedos que presionan suavemente hasta encontrar donde meterse. Y en esas noches de huracán que tanto miedo despertaban entre otras mujeres del pueblo ella supo encontrar una nueva dimensión de su felicidad.

Después de unos días Aziza Zaydún sintió que su huracanado amante invisible, sexo sin sexo, todo manos, iba además tras el niño. Al principio lo pensó como una paternal complicidad amorosa. El viento, a través de su vientre, lo tocaba, lo mecía, le cantaba esa canción de vocales largas que sólo el viento conoce. Pero de pronto, al menor descuido lo trataba con cierta rudeza y ella tenía que intervenir para frenarlo.

Un día notó que el viento no quería quedarse entre sus piernas: una y otra vez montaba bruscamente a su barriga. Sintió celos del viento, enojo y hasta cierto temor. Por ella y por su niño. Como si todos esos días felices se hubiera relacionado con un amante que de pronto se vuelve agresivo, tal vez incluso peligroso.

Esa noche no sintió ánimo de entregar su cuerpo al viento como lo había hecho hasta entonces. Cerró herméticamente puertas y ventanas y apagó todas las luces. Se acostó en posición fetal cerrando con fuerza las piernas pero no pudo cerrar los ojos en toda la noche.

Permaneció escondida bajo las cobijas, abrazada a su esposo como si fuera un cojín u otra cobija, escuchando afuera de la casa al viento ruidoso queriendo entrar, prometiéndole nuevos placeres, amenazándola. Diciéndole tal vez lo que la madre más temía, que su hijo, la vida de su hijo, estaba ya en sus manos enredadas e inquietas, aunque ella no lo quisiera.

Zaydún, con optimista inocencia, conociendo sólo una parte del testimonio de su madre, presumiría muchos años después que las primeras caricias profundas de su vida le fueron dadas desde antes de nacer y por las manos de una tormenta. "Fue mi partera, mi masajista natal y prenatal y tal vez hasta mi primera amante."

Sin duda fueron esas manos de torbellino las que lo empujaron a salir del cuerpo sorprendido y reticente de Aziza varios meses antes de las cuarenta semanas esperadas y deseables. Como si provocar ese parto anormal fuera lo último que la tormenta tenía que hacer antes de desvanecerse entre las espinas más bravas de los saguaros grandes de tierra adentro.

Un niño muy prematuro, en medio de un inmenso y agitado mar de arena, a cientos de kilómetros del hospital más cercano, tenía pocas probabilidades de sobrevivir. Pero el mal negocio que habían montado sus padres a la entrada del desierto, un restaurante vinculado a una pequeña estación agrícola que llamaban "Despepitadora", mostró en ese momento su única ventaja. Entre los pocos clientes del restaurante que usaban esa carretera tan aislada estaban los pilotos aéreos que fumigaban los escasos campos de algodón en esa región que los hombres, sembradores tenaces, trataban de arrancarle al sol carbonizante. Aterrizaban sobre el camino de automóviles sin ninguna interferencia, comían, bebían, tomaban una ligera siesta a la sombra de una veranda y despegaban. Mientras hacían todo eso podría no pasar un solo automóvil sobre el río quieto de chapopote caliente que llamaban carretera.

Casi al mismo tiempo que Ignacio Labrador Zaydún estaba naciendo, como confirmación de su buena estrella, se oyó que rasgaba el cielo uno de esos frágiles motores de avioneta. Después de limpiar apresuradamente de placenta al hijo que respiraba y hasta lloraba con dificultad, el padre envolvió al recién nacido en lo que encontró a mano, un tapete suave de piel de cordero, y con él en brazos corrió a pedir ayuda al piloto. Así que, en uno de esos fumigadores ligeros de alas de madera y lona, con un ruido que impedía hablar y un profundo olor a insecticida y petróleo, el piloto llevó a la pareja asustada y a su casi nonato al único lugar que se le ocurrió en ese momento: un pequeño hospital en las afueras de Tucson, en el lado estadounidense del mismo desierto. Era además una de las rutas que el viento permitía en ese momento. Volar completamente en su contra hacia otra ciudad en un avión tan ligero resultaba imposible.

Y en efecto, a pesar de estar en medio del desierto, desde el aire parecía un hospital o por lo menos una clínica bien equipada y ocupada. Personas de bata blanca salían y entraban de los higiénicos caseríos rectangulares. Recorrían el escueto jardín entre los edificios como médicos y enfermeras visitando a sus pacientes de un pabellón al otro. Pero resultó que no era un hospital sino tan sólo un laboratorio farmacéutico. La desesperación transformó el rostro de la madre y llenó de rabia al padre. Ella pensó en el viento que los había obligado a ir en esa dirección, en su maldad, en su capricho cruel.

Pero la suerte irreprimible de Zaydún siguió actuando sobre su destino: en ese laboratorio desarrollaban medicamentos para niños prematuros y en esos días iniciaban un experimento. Así, el bebé diminuto y desfallecido ingresó al pulcro edificio pero no como paciente sino como objeto de estudio. Y no sólo salvaron su vida y la de su madre, que comenzaba a tener una infección puerperal, sino que además le pagaron. "No había aprendido a respirar sin atragantarse y ya estaba ganándose la vida", presumiría con dudoso humor su padre. De hecho, aquella situación tan extraña solucionó de momento la precaria condición económica de esa familia que tan aventuradamente había tomado la decisión de poner un restaurante en el desierto.

Y, mientras le inyectaban potentes medicinas y sueros para extinguir la grave fiebre puerperal que se había apoderado de ella dándole a sus delirios fuerza naciente, la madre de Zaydún pensó de nuevo en el viento. Esta vez sorpresivamente agradecida. "Es un amante voluble", se dijo, convencida de la manera decididamente perversa en que el viento actúa. Y durante un tiempo tuvo la memoria fija en los más que volubles juegos de ese amante sobre su cuerpo y el de su hijo: caricias, cantos, promesas de tocar a fondo, no siempre cumplidas, entradas, retiradas, caprichos. Nuevas promesas, resequedades y luego súbitos silencios.

Cuando la infección cedió completamente en todo el cuerpo de Aziza, cuando no hubo más fiebre y abrió los ojos en plena conciencia, el viento se había callado. Y por más de quince años desapareció de su vida. Llegaría a extrañarlo, a invocarlo, a insultarlo en voz alta por haberse ido, y llegó por supuesto a usar sus manos como si fueran las de él.

Por lo pronto, en los días siguientes a su recuperación, creció en Aziza la impresión de que ese viento caprichoso del desierto, con el que se había liado fatídicamente tan a fondo, del que se había vuelto sensualmente tan dependiente, había entregado a su hijo en las manos de los médicos de ese providencial o demoniaco centro de experimentación farmacéutica. Para bien y para mal. La

vida de ambos había sido resuelta en ese laboratorio color
de arena que desde el aire parecía un espejismo de cubos
y cactus alineados.

Gracias a la abundante información científica que
por suerte es posible consultar en los archivos gracias al
internet, ahora podemos saber con algunos detalles en qué
consistieron los experimentos donde este niño fue conejillo de indias. Y al mismo tiempo podemos deducir, en
parte, de qué manera esos experimentos afectaron su vida:
sus búsquedas, la naturaleza de sus más profundos deseos.

La investigadora principal del laboratorio, una
doctora estadounidense de origen suizo alemán, obtendría
veinte años más tarde el Premio Nobel por sus avances en
los estudios de la piel y de sus percepciones.

De entrada, el laboratorio dividió a los niños prematuros en dos grupos. Unos sería tratados con especial
atención para estudiar su sentido del tacto. Serían masajeados y estimulados constantemente y se verían los efectos sobre su comportamiento, su salud y su aprendizaje.
Para poder comparar, otro grupo de niños sería tratado
normalmente.

Pero lo que se considera normal entre científicos
anglosajones puede ser calificado como extrema frialdad
entre la gran mayoría de pobladores del planeta. Casi no
se tocaba a los niños de ese grupo secundario o se hacía
por algunos minutos solamente. Es impresionante leer
que algunas madres y enfermeras manifestaban cariño a
sus niños sólo a través de un muro de vidrio.

En la presentación de resultados se deduce que el
laboratorio trataba de repetir con humanos un experimento realizado por ellos "exitosamente" con chimpancés
unos años antes. Con escalofrío leemos que, sin excepción, los animales que en aquel primer experimento no
recibieron constantemente el calor del tacto, mostraron
en autopsias tener daños cerebrales irreversibles.

¿Se podría entonces deducir que la falta de afecto y sobre todo la falta de contacto directo con la piel, aunque sea por períodos breves, muy probablemente produciría también daños irreversibles en el sistema nervioso de los humanos? Por lo visto, aquellos científicos del desierto estaban dispuestos a sacrificar a un grupo de niños para probarlo.

Un nuevo golpe de suerte se dio entonces a favor de Zaydún cuando, después de un titubeo, esa doctora que dirigía fríamente el experimento decidió colocarlo en el grupo de los niños que sí serían estimulados. Decisión extraña en aquella época por varias razones. Y ampliamente cuestionada por sus colegas. Al principio lo había destinado al otro grupo, al de los niños privados de afecto táctil, donde la mayoría eran bebés de origen mexicano, como él. Poco antes, la Guerra de Babilonia había sentado discretamente un precedente que hizo jurisprudencia: menos del uno por ciento de mexicanos en el ejército estadounidense habían proporcionado más del cuarenta por ciento de los muertos. Había un callado derecho a mandarlos por delante ante las balas como había pasado en otras guerras con otros grupos raciales. Y esa práctica comenzó a ser popular también en laboratorios donde se probaban medicinas inciertas. En toda experiencia colectiva donde hubiera un riesgo los mexicanos, nacionalizados o no, eran lanzados al frente. Y aquí, en el laboratorio del desierto, estaba sucediendo lógicamente lo mismo.

Pero antes de firmar la orden, examinando el expediente, la doctora pensó que este niño ya no podía estar en ese grupo gélido: haber nacido en la cola de la tormenta podría ser un estímulo tan grande como haber nacido en la cola de un fogoso dragón. El ajetreo del viaje en un avión frágil entregado a los caprichos del viento y haber estado todo el vuelo en los brazos de su padre o de su madre, envuelto además en una suave, calida y orgánica piel de cordero formaban una suma de estímulos importantes que le impedían colocarlo de vuelta entre los "normales". Entre los intocados.

Aunque, tal vez por esas mismas condiciones diferentes podría ser interesante observar comparativamente cómo se desenvolvía al reinstalarlo en el ámbito de la frialdad.

La investigadora dejaba crecer sus dudas en un sentido y en otro mientras observaba a Zaydún dormido en la incubadora. De pronto el recién nacido despertó, abrió los ojos ampliamente y, a través del cristal aislante, los fijó en las pupilas de la doctora. Algo inusual, se podría decir incluso imposible, en bebés de su edad y condiciones. Sus ojos, supuestamente, no pueden todavía enfocar. Pero lo estaban haciendo. Y como si eso fuera poco, sacó la manita de su envoltorio y la estiró hacia ella en un gesto todavía más extraño, como si la quisiera tocar. Y muy pronto, más raro aún, la movía como si ya la estuviera tocando.

La mujer de ciencia reporta con asombro la escena. Y, contra la severa opinión de sus colegas, trata de argumentar su decisión inmediata y francamente irracional de cambiarlo al grupo de los que serían tocados y vueltos a tocar hasta la saciedad. En su informe, detrás de los argumentos helados, en el esfuerzo exagerado de ofrecerlos, se adivina un filo de compasión.

Aziza nunca supo con detalle el riesgo letal por el que pasó su hijo. Estaba segura, sin llegar a decirlo, que de alguna manera el viento había encarnado en el cuerpo de aquella mujer de mirada fría y mano fuerte que había salvado la vida de ambos. Pero que a cambio se quedaría con el recién nacido Ignacio Labrador Zaydún por un año. El viento, amante voluble moviéndose en bata blanca, ojo azul y austera trenza rubia. A ella, a sus manos pulcras y ávidas, como en un sacrificio a los dioses más elementales, Zaydún había sido entregado por sus padres.

Ya decidida, la doctora Wind o doctora Viento, como la llamó desde entonces Aziza, sacó al niño de la cuna aislante y en sus brazos el bebé tocó su cara mientras seguía concentrando su mirada en la de ella. Un instante que le pareció eterno. Tiempo fuera del tiempo que, aún muchos años después, a ella le bastaría cerrar los ojos para recordar como sensación intensamente agradable.

Para la rígida experimentadora del tacto ese bebé se estaba comunicando de forma muy perturbadora. Y esa fue tal vez la primera gran seducción de Zaydún. Que por cierto, definió su destino. Y lo hizo con mucha más claridad que lo aparentemente escrito en las líneas de su mano. Y lo escrito en la piel estirada del vientre de Aziza.

3. Ciencia y paciencia del tacto

Amado dueño mío,
escucha un rato mis cansadas quejas,
pues del viento las fío...

Óyeme con los ojos...

¿Cuándo tu luz hermosa
revestirá de gloria mis sentidos?
SOR JUANA INÉS DE LA CRUZ

La doctora Viento, todavía muy lejana entonces del Premio Nobel que la convertiría en "la reina del tacto", como la llamó el *New York Times,* partía del principio muy puritano de que la piel es una especie de traje protector que los humanos se crean al nacer y que lo van adaptando a lo largo de su existencia para sobrevivir en un mundo lleno de agresiones a su cuerpo. Para ella, hija de misioneros protestantes, no tocarse era lo único de verdad sano. Ser tocado por el mundo era un peligro de infección. La piel era entonces no el órgano extenso que tenemos para entrar en contacto con el mundo y tocarnos unos a los otros sino el órgano que nos salva de ser tocados por todo y por todos. La piel vista como guante antiséptico. Toda la vida de investigación de la doctora Viento y sus logros científicos iban a consistir en cambiar cien por ciento su concepción aislante del mundo. Y, según dan testimonio otros doctores presentes aquel año en el laboratorio del desierto, las pequeñas manos de Zaydún algo tuvieron que ver en aquella transformación: "Se le iban los ojos por tocarlo. Ella, siempre tan distante y disciplinada, tenía por ese niño entre todos una debilidad más que maternal."

Una de sus ayudantes en el laboratorio la descubrió un día con la blusa levantada, un pezón al aire y con el otro amamantándolo. Lo cual era especialmente extraño si consideramos que la doctora Viento no tenía leche en el pecho ni tenía por qué tenerla. Cuando se vio sorprendida dijo hipócritamente a su asistente: "Estoy iniciando una nueva variable de investigación sobre la sensibilidad de sus labios." Pero ante el silencio doblemente sorprendido de la joven, titubeó, cambió de tono, dejó de mirarla a los ojos y con amplio cinismo reconoció llanamente: "Se me antojó y no pude detenerme. Mira la felicidad de sus pequeños labios, de sus manos y sus pupilas, incluso de su sexo. Es mucho más que leche lo que toman los bebés cuando hacen esto. Y el ritmo de sus chupetes marca el ritmo alterado de su sangre. Los niños como éste se alimentan de tacto labial, de textura, de placer ritmado. Se alimentan de la música que ellos mismos crean con la boca y con la sangre. A través de mi pezón toca algo que nosotros no vemos."

El archivo principal sobre ese remoto experimento del tacto estuvo censurado durante mucho tiempo. Tal vez porque contenía relatos de situaciones como la anterior que podrían considerarse equívocas. Pero más que nada porque incluía comentarios de los médicos experimentales al observar lo que algunos de aquellos bebés hicieron años después en su vida de adultos. Finalmente la ley obligó a hacer públicos esos resultados paradójicos y contradictorios, muy cuestionables para algunos defensores actuales de los derechos humanos.

Al abrirlo, uno no puede dejar de pensar en los otros niños. Los "normales". En la crueldad científica de haberlos destinado a una severa falta de afecto y a daños terribles en su percepción del mundo: posibles mutilaciones en esa zona del cerebro que en su investigación los científicos relacionan con los sentimientos, con la percepción de las pequeñas diferencias y la posibilidad de cambiar de opinión.

Aunque viendo en el expediente los nombres de esos niños no todo puede ser pesimismo porque detectamos a varios mexicanos que al final del siglo y al principio del XXI se han destacado particularmente en la economía y en la política de su país. Aunque es cierto que algunos de ellos han sido definidos profesionalmente por su entrega a eso que algunos de sus críticos han llamado "la crueldad del mercado" y por no escuchar opciones distintas a las suyas. A los que parecen haber elegido otro bando ideológico, por cierto mal llamado populista, se les reprocha "la crueldad con la que están dispuestos a sacrificar sin consideraciones a algunos en nombre de supuestos bienes superiores". Unos y otros tienen en común, si las observaciones tanto de sus médicos como de sus críticos y cronistas son ciertas, severos daños en el oído interno y en el tacto inmediato, una predisposición a convertirse en subordinados de líderes carismáticos, de sectas o partidos, o de ideas que consideren idolatrables. Y, sobre todo, una exagerada agudeza del sentido de la crueldad. Niños intactos que, ya de adultos, pocas cosas los logran tocar.

La directora del experimento compara a estos nuevos insensibles de piel impenetrable con los niños que, a consecuencia de un trauma psicológico muy fuerte, dejan de crecer. Cita un famoso experimento con ratas donde descubrieron que las ratas bebés separadas de su madre sufren cambios químicos en sus células e inmediatamente dejan de crecer hasta que son puestas de nuevo al lado de su madre y retoman el ritmo de crecimiento. El mismo médico, Saul Schanberg, estudió luego el enanismo de niños que vivían en hogares emocionalmente destructivos. Incluso las inyecciones de hormonas y otros químicos no les hacían efecto positivo. Pero bastaban las caricias de una enfermera en el hospital para que sus células retomaran el crecimiento.

Aquellos niños "normales", intocables, aspirantes naturales al mundo de la política, serían con el tiempo los más férreos defensores de la "modernidad" económica a ultranza. Una variante del más prolífico fundamentalismo protestante. Sobre todo en sus aspectos más crueles. Una parte importante de su cerebro sufriría daños irreparables. Y, por una proyección desmesurada tratarían de amputar de la sociedad las áreas sensibles que ya faltaban en sus cerebros. Niños de tacto cruelmente negado.

Salvado por su primer coqueteo de un similar porvenir intacto, Zaydún fue objeto de otro tipo de crueldad. Porque ser tocado a toda hora y profundamente se convirtió entre otras cosas, en una adicción terrible de la que nunca se lograría liberar. Y ese fue sólo uno de los efectos negativos que aparecen en su expediente.

Pero regresemos a ese momento en el que un recién nacido prematuro, de destino incierto, pertenece de pronto a un grupo de bebés que son tocados, masajeados, acariciados, excitados incluso de todas las maneras posibles: a soplidos leves, con agua, con la voz, hasta con la sombra de una mano que se cruza entre ellos y el sol.

Una noche de verano, noche de luna llena por cierto, la más grande del año, todos los habitantes del laboratorio en el desierto fueron despertados violentamente por los gritos de los niños hiperestimulados. Todo comenzó con uno que abrió los ojos cuando debería estar durmiendo. Se arrancó las cobijas. Los otros niños sobremasajeados hicieron lo mismo. Los otros, los "normales" no se despertaron en ningún momento. Pero los acariciados sentían de pronto algo que los perturbaba profundamente. Querían llamar la atención de los adultos. Parecían comunicarse entre ellos alarmados y luego juntos emitir sonidos que, obviamente a los médicos resultaron ininteligibles.

Aquel laboratorio se convirtió en un núcleo de misteriosa agitación. Primero trataban de calmarlos, uno por uno, cargándolos, dándoles de comer, cantándoles, poniéndolos juntos, separándolos. Nada resultaba. Había en el aire otra cosa que los ponía en ese estado de enorme excitación y alarma. La doctora Viento trató de comprender lo que se le ocultaba y se puso a percibir en el aire qué podría ser ese estímulo oculto que por lo visto sólo los bebés hiperestimulados podían de pronto percibir. Pensó que su experimento comenzaba a dar frutos si de verdad ellos y sólo ellos estaban captando en la piel algo que nadie más sentía. Los revisó con cuidado desnudándolos y se dio cuenta de que todos tenían los cabellos erizados sobre todo el cuerpo. Y que una especie de oleaje en sus vellosidades se iniciaba de tanto en tanto y al mismo tiempo en todos los niños. No cabía duda, por sus células capilares captaban ese estímulo todos al mismo tiempo. Y ya desnudos lo captaban doblemente. Los niños especialmente velludos recibían las señales más rápidamente: una fracción de segundo tal vez. Su piel se había convertido en un radar muy sensible.

La doctora Viento salió del edificio tratando de descubrir si algo en el aire lanzaba esa señal hacia los niños hipersensibles. Un avión, una tormenta eléctrica, una estrella fugaz. No había nada de eso. Entonces oyó a lo lejos que los coyotes comenzaban a aullar. Había dos posibilidades, o los niños percibieron a los lejanos coyotes y eso los alarmaba o ambos, coyotes y niños percibían lo mismo. Pero nunca antes se habían asustado por los coyotes.

Y la luna brillaba plenamente. La doctora Viento estaba casi convencida de que se trataba de la luna, que la piel de sus bebés, sin verla sabía que la luna estaba llena.

Sus niños eran de pronto capaces de sentir la misma fuerza de gravedad de una luna que produce las más altas mareas. Pero ningún mes anterior habían reaccionado así.

Entonces se reveló violentamente la verdadera causa de su alarma: las lámparas se columpiaron, las cortinas y los espejos golpeaban contra los muros, los edificios comenzaron a agitarse, los cactus a moverse como colas de perro alegre, la arena alrededor del laboratorio caía en grietas nuevas que cruzaban el desierto. Estaba temblando muy fuerte. Y los bebés de la doctora Viento, los hijos del tacto, lo habían percibido como lo hacen ciertos animales varios minutos antes de que su efecto oscilatorio llegara directamente a donde estaban. Algo especial se había desarrollado en ellos.

A lo largo de las semanas los científicos reportan que los prematuros hiperestimulados crecen cincuenta por ciento más rápidamente que los otros. Aprenden cien por ciento más cosas y en menos tiempo. Pero muestran una inmensa fragilidad emocional. Su ánimo es como un oleaje que una y otra vez, sube y baja y se estrella contra la realidad. Mientras los otros niños se encuentran prácticamente hibernando.

Los niños hipertocados desarrollaron con el tiempo tal dependencia del contacto sobre su piel que la directora de la investigación llegó a referirse a esa dependencia como una estructura ósea externa. "Su piel es tan importante para ellos como una columna vertebral. En eso son similares a algunos organismos animales como los mal llamados cangrejos herradura o como los camarones. Y estos niños, como aquellos animales, para crecer tienen que mudar varias veces en la vida su piel endurecida y comenzar de nuevo a experimentar sus sensaciones. Esta doble estructura, interna y externa, les da forma, los convierte en seres afectivamente mutantes. Como las víboras de esta región, mudarán de piel cada año lunar."

Porque Zaydún había sido salvado ahí tan dramáticamente, su padre dio al laboratorio permisos amplios para que pudieran experimentar con él aún más que con los otros niños estimulados. Su piel fue cubierta todos los días de cremas que aumentaban su sensibilidad o supuestamente la inhibían. Ingirió todo tipo de drogas experimentales hechas para potenciar los efectos del tacto o localizarlo en ciertas zonas del cuerpo. Fue expuesto rutinariamente al hielo y al fuego, al silencio y al caos. Las dos capas de su piel fueron reducidas y engrosadas. Los poros explorados sin descanso, el sudor provocado o inhibido sin cesar. Sobre su piel más sana fueron sembrados hongos, infecciones y parásitos como se siembra un huerto. Fueron removidos y vueltos a sembrar en diferentes partes del breve cuerpo.

Como otro efecto negativo grave de aquel experimento y que se mostraría varios años después, Zaydún desarrolló desde muy joven una tendencia al melanoma: tuvo innumerables brotes de cáncer de piel sobre su cara, cuello y espalda que una y otra vez tuvieron que serle quemados antes de que se convirtieran en tumores nefastos.

Si la piel de cada persona tiene una cuota de sol que puede tomar y ésta varía dependiendo de su pigmentación y de su carga genética, la cuota total de Zaydún se agotó muy pronto. Y muy probablemente por los experimentos de que fue objeto. Por esa tendencia al cáncer de piel, el sol se convirtió en su enemigo y todo exceso de exposición solar un tremendo peligro. Se aficionó a los sombreros. Cultivó todas las variantes de la sombra. Sus valores de belleza cambiaron. Las morenas le fascinaban pero las rubias que lucían la piel intencionalmente bronceada empezaron a parecerle repugnantes. Le recordaban a aquellas novias de una tribu que conoció en África y que ajustaban su tocado de fiesta untándose en el pelo excremento de elefante. Nunca pudo hacer el amor con una pálida de piel bronceada.

Otro efecto extraño sobre Zaydún fue la sensibilidad extrema de la parte exterior de su piel, compensada por una dureza inusitada en los receptores nerviosos internos. Así, Zaydún no soportaba la intensidad del dolor que extrañamente lo volvía loco cuando le aplicaban superficiales agujas de acupuntura. A cambio, podía soportar fácilmente sin anestesia que le hicieran una agitada endodoncia: abrir la encía y extraer el nervio. Por la misma razón era débil ante el mínimo frío pero soportaba notablemente bien el calor extremo: las células que perciben el frío son más externas en la piel que las encargadas de percibir el calor.

Su hipersensibilidad al dolor externo lo convirtió en eso que los hombres llaman sensiblero, fácil de convencer y conmover, lágrima rápida. Incluso al rasurarse cada día, cuando eso finalmente se hizo necesario, su cara no soportaba la navaja como él veía que otros hombres podían hacerlo. La piel de su rostro era notablemente más frágil.

Pero en contraste, su alta resistencia al dolor interno hizo que se le clasificara como alguien que tiene eso otro que llaman "un umbral de dolor muy alto". Algo que normalmente también se considera femenino puesto que las mujeres, preparadas naturalmente para esa prueba radical que es el parto, soportan el dolor de fondo mucho más que los hombres.

Ese umbral de dolor tan alto le trajo muchos problemas en la vida. Recuerdo uno de ellos: Una tarde, cargando dos maletas con libros, decidió tomar el metro y entró a una estación bajando por una escalera eléctrica. A mitad de la escalera consideró que el día estaba tan claro y fresco que era una tontería no caminar unas calles más. Por lo menos hasta la próxima estación. Se le hizo fácil subir la escalera que bajaba y antes de dar el último paso sintió que un perro le mordía la pantorrilla. Pero no había tal perro. Siguió caminando y haciendo su vida sin dejar de sentir una pequeña molestia insignificante. Casi un mes después fue al médico porque la molestia crecía y el traumatólogo lo miró asustado, le preguntó si no había estado en cama gritando de dolor. Y ante la respuesta de Zaydún le diagnosticó: "Es usted un monstruo. Nadie soporta un músculo roto así. Casi veinte centímetros de desgarre a lo largo y casi diez de ancho. Voy a tener que operarlo para coser esta catástrofe. Pero antes voy a tener que inmovilizarlo para que se desinflame."

Regresó a las tres semanas indicadas por el cirujano, en muletas, con análisis recién hechos, radiografías y resonancias magnéticas. Todo lo que se necesitaba para programar su intervención. Pero el doctor lo miró más incrédulo que antes y le dijo: "Reitero que es usted un monstruo. En toda mi carrera no había visto algo así. No sólo soportó un dolor indescriptible sino que además ya ha sanado. No tengo que coserlo. Es un monstruo. ¿Hizo algo fuera de lo normal? ¿Tomó algo además de los antinflamatorios que le receté?" Zaydún reconoció que, en contra de las órdenes del médico, sintió la urgencia de masajear suavemente la herida. Todos los días un poco y siguiendo las líneas del desgarre. Con un masaje autoaplicado con precisión, como él sabía hacerlo, su cuerpo había reaccionado de manera urgente curando con tenacidad al músculo averiado. Ese era el tipo de secuelas que su historia como conejillo de indias de la experimentación sobre el tacto le había dejado. Y siempre que un accidente le ocurría, desconfiaba de su falta de dolor como si le faltara alguno de los sentidos o lo tuviera seriamente mermado.

Sabía que el contacto intenso y continuo con el mundo, el incesante masaje total al que estaba condenado como un vicio absoluto, hacía que su cuerpo produjera una cantidad tremenda de eso que los médicos llaman endorfinas y que inhiben el sufrimiento.

Como en ningún otro de los niños prematuros del laboratorio, se probó en su cuerpo la extensión de esa

siempre sorprendente colaboración de los sentidos entre
sí que llaman sinestesia. Zaydún aprendió a tocar con los
ojos, pero también a oír y oler con ellos. Miraba con los
oídos y la nariz, distinguía lo salado de lo dulce oyendo la
consistencia de los alimentos. Hasta con los ojos vendados
lograba ver la oscuridad y la forma de la luna, tal vez incluso los colores que eran puestos frente a él. Olía y escuchaba lo que otros no podían ni siquiera suponer que
existiera. Y todos, todos los sentidos sin excepción funcio-
naban a través de su piel. Esa sería, muchos años después,
una de sus paradójicas facilidades como amante.

"En el pequeño Ignacio L.Z. el tacto ya no tiene
un órgano exclusivo y localizado: todo su cuerpo es tacto
y confluyen todos sus sentidos", afirma la doctora Viento.
Y concluye: "Eso le da, de nuevo, una enorme ventaja y
al mismo tiempo una gran fragilidad: puede más pero
está también más expuesto. Y es una pena que sea tan
pequeño y no pueda decirnos ahora tantas cosas que
quisiéramos saber. Por ejemplo, cómo ha sido afectado y
tal vez potenciado por nuestro experimento ese sexto
sentido que sin duda colabora con los otros pero que no
podemos medir de la misma manera: su imaginación.
Aunque algunos días sus ojos se agitan en la habitación
como si mirara fantasmas. Los señala, parece comunicarse con ellos. Esto es obviamente una simple elucubración. Pero es algo que los otros bebés no hacen."

Y, sin embargo, entre las mediciones exhaustivas
que aparecen en su expediente, gráficas, diagramas, números y más números, muchos que no logramos descifrar, se
incluye un extenso capítulo titulado "Fantasmas".

Y muy a su pesar, tarde o temprano la doctora
Viento tendría que entregar el bebé a sus padres. Y eso
sucedió al cumplir su primer año de vida. Cuando los in-
vestigadores planearon convenios y permisos, un año les
pareció suficiente. Al cumplirse, ya se había vuelto poco

tiempo. Trataron de renovar acuerdos, hicieron ofertas de dinero que, lo sabían muy bien, los padres necesitaban con urgencia puesto que el restaurante en el desierto era un sueño que nunca acababa de hacerse realidad. Pero tanto Aziza como su marido tuvieron miedo de enclaustrar a su hijo entre las miradas escrutadoras de los científicos farmacéuticos que, era evidente, pensaban más en sus reputaciones y logros económicos que en los niños estudiados.

Concedamos sin embargo que hubo un vínculo afectivo real y muy intenso entre la directora de la investigación del tacto y el bebé hiperestimulado. Muchos años después se encontrarían de nuevo. Zaydún haría esa noche algunas anotaciones desconcertadas en sus cuadernos. Hablarían de cosas que él, es evidente, no podría recordar. Ella le haría preguntas interminables, algunas muy íntimas. Otras que él no sabría responder. Ella sería casi una anciana y él un hombre maduro. Ella no dejaría de tomar notas en su presencia y mirarlo como se observa a un objeto largo tiempo perdido que cuando se encuentra no tiene ya la importancia que se le daba cuando se extravió. Él, en cambio, de cierta manera la descubría y descubría una parte de lo que ella, su cara, sus gestos, habían dejado en él. No separaba su vista de ella, como se contempla al horizonte un atardecer de invierno en la costa atlántica de Mogador, donde el sol se oculta tan lentamente que crea la sensación anhelante de que no va a regresar.

Por otra parte, al verla así crecía en su piel una trama insospechada de sensaciones. La tela cruzaba sus nudos y en ese tejido alcanzaba a tener unas cuantas ideas claras: antes que nada se daba cuenta de que en todas las mujeres que había amado había algo de la sonrisa, las manos, los ojos o la boca de aquella mujer que durante el primer año de su vida fue su horizonte sensorial.

Después, como una verdad que le caía de sorpresa y no sabía completamente cómo asimilar, se daba cuenta de que la manera de ser de esa mujer, su carácter, su combinación de afecto y autoridad, habían dejado en él una marca que, sin saber por qué, relacionaba con lo divino, lo inconmensurable, lo deseable y lleno de bondad.

Recordó aquella afirmación de Jung sobre la manera en que los padres definen en cada uno de nosotros la idea de Dios que tendrá. Un padre cruel provocará que crezca una imagen divina de gran crueldad. Así pensó de golpe que incluso su idea de Dios, en los pocos años en que sería un niño creyente, había sido configurada por lo que era esa mujer.

Al unir esas dos sensaciones, no le quedaba sino llegar a esta otra conclusión que le explicaba finalmente tantas reacciones que había tenido anteriormente ante las mujeres que había amado: "Ella no sólo me hizo desearla en otras mujeres, buscarla en ellas, sino creer en cada una y en todas como deidades, como presencias absolutas. En aquel laboratorio del tacto, estando yo literalmente en sus manos, ella se me convirtió en algo que podríamos llamar 'religión'. Ahí aprendí a adorar religiosamente a cada cuerpo que amo, a cada órgano sexual que ritualmente me llama, a cada persona que me entrega su misterio."

La antigua sensación de Aziza entregando su hijo al viento, al espíritu y dios del viento, se complicó y enriqueció en el cuerpo frágil de Zaydún que encontraba una manera de llegar a lo invisible a través, no sólo de lo que veía sino sobre todo de lo que tocaba. Tal vez todo eso, que parece importante para entender su extraña travesía amorosa y profesional, fue paradójica consecuencia de este frío estudio sobre el tacto. Frío en sus métodos y decisiones pero ardiente en los efectos sobre su cuerpo, como un fuego transformador de su vida.

Pero su vida apenas comenzaba y ese fuego no sería el único. Ni el más violento, sin duda.

4. El desierto, brasa que abraza

> *El llamado del desierto ha sido irresistible para quienes vienen de las ciudades. No creo que encuentren a Dios en el desierto sino que oyen más claramente la soledad del verbo vivo que llevan en ellos desde antes... eran tal vez como almas secas, listas para el incendio.*
>
> LAWRENCE DE ARABIA

Al principio, durante algunos meses, la madre de Zaydún estuvo viviendo en el laboratorio con él y lo amamantó sin duda. Pero el experimento consistía justamente en algo equivalente a crearle una cantidad exagerada de madres. Una corona afectiva plural y excesiva: un derroche significativo de contacto corporal, un verdadero *potlatch* de afecto. Alguien tenía que salvar al bebé Zaydún poniendo un alto a la pirotecnia de los sentidos que era su vida.

Al año, Aziza se alegró de cortar la fiesta farmacéutica y recuperar el lugar central que siempre debió tener en el corazón ajetreado de su hijo. Ella y el padre tuvieron miedo en un principio de que el bebé no se adaptara a la vida que ellos podían darle. Pero no existe ninguna huella de problemas o conflictos en su regreso al desierto que lo vio nacer. Si acaso esa tendencia a arrastrarse y rodar para sentir arena en todo el cuerpo. Esa necesidad de exponerse a los vientos de la tarde, sobre todo cuando era notable su violencia. Y esa manera repegada de relacionarse con sus padres sobre todo, pero también con los pilotos y los dos o tres clientes permanentes del restaurante que lo consideraban prácticamente su ahijado. Con la vecina y su hija, que bañaban en el patio trasero y a quien Zaydún espiaba —como él mismo confesaría años después— sintiendo que sus ojos acariciaban su piel desnuda con la misma suavidad brillante que lo hacía el agua recorriendo una y otra vez su cabello, su nuca, su espalda, sus nalgas pronunciadas, sus piernas largas y morenas.

Imágenes dispersas que van y vienen en la memoria de su familia como dunas vivas: la madre, Aziza, diciéndole que dejara por favor de tocarlo todo allá afuera y especialmente que no levantara todas las piedras porque en esa sombra es donde se esconden los alacranes y otros bichos de veneno pronto. La manía de acariciar los cactus espina por espina, como si memorizara un rostro más en esas plantas que únicamente él no consideraba agresivas. Sus escapadas de madrugada para recolectar gotas de rocío que amanecían en esas mismas espinas. Su deseo de sentir el aire viajando a toda velocidad sobre el auto elemental que el padre reconstruía pieza por pieza y que nunca pasó de ser una especie de ancha puerta de madera con ruedas y motor y un volante mal erguido sobre la horizontalidad inquieta. Y una silla de madera para el conductor, y basta.

El restaurante de un lado del desierto con la carretera siempre caliente enfrente, corriendo recta de un lado del horizonte al contrario. Y del otro lado del camino, que era como una frontera, las letrinas con sus asientos de madera y un pozo muy hondo y maloliente que cubrían de cal de cuando en cuando y donde el padre perdió su único reloj un día que inoportunamente se rompió la vieja correa.

Recordaría con especial entusiasmo las salidas de cacería con su padre, guiados por un seguidor de pistas de la tribu Yaqui. Mientras el padre se adelantaba, él iba enseñando al niño las reglas de la inmovilidad del desierto. Para poder observar de cerca a los venados, por ejemplo.

"Algunos blancos creen que al quedarte quieto el animal no te ve. Que es una manera de esconderte. Pero los animales del desierto ven de otra manera, perciben y tocan todo en el aire con cada uno de sus pelos. Ellos siempre se dan cuenta de nuestra presencia. Y sólo en la quietud absoluta uno se comunica con ellos. Es la presencia la que habla. Estando quietos nos salen, como palabras a través del cuerpo, las ideas y los sentimientos, nuestra manera de estar en el mundo felices o infelices, agresivos o con el corazón abierto. Ellos, los animales, escuchan a través de nuestro silencio, a través de nuestra piel, a través de nuestros ojos, lo que somos y queremos." Zaydún evocaría esa lección de su infancia muchos años después, escribiendo sobre la urgente necesidad de los hombres de convertirnos en animales del desierto y aprender a escuchar en las mujeres amadas, a través del silencio incluso, a través de su piel y su presencia, la naturaleza más profunda de sus deseos.

El desierto era en gran parte ese diamante de misterios, una vida profusa pero discreta, un repertorio de verdades profundas que parecen desolados silencios, la brasa de un fuego enorme que era vivido como atracción y peligro.

••

Con el tiempo el nomadismo de sus padres, el azar de los empleos y las aventuras y desventuras de la vida familiar, los había llevado temporalmente de nuevo a Álamos, el pueblo minero en el desierto, de donde había salido su familia paterna. Pero también a miles de kilómetros de ahí, en estancias más o menos breves, a la ciudad de México, en la colonia Roma.

De la ciudad recordaba el Parque México, al que se llegaba cruzando una extraña calle redonda que alguna vez fue pista de carreras de caballos. Ahí jugaba con sus primas y alimentaban a los patos de un pequeño lago con el pan duro que sobraba en casa. Una pista enorme de patinaje sobre ruedas estaba rodeada de una baranda cubierta de bugambilias y llamaradas. Y en el centro del parque, una mujer desnuda de trenzas delgadas, desde su inmensa altura miraba al horizonte. Su cuerpo era de formas más redondas que las comunes en las mujeres de su familia y derramaba agua sobre una fuente desde dos inmensos jarrones de barro que llevaba bajo el brazo. Como quien trepa a un árbol frutal, Zaydún se subió a la fuente para tocarla, comprobando con las manos lo que ya le decían sus ojos, la ruda superficie pedregosa de los pechos y las caderas. De cualquier modo, no dejaba de fascinarle que se trataba de una mujer gigante. Y pensaba escaparse un día muy temprano para sentir el rocío, tal vez hasta un poco de escarcha, dando piel suave por unos instantes a la piedra indiferente.

Entre sus recuerdos más fieles de aquel barrio estaba el ruido que hacían de madrugada las mulas y caballos de carga que justo antes del amanecer pasaban frente a su ventana rumbo al mercado de la calle de Medellín, que estaba a doscientos metros de su casa. Llevaban seguramente, entre tantas otras cosas, bien empacadas o al aire, todas las flores y las frutas y las verduras. Eran los primeros sonidos del día y lo despertaban alegremente y sin sobresaltos: los cascos herrados sobre el pavimento con su musiquita de cabalgata que viene desde el sueño, la madera arrastrada por algunos a modo de carretilla, las voces de los arrieros apurando la caravana.

Un poco más tarde, por la mañana, Zaydún siempre entraba al mercado acompañando a alguna de las mujeres de la casa. Un laberinto de puestos donde todo, pero especialmente las frutas y las verduras, debían ser rigurosamente tocadas antes de comprarse. Y él aprendía a palpar su madurez, su sabor, su origen y hasta su posible valor real para regatear el precio que se anunciaba. Su afán por tocar seguramente llamaba la atención de las vendedoras. Una de ellas le dijo a su madre que eso que hacía el niño en el mercado "no era propio de hombrecitos", que tocaba las verduras como niña. Que "los hombres en la cocina huelen a caca de gallina y comprando en el mercado huelen a caca de pescado". La madre sonrió sin decir nada sabiendo la tontería y desprecio que implicaba el comentario pero enterándose además de la estrechez mental de algunas costumbres locales. La abuela Aisha, en cambio, mostrando un ligero enojo, como ella decía: "para no dejarse", le dijo de golpe, con un tono irónico que se quería hiriente, "sin agraviar a los de su familia, que usted conoce mejor que nadie, le puedo asegurar que un hombre que no aprende a tocar en el mercado nunca hará feliz a su esposa luego".

Zaydún recordaría la escena con extrañeza y no podría dejar de pensar en ella cada día cuando regresaba a comprar, es decir a tocar. Pero también la tendría presente muchos años después, en la adolescencia, cuando acariciaba con enorme deseo demorado a una mujer y pensaba siempre en besarla devorándola como una de esas ciruelas rojas que tanto le gustaban cuando se ponían muy maduras. O como uno de esos higos grandes del árbol de la casa de la abuela que se le deshacían en la boca. Pero antes de morder al higo lo sostenía en la mano tratando de alimentar plenamente sus sentidos: de absorber su forma, su temperatura, su peso, tono y consistencia, la textura única de la piel, el color con el que se abría. Y de la misma manera tuvo por primera vez el pecho breve de alguna amiga amada en la palma de la mano como se adora la fruta más deseable, sencilla y a la vez llena de misterio. La aureola y el pezón marcando su más madura presencia endurecida, como una fruta dentro de la fruta, llamaban a indagaciones más delicadas, a caricias lentas con la sombra de la mano, con su calor aproximado, con el aliento mucho antes de la lengua, con la mirada fija hasta hacer sentir los dedos de los ojos. Besó los párpados de una mujer como se pone en los labios un li-chí recién pelado. Aprendió a oler desde lejos las mareas de su sexo como se siente al entrar a un cuarto el olor a plenitud de la guayaba. Y uno se deja invadir por esa presencia absoluta.

Supo lo que era detenerse en la calle perturbando de pies a cabeza su programa, como según el cubano Piñeira se detienen las aves migrantes al pasar por encima de los sembradíos de piñas y de pronto olerlas. Y cuando tuvo una novia chilena muy amante del buen vino, con versos de Neruda trató de recordarle sus besos: "Yo soy el que en los labios guarda sabor de uvas. Racimos refregados. Mordeduras bermejas."

Se imaginaba siempre sus labios en los del sexo deseado como si se acercaran a un mamey abierto, a un chicozapote que ya suelta jugo o una papaya pequeña y brillante. No por nada Nicolás Guillén decía que la papaya era un animal vegetal. Y más tarde, cuando Zaydún se enamoró de una prima mulata cuyo padre venía de Guinea, se obstinaba en probar una y otra vez su sudor en el cuello y la espalda, que describía con sabor a zapote negro y jugo de naranja. Uno de sus postres favoritos, a partir de entonces.

La experiencia de las frutas en sus labios, en sus manos, venía sin duda de esa ciudad y su mercado donde él sentía que confluyen campos lejanos y diversos. Campos trotando de madrugada al pie de su ventana, como esos árboles frutales emigrantes transformados en mulas durante el sueño.

En el desierto no había conocido esa profusión precisa de sabores y texturas. Pero una vez probadas sus delicias, las llevaría por dentro a cualquier parte del mundo. Al desierto mismo. Porque la fruta que uno ha tenido en la mano nunca se va del todo. La memoria puede también ser definida como la permanencia de la fruta en las manos, en los labios, en el más obstinado apetito. Y lo mismo puede decirse de la fabulosa permanencia de un cuerpo amado en las manos que por su cuenta recuerdan. Incluso mientras uno duerme.

••

Algunas veces la familia vivía separada. El padre se adelantaba a trabajar en alguna otra población de ese desierto mientras la madre se quedaba en casa de la abuela en la ciudad de México, reponiendo fuerzas y ahorros. Instruido por su madre mucho antes de ir a la escuela, Zaydún aprendió a leer para descifrar con sus ojos las cartas de su padre, su voz, su afecto. Y aprendió luego a escribir para responderlas dejando la huella inconfundible del temblor de su mano en el papel viajero. En muchas de esas cartas se hablaba del desierto. El niño sabía que una nueva carta del padre había llegado porque ese día su madre se la pasaba cantando. Y en la comida, con la respiración alterada, le contaba que el cartero había llegado temprano. Se daba cuenta de que, desde muy lejos, con palabras y papel, su padre tocaba el cuerpo de su madre y le robaba el aliento.

Huellas y letras, piel y papel, lejos y cerca, asombro y reconocimiento, respiración y canto, los puntos cardinales de la poesía le estaban siendo revelados. La poesía que se lee en el mundo mucho antes de leerse en palabras.

Después de las cartas paternas sus ojos corrieron sobre libros infantiles ilustrados por su padre en otro de su oficios, el de ilustrador esmerado. Y en ellos, siempre recordaría línea a línea el primer poema que tocaron sus ojos y sus labios, uno de los favoritos de la madre. Que para Zaydún fue una revelación. La entrada a otra dimensión de la vida donde las cosas eran mucho más maravillosas de lo que parecen y así pueden ser vividas y descritas. Hablaba de la lluvia llamándola de varias maneras. Le servía para iniciar al hijo en el desciframiento del lenguaje poético, de sus enigmas como adivinanzas y sus revelaciones:

> La lluvia, pie danzante y largo pelo,
> el tobillo mordido por el rayo,
> desciende acompañada de tambores:
> abre los ojos el maíz y crece.

La madre lo introdujo poco después a otro poema, también de Octavio Paz, del que sólo recordaba dos líneas sobre la textura de las paredes, que siempre hipnotizaban al niño Zaydún cuando lo llevaba de la mano por las calles de la ciudad.

"El muro al sol respira, vibra, ondula, trozo de sol vivo y tatuado…"

Palabras que lo ayudaron a darse cuenta de que los muros, todos los muros, por su textura siempre están vivos y respiran. Y a encontrar la manera de nombrar esa sensación llena de misterio.

Otros autores y personajes le dieron también palabras para nombrar su mundo: las narraciones de la literatura cruel e imaginativa que llamamos infantil, tan adecuada para quienes comienzan a conocer la vida pero ya llevan dentro algunos abismos de la naturaleza humana.

Entre sus favoritos, pobló su imaginación el equívoco Barón de Münchhausen o Barón de la Castaña, que viajaba por los aires en una bala de cañón y lograba reparar a su caballo partido en dos. Después de encontrar a la parte trasera distraída y feliz correteando entre yeguas en celo. Era una especie de Quijote y Gulliver de la literatura romántica, viajera y guerrera del siglo XVIII. Caballero andante que se aventuraba un poco más allá de lo posible y hasta de lo verosímil. Otro favorito: el detective forense de Mark Twain, *Cabezahueca Wilson*, que sabía cómo encontrar huellas digitales de todos en todas partes, demostrando que el tacto es omnipresente parlanchín y casi nada puede ocultarlo o reprimirlo. El tacto es la escritura de nuestro paso por la tierra y hasta borrarla es una forma de dejar una huella.

Pronto, en su círculo afectivo surgieron un hermano y una hermana gemelos: Antar y Nesma. Y como sucede siempre en la percepción de los hermanos mayores si no son dominados por los celos cuando nacen los menores, se vive la impresión de que los pequeños siempre estuvieron ahí. El mundo se vuelve impensable sin ellos.

Con frecuencia Zaydún cuidaba a sus hermanos menores sosteniéndolos con las dos manos y guiando sus dedos por las texturas del mundo, mostrándoles las mil y una cosas que había tocado en su elemental jardín de piedras, arena y cactus.

Los viajes siguieron y se aceleraron al ritmo de la obstinación familiar por hacerse un lugar en el desierto, y en la vida. Hasta que dos tragedias consistentes tocaron a los niños y la familia se volvió sedentaria.

Primero a la hermana, que la madre, Aziza, había querido llamar Nesma como a una de sus primas africanas. Tal vez recordando también aquellos días en los que Aziza se consideró amante del viento y hacía el amor con la cola del torbellino. Nesma significa aliento vital, brisa fresca, aire que cura. La imagen que Zaydún guardaría de la niña es como su nombre, una presencia que alegra y da alivio. Claro, más la nostalgia de haberla perdido.

Sabemos lo esencial del accidente por un cuaderno verde donde el padre llevaba cuentas y fechas, anotaba deudas propias y ajenas, los entierros de parientes, los nacimientos de sus hijos y sus primeros pasos. Pero también por lo poco que me contó Zaydún hace tiempo. Una vez, en su biblioteca, le pregunté por una fotografía vieja entre los estantes. Era una niña triste saltando la cuerda. Llevaba un vestido blanco plisado que se sostenía con las manos para saltar mejor. Me respondió que era su hermana Nesma y que no estaba triste. "Seguro está planeando alguna travesura", aseguró. Ella coleccionaba insectos vivos y gozaba dejándolos en la cama de su hermano gemelo o en la cocina. Un día descubrió que podía tener un jardín de mariposas si las cuidaba bien y les daba una situación ideal para reproducirse. El padre les ayudó a hacerlo en un invernadero. Su orgullo era una gran mariposa azul brillante llamada *Morpho* que alguien le llevó en capullo desde los bosques lluviosos de Costa Rica.

Los niños tenían otra afición: los alacranes. Abundaban en aquel pueblo del desierto. Los atrapaban atándoles la cola con un nudo corredizo y los acarreaban colgando, aparentemente indefensos. Luego los ponían a pelear unos contra otros en un círculo de tierra que habían trazado con el dedo sobre el piso arenoso.

Cuando Nesma se interesó en los alacranes comenzaron los problemas. Quiso tener un jardín de alacranes como lo tenía de mariposas y cuando se dieron cuenta caminaba rodeada de cientos de ellos que la cuidaban y la seguían a todas partes en todo momento. Cuando algún adulto pasaba cerca, los alacranes se escondían detrás de los muebles o en lo más oscuro de las sombras. Pero cuando algún niño amenazaba a Nesma los alacranes salían a su defensa amenazando al agresor con sus colas levantadas. Algunos parientes de los otros niños se quejaron pero los padres de Nesma consideraron que se trataba únicamente de un fantasioso rumor infantil, no les creyeron.

Nesma siguió cultivando alacranes a su alrededor durante algunos meses. Todo mundo se alejaba de ella, naturalmente. Pero no parecía importarle. Cuando iba por la calle, aunque fuera mediodía y el sol cayera vertical como plomo, se veía una sombra larga de mil patas siguiendo sus pasos como si fueran las seis de la tarde.

Su jardín ambulante de alacranes creció a pesar de que, de vez en cuando, algunos se comían entre sí. Una mañana la descubrieron en su cama cubierta completamente de piquetes, sin una gota de sangre en su cuerpo pálido. Su "jardín móvil", como llamaba a su sombra de alacranes, se había vuelto sobre ella devorándola, como si Nesma hubiera sido más bien la huerta de la cual finalmente se nutrieron. El médico descubrió que algunos piquetes eran anteriores. Y parecían hechos por ella misma. Por lo que se dedujo que Nesma alimentaba a sus animales con su propia sangre desde hacía algún tiempo. En un principio los alacranes la cultivaban. Ella era su jardín y no al revés.

Al pensar con distancia en esa relación de Nesma con los alacranes es pertinente recordar la vieja fábula del alacrán que atraviesa el lago montado sobre el lomo de una rana que lo lleva con la condición de que no la pique porque además ambos se ahogarían. El alacrán promete no hacerlo y justo en medio del lago la pica. Sorprendida, un segundo antes de ahogarse la rana le reprocha su incumplimiento y su tontería: ambos morirán. El alacrán le dice que se da cuenta, que lo pensó antes de picarla, pero que su instinto es más fuerte que su inteligencia. Cada brazada de la rana estimulaba en su cuerpo a las células que normalmente lo conducen a levantar la cola y lanzarla con fuerza en contra de lo que se agita bajo sus patas. Es un instinto de defensa. Y no pudo retenerse más. Tenía que usar el aguijón de su cola en contra de la rana aunque, paradójicamente su vida quedara también liquidada.

El instinto de los alacranes de Nesma no nos sorprende. Pero sí el instinto de ella, jugando al peligro con cierta conciencia de hacerlo. No hay completa inocencia en su voluntariosa actitud alacranera. Un amor instintivo por la cuerda floja que tal vez es similar al de sus padres decidiendo mudarse al desierto cuando Aziza estaba embarazada. Y justo en la cola del huracán. Un instinto similar al de Zaydún que más de una vez en su breve biografía pondría su vida en peligro como producto indirecto, siempre implícito, de alguna seducción. ¿No había ya en acto, desde que sedujo a la extraña doctora Viento, un poderoso instinto de vivir peligrosamente? Desde que era bebé entonces su poder de seducción sería su cola de alacrán.

Enterraron a su hermana en el viejo cementerio de Álamos, al lado de un árbol de granadas. Donde aún ahora, sin conocer la historia de Nesma, como uno de esos reflejos que las generaciones heredan sin saberlo, los niños abren cada granada antes de comérsela buscando que no haya alacranes entre su explosión de semillas coloradas.

En su libreta verde el padre de Zaydún hizo una nota breve sobre la muerte de su hija. "La llevé al hospital de las minas. El médico que la atendió de urgencia, dándome a entender que era tarde, me dijo: 'Aquí hasta los niños juegan con la muerte todos los días. Hablan con sus muñecas y les responde la muerte. Saltan la cuerda y la muerte la sostiene con los dientes mientras ellos saltan.' La enterramos dos días después. Vinieron todos los niños de Álamos a despedirla y algunos amigos nuestros. Le trajeron tantas flores blancas que cubrieron completamente su tumba. Todas sus mariposas abandonaron la huerta cuando ella ya no estuvo ahí para atenderlas. Durante la semana siguiente matamos tres mil trescientos cuatro alacranes en el pueblo. Varios de ellos llenos de crías. Esa duna animal había crecido más de lo que pensamos. Quemamos los cadáveres en la plaza, para asegurarnos de que ninguna cría sobreviviera. Y aún del fuego saltaron algunos que nos habían parecido muertos y que corrieron a refugiarse en la iglesia. Todavía hay varios que no hemos encontrado. Me preocupa especialmente Ignacio, que tiene esta manía de tocarlo todo, de levantar con las manos hasta las sombras."

••••

5. Otro fuego en la mano

El desierto
es también tierra de dragones
vida que vuela y trepa y escupe
el fuego del amor y el odio
en el mismo aliento
que intercambian los humanos.
MARIE JOSÉ MONDZAIN

Unos cuantos años después, de nuevo frente a la iglesia de Álamos, sucedió otro accidente definitivo en la vida de Zaydún. Contamos, por suerte, con una breve descripción que él redactó ya siendo un hombre maduro. La incluyo aquí puesto que su descripción no sólo es un testimonio sino que es más rica de lo que puede ser la mía. Me limito a mencionar la importancia del accidente pues explica mucho de su conducta posterior y una parte de su obsesión por las manos. Pero menciono un detalle que me parece significativo sobre el tipo de curación y terapia de la que fue objeto, ya que, por un extraño pudor, él no cuenta nada al respecto.

Álamos era un pueblo minero y en él abundaba la pólvora. Podemos imaginar a esos adultos a los que les hierve la sangre cuando tienen un arma de fuego en las manos o un cartucho de dinamita con la mecha al viento. El poder de esos artefactos va más allá del daño que pueden causar sus explosiones porque hacen que la mente se encienda y despierte en los humanos sus instintos más devastadores. Cómo explicar el gesto, tan común aunque nos parezca tan extraño, y falto de tacto, de preparar una versión de sus sueños dinamiteros para que jueguen los niños.

Ya explica Zaydún más adelante con detalle la naturaleza y las reglas del juego pirotécnico que tanto les fascinaba. El hecho final fue que varios de ellos, jugando en la plaza, corrieron para recuperar un pequeño cartucho que no había explotado. Antar, el hermano de Zaydún, llegó primero. Así perdió la mano completa y él, que llegó segundo, perdió varios de los dedos.

El detalle significativo sobre su terapia, y que Zaydún omite, es que, en la parte de la mano quemada que pudo recuperarse fue objeto de un implante de piel que hasta entonces había sido poco estudiado. Aunque unos cuantos años después sea reconocido e incluso muy comercializado. Justo el otro día encontré en la sección científica de un periódico de la ciudad de México, esta noticia: "La empresa mexicana Skincompany produce injertos de piel humana que reducen hasta en cincuenta por ciento el tiempo de cicatrización de una herida en caso de quemaduras, úlceras, dermoabrasiones y otras afecciones de la piel. Se trata de epidermis humana que es metabólicamente activa y acelera el proceso de regeneración de la piel de los pacientes. Las células ágiles y privilegiadas con las que se produce fueron obtenidas del prepucio de un recién nacido sano circuncidado."

Los estudios sobre este tipo de injertos fueron conservados en secreto por mucho tiempo y tal vez el mismo Zaydún tenía un impedimento legal para revelarlos. O simple vergüenza. Muestran que "la piel del prepucio de recién nacido crea lógicamente en donde se implante una hipersensibilidad muy parecida en todo a la del sexo masculino. Algo bruto e incontrolable: inseguro en sus movimientos y lleno de prisa. El poseedor de esos injertos, concluye el reporte médico, tiene que entrenar su miembro injertado para no encogerse desmesuradamente ante el frío o erguirse sin ton ni son cuando alguna persona deseable haga un despliegue de feromonas en el aire." Y tal parece que tales efectos vivió de niño Zaydún paso a paso en la parte que quedó de su mano. Agravados notablemente en la adolescencia.

Si a eso sumamos la carga de hipersensibilidad que Zaydún llevaba desde recién nacido en los dedos, podemos entender que hubiera entre los científicos quienes calificaran su mano como "un monstruo de percepción y reflejos".

Aunque más tarde ellos mismos reconocieran también en ese monstruo con uñas y dedos, ciertas habilidades eróticas desmesuradas. Ya instalados en la mitología sobre la mano de Zaydún, hubo científicos que, sin mencionar su nombre se propusieron estudiar las posibilidades de que su mano se comportara como un pene erecto al entrar en contacto con el sexo femenino, o masculino. Hay quien habló, sin razón ni fundamento visibles, de "una mano cuyas uñas se ablandan al inflamarse de sangre cada dedo, con una extrema sensibilidad entre la primera articulación y la segunda, considerado ese espacio breve como una especie de cuello". Esa descripción burda, que puede considerarse sin duda machista y muy fálicamente obsesiva, es muy difícil de creer. Aunque sea la observación de un reconocido científico.

Pero todo eso, que nos suena a pura elucubración charlatana e hipótesis nada científicas, nos hace pensar que, finalmente, cualquiera puede creer lo que quiera al respecto porque si una verdad científica sobre la conducta humana es comprobable, ésta es simplemente que "en la política, en la religión y en la vida sexual, la realidad es lo que la gente realmente quiere creer".

Lo cual explica en parte el mito creado por alguna de las amantes de Zaydún y reiterado luego por otras, afirmando que él acariciaba hasta con los dedos que le faltaban. Y que más de uno pudo ver en la penumbra el ligero resplandor de sus cinco uñas dirigiéndose hacia ella, como si un brillo intenso en la piel las iluminara y en la mano de verdad no le faltara ningún dedo.

Vale más dejar la palabra al propio Zaydún para entender la manera en la que él vivió su contacto con este otro fuego del que renacería su mano.

6. Mi mano Fénix

*Amo esos paisajes del desierto donde
las rocas erectas muestran la tensión
entre la fuerza que quiere borrarlas y
la que desea que permanezcan. En mis
cuadros pongo unos cuantos puntos
negros sobre la tela blanca. Pueden ser
excitantes pero quiero que hable en
ellos el silencio de sus márgenes.*

LEE UFAN

Cuando mi abuela contaba una historia yo me llenaba de sonidos que nadie más oía, de voces, entusiasmos y sobre todo miedos que nadie más parecía sentir. Además, sus historias regresaban en la obscuridad, antes de dormir, como animales turbios de piel arrugada ocultándose abajo de la cama o entre las cobijas. Y se ponían a oler de nuevo, a hacer escándalo, a correr mientras todos dormían.

Por eso aquella noche, el día del accidente, no me extrañó que una historia de la abuela regresara mezclada con mi cansancio y mis dolores, con mis sueños y la incomodidad de la cama de hospital que me despertaba una y otra vez. Era la historia de aquel hombre al que le habían cortado una pierna y seguía moviéndola. Al día siguiente la recordé de nuevo porque yo sentía mi mano entera, más rápida y ágil que nunca. Estaba seguro de que si un pájaro pasaba por ahí volando bajo, yo podría atraparlo con ella.

Luego vino la noche perforada de luz y en ella fue surgiendo la otra mano.

•

No conozco la obscuridad completa. Hasta cuando cierro los ojos veo una mano. Se estira desde lo negro y avanza. No sé de quién es ni de dónde viene. Siempre está a punto de tocarme. Pero se acerca muy lentamente y eso despierta en mí el deseo de apresurar su movimiento.

Me va envolviendo la necesidad de alcanzarla, de ser tocado por ella. Como cuando entramos al mar y una ola tras otra nos va cubriendo. Y sube hasta que no haya nada en nosotros que no esté mojado, impregnado de sal, flotando sin remedio al capricho de las corrientes, de su fuerza y su temperatura.

No es un sueño. Siempre la veo surgir de la noche, cualquier noche. Surge incluso de cualquier silencio. Hasta sin verla está presente. Con frecuencia tengo la impresión de que he pasado la vida estirándome hacia ella. Detrás de la mano está todo lo que he tratado de alcanzar. Todo lo que deseo. No necesariamente lo que me hace falta: mucho más que eso.

A veces siento que todo lo que hago, de noche y de día, incluyendo esta historia que comienzo a contar en voz alta y con todos los dedos de mi mano, es una forma de acercarme a la otra mano. A la mano de mis deseos: mi huella y espejismo, mi palma en la arena.

Desde niño me han dado explicaciones de la presencia de esta mano y muchas veces he creído en ellas. Pero ninguna me parece suficiente, aunque sea cierta. La primera viene de aquella mañana que cambió mi vida. El día del accidente.

Éramos unos diez niños jugando en la plaza de Álamos, el pueblo minero del desierto de Sonora donde nació una parte de mis ancestros. Recuerdo claramente la sensación de aventura que había entre nosotros ese día. Habían llegado de China a la tienda principal del pueblo, la "Miscelánea de don Chen Kai", unos fuegos de artificio triangulares que llamábamos palomas. Eran más grandes de lo normal y tenían una mecha plana y larga como la cola de algunos pájaros. Su pólvora era blanca y estaba envuelta en papel de arroz. Esas palomas volaban muy alto, como si tuvieran alas. Se movían de un rincón al otro de la plaza estrellándose contra los muros de las casas y la fachada de la iglesia antes de explotar en el cielo y desaparecer. Sólo dejaban un profundo olor a pólvora en el aire como huella de su fuga.

Pronto aprendimos que si poníamos la paloma dentro de una vieja lata de conservas colocada boca abajo y con la mecha casi enterrada entre las piedras del atrio de la iglesia, su vuelo se volvía vertical. Y competíamos para ver quién la hacía subir más alto. Cada uno tenía sus palomas y hasta les poníamos nombres. Encendíamos la mecha, colocábamos la lata y corriendo nos alejábamos unos veinte metros para verla volar. Los segundos de espera en silencio antes del estallido se nos hacían eternos y muy emocionantes al mismo tiempo. Pero los segundos de vuelo eran una fiesta que crecía y crecía acompañada de nuestros gritos.

Las torres de la iglesia nos ayudaban a medir la altura del lanzamiento. Si alguna paloma no estallaba dejaba de ser de quien la compró y se volvía propiedad del primero que la sacara de la lata. Así que todos corríamos para ganarla.

Ese día llegué en segundo lugar. Mi hermano Antar llegó primero. Él casi perdió la mano entera y yo una parte de ella.

Recuerdo la sangre en los ojos y no ver nada. Los gritos de todos, los llantos, los movimientos bruscos de quienes nos cargaban de un lugar a otro. Dormí sin querer dormir. Aprendí lo que es un desmayo. No sabía muy bien lo que pasaba. Luego el olor a hospital y, mucho después, el dolor. El de afuera, que va y viene, y el de

adentro de la mano, que nunca se quita, ni con analgé-
sicos ni con el tiempo. Recuerdo las primeras caricias de
mi madre y la mirada severa de mi padre. Su rabia contenida. Recuerdo cómo todos, y yo también, mirábamos
fijamente el vendaje, que a pesar de ser muy grueso ocultaba mal lo evidente. Había por lo menos un dedo menos en mi mano.

Más tarde vino la extrañeza de sentir que podía
mover el dedo perdido, de tener comezón en él, sentir que
su uña estaba muy larga y tenía que cortarla de urgencia.
Esas impresiones que mi abuela llamaba "mágicas" se
mezclaban, pero no se confundían con el sueño repetido
del alacrán que me picaba en ese dedo mientras yo dormía. Que se lo robaba adormeciéndolo y al arrancármelo
estallaba llenándome de sangre los ojos, la boca, el cuello.
Despertaba asustado para limpiarme de urgencia la cara
empapada. Pero era un sudor muy salado lo que me picaba en los ojos y no sangre.

En contra de lo que muchos suponen, la mano
que ahora siempre me acompaña no surgió entonces. La
de mis noches no es de ninguna manera la mano de cinco
dedos que desde el accidente me falta. Y lo sé porque casi
estoy seguro de que es una mano de mujer la que se estira
hacia mí. Es muy delicada y fresca, parece mojada. Ella
apareció entre mis obsesiones luego de otro accidente. Si
se puede llamar accidente a mirar de pronto lo que no se
esperaba: a chocar de golpe con algo que te llena los ojos
y te deja en el cuerpo una inflamación, una huella, una
cicatriz.

Las terapias por las que pasamos mi hermano y yo
fueron largas, complicadas y tortuosas. Pero yo no tenía
ningún derecho a quejarme. Mi hermano menor, siempre
tan callado a mi sombra, se llevó la peor parte. Yo estaba
obligado a darle ejemplo de entereza. El perdió la mano
entera y yo sólo una parte. En lo que quedó de mi mano

quemada hicieron injertos y mi curación fue más rápida. Ni él ni yo hablamos del accidente. Su fuego aún nos quema.

Como nueve meses más tarde, una mañana muy calurosa después de que la noche había sido especialmente fría, se reventaron al mediodía las tuberías que llevaban agua a los baños de mi casa y de otras tres casas en la misma calle. En el patio trasero de los vecinos, sobre un lavadero de piedra verde, bañaban con baldes a una niña que era más o menos de mi edad.

La observé desde mi casa, semiescondido. Ella se resistía ligeramente al baño. Y yo tenía tanto calor que se me antojaba estar en su lugar. Recuerdo nítidamente el instante en el que el agua cayó sobre su espalda transformándola: encendiendo el brillo de su piel morena. Y recuerdo cómo sus nalgas empapadas, perfectamente destacadas del resto de las cosas del mundo en ese instante, se convirtieron en el doble imán de mi mirada.

Fue como si de pronto me prendieran la luz de la vida, como si abriera los ojos por primera vez, como si mis sentidos descubrieran el mundo. Recuerdo el hormigueo súbito entre mis piernas y la necesidad de apretarme el sexo con las manos. Como si el agua que escurría de su cuerpo, y que desbocaba mi calor y mi sed multiplicándolos, corriera de pronto dentro de mí y se depositara en mi pene de niño, llenándolo más allá de lo que yo podría alguna vez haber sentido. El mismo tipo de hormigueo se apoderaba de mis manos. Y muy especialmente del dedo que yo ya no tenía y que se estiraba hacia ella. Recuerdo esa intranquilidad incomprensible, esa respiración difícil que me atacaba, esa felicidad satisfecha e insatisfecha al mismo tiempo, esa sed y hambre de acariciar y abrazar a la niña mojada y hundirme mágicamente con ella en el agua delgada que la cubría.

Cuando algún tiempo después fuimos dos adolescentes con una sed de conocerse desnudos que algunos adultos consideraron prematura, el recuerdo del agua aquella brotó entre nosotros lubricando nuestra cercanía.

Ella me pidió que la tocara lentamente con el dedo que no tengo. Y tocándola sin tocarla entré en su cuerpo. El resto de mi mano se volvía también agua y fluía sobre ella obedeciéndola, escuchando sus movimientos, las palabras calladas de su nueva sed intensa. Cuando años después conocí a Jassiba y supe que su abuela había vivido en el norte de México, no podía dejar de relacionarla con aquella niña que me descubrió la magia del agua sobre su cuerpo.

El agua desde entonces se volvió para mí una especie de sustancia poderosa que transforma lo que toca. Y cuando acaricio a una mujer me concentro siempre en la idea de que mi mano es agua buscando y tal vez descubriendo un nuevo cauce en el cuerpo de mi amada. Algo que se puede meter por todas partes, que todo lo cubre, que acaricia suavemente, que sólo se mueve hacia donde los cauces del otro cuerpo lo permiten.

Y jugando con el agua que puede ser mi mano en el cuerpo de una mujer, aprendí que, lentamente y por caminos imprevisibles sobre la piel, el agua se convierte en fuego. Y de la mano puede surgir un incendio que se propaga por todo el cuerpo. Que llega a la cabeza y hace arder incluso las ideas, las palabras, lo que se mira y lo que se anhela.

Ahí comenzó a crecer en mí y a multiplicarse todos los días, la extraña sensación de haber adquirido en la mano, entre los dedos visibles e invisibles, poderes especiales para el amor, para ser agua que se convierte en fuego.

Desde entonces me dejo guiar por la mano, por su extensión, que es como su sueño, su parte no dicha, su anhelo. Me guía en el amor y en todas mis búsquedas.

7. Un místico del fuego sexual

Habito el rostro de una mujer
que vive en una ola lanzada
contra la orilla
de un puerto extraviado
entre caracoles marinos.
Habito el rostro de una mujer
que me mata.
Faro apagado, ella quiere quedarse
en mi sangre y navega
hasta la orilla del delirio.

ADONIS

Eso que Zaydún llama "sus búsquedas" fueron desde el principio obsesiones equívocas. No sólo siempre parecían lo que no eran sino que podían ser fácilmente juzgadas y condenadas. Pero nunca comprendidas en su extraña profundidad erótica.

Él guardaba, con cierto orgullo, y sin embargo con verdadera melancolía, esta carta que su padre recibió del rector del colegio donde estuvo interno haciendo sus estudios secundarios:

"Su hijo ha demostrado una perversa inclinación. Más perversa aún porque unos días antes de descubrirlo estábamos seguros de su vocación religiosa. Y ya la festejábamos entre nosotros. Las cartas encendidas que parecían dirigirse a Dios y que nos llenaban de orgullo, que incluso publicamos como ejemplo para los otros estudiantes del Colegio, resultaron estar dirigidas a mi sobrina María Claudia. Lo que parecía fina imaginación piadosa resultó llana pornografía. Llegamos a pensar que tenía una comunicación privilegiada con la voluntad divina pero era con el enemigo, disfrazado y al acecho. El fuego que lleva dentro no es lo que creíamos y ha terminado por consumir nuestra esperanza en su destino. Él arguye que su amor por mi sobrina está lleno de espiritualidad y que existe tan sólo en el mundo de las ideas. Y que no hay en él propósitos condenables. La precisión anatómica y la pasión carnal de sus palabras lo desmienten. Ya juzgará usted mismo del asunto. Por el bien de los demás alumnos, por el bien de mi sobrina, inocente objeto de sus encendidos cortejos, por el bien de su hijo también ya que aquí terminará muy mal si sigue por este camino que a varios de mis parientes ha ofendido, me veo obligado a pedirle que venga a buscarlo. Queda expulsado del Colegio a partir de esta fecha y lo mantendré completamente aislado hasta que usted se presente. Dadas estas circunstancias y aunque en su hijo menor no hay culpa alguna de esta situación extrema, más vale que también contemple llevárselo."

José Ignacio y Aziza no se extrañaron completamente ni de que abandonara la supuesta vocación religiosa ni de que se enamorara como un loco. Hubieran preferido que aquella situación incómoda para el rector no sucediera pero sabían que en su hijo la sensibilidad extrema y la inteligencia sensible no estaban destinadas a un claustro. Creían que de haberse empeñado en seguir esa supuesta vocación religiosa se hubiera convertido a los ojos de los otros en un santo o en un hereje, todo muy probablemente sin quererlo y con una carga pesada de sufrimiento. Aquella supuesta vocación era lo único que de verdad los había tenido preocupados hasta entonces.

Por más que se apresuró, José Ignacio tardó algunos días en llegar a Saltillo y encontró a Zaydún encerrado en la biblioteca del Colegio, donde incluso lo hacían dormir y comer para aislarlo completamente. Llevaba una semana en un lugar que para él era un paraíso, aunque trataba de no demostrarlo para que no lo sacaran de ahí ya que estaba supuestamente castigado. Estando en ese lugar noche y día era muy feliz. Tanto que se alegró de ver a su padre pero ni un poco de confirmar que muy pronto iba a abandonar la biblioteca.

Le habían dado a leer vidas de santos, con la idea de que reformara su conducta, sus obsesiones. Pero, como suele suceder, los profesores no saben medir o controlar el poder indeterminado de los libros, su fuerza extraña y escondida. Y hasta en las vidas de santos que le recetaron, Zaydún encontró extraños paralelos con lo que había vivido esos años. Se había concentrado en la historia de algunos que lo entusiasmaban y más que disuadirlo lo animaban particularmente en sus propias elecciones y derivas. Especialmente la del padre Surin, un exorcista jesuita que en el siglo XVIII se enamoró perdidamente de una famosa monja poseída en un convento de Ludún, en el sur de Francia. Un sacerdote que, cuando tuvo un éxtasis místico haciendo los *Ejercicios*, se vio poseído luego por la duda de si ese rayo divino lo era de verdad. Si no había sido el Demonio quien le ofreció el máximo placer que conocía en su vida. La duda del místico se imponía, sobre todo después de un éxtasis donde lo sexual en sus relatos de esa unión era evidente. Zaydún se dedicó a documentar y anotar esos días todos los casos de duda mística que podía encontrar en la biblioteca. Eran muchísimos. Y muy especialmente la correspondencia del padre Surin era un documento que lo apasionaba porque, aunque había sido escrita muchos siglos antes, parecía hablarle de lo que él había vivido esos últimos días.

El testimonio principal del padre Surin sobre esa duda mística y los demonios que lo acechaban había sido editado un siglo más tarde por un dominico de la Inquisición, José Antonio Llorente. Lo cual era interesante no sólo porque los dominicos eran enemigos tradicionales de los jesuitas sino porque Llorente fue quien, con su *Historia de la Inquisición,* documentando sus crímenes, especialmente contra los judíos, ayudó a que ésta fuera definitivamente cerrada en España.

El éxtasis místico de Surin era en todo similar al de Zaydún. Pero él no sentía dudas, el suyo era sexual y al mismo tiempo divino. Si había algún demonio en todo ese asunto éste seguramente estaba entre las confusas y escandalizadas acusaciones del rector y sus callados secuaces. Una vez más confirmaba que las trampas no son de la fe sino de la razón que argumenta su fe.

En eso estaba pensando, entusiasmado por los documentos que había encontrado, cuando finalmente llegó su padre José Ignacio a buscarlo. Abrieron de golpe las puertas de la biblioteca. El rector Diego de Torre esperaba una reprimenda mayúscula del padre, una dramática escena de arrepentimiento del hijo, tal vez de rodillas. Para desilusión del rector, doblemente ofendido entonces, nada de eso sucedió. José Ignacio sonrió al ver a su hijo inmerso en los libros. Podía notar el entusiasmo en su cara. Y luego la alegría de verlo.

Después de abrazarse, Zaydún le dijo: "No soy inocente, pero todo es muy distinto de como lo cuentan."

José Ignacio respondió tan sólo: "Ya lo sé. Siempre es así. Siempre se entiende otra cosa de lo que se dice. El sol está ahí para todos pero cada uno lo vive distinto."

Zaydún recordó una famosa frase de Spinoza que iba en el mismo sentido, pero no la repitió en voz alta para dejar que su padre dijera la última palabra: "El mismo sol que solidifica el barro funde la cera".

"De cualquier modo, concluyó José Ignacio con un aire severo, debiste pensar menos en ti y más en la mujer que involucraste."

Zaydún abrió los ojos antes de decir con toda sinceridad y con cierto aire de reto sabiendo que hablaba enfrente del rector: "Sólo pensaba en ella, sólo podía pensar en ella. Sólo sigo pensando en ella."

•••

De aquel momento crucial en su vida, Zaydún guardaría sensaciones muy encontradas. Y la extraña intuición de que situaciones semejantes, difíciles de entender cuando son vistas desde afuera, se presentarían muchas veces más en su vida mientras trate como en esta ocasión de ser fiel a sus deseos, a sus sueños.

Pero, por favor, que nadie se engañe al leer estas páginas. Todo esto que cuento no es la biografía de un hombre que se pueda considerar digno de protagonizar una biografía, sino la historia curiosa y contradictoria de "un soñador cuyos sueños se le montaban a las manos". Eso era Zaydún. Alguien que reclamó su derecho a convertir sus anhelos y sus miedos en una composición de palabras; y que trató de darle a esa composición el mérito de convertirse en libros. Y luego hacerlos germinar, tal vez, entre los dedos de otros soñadores. Trato entonces de señalar momentos en la vida de Zaydún. Un collar de momentos preñados. Momentos donde, me parece, se agitó la larva de algo que luego se convertiría en lo que ahora podemos leer, ver y tocar en su obra diversa. Esa larva de anhelo es sueño que le moviliza todo el cuerpo: lo que luego él llamará deseo.

Si tratara de reducir esos momentos tan sólo a unos cuantos, tendría que ir necesariamente a la primera vez que Zaydún adolescente, todavía niño en tantas cosas de la vida, conoce en aquel colegio de jesuitas la experiencia de entrar en trance.

Los lectores contemporáneos pueden pensar equívocamente que me refiero a su primer orgasmo. Siento decepcionarlos. Se trata de un éxtasis espiritual. Pero también tengo que decepcionar a mis lectores inclinados a la espiritualidad y poco dados a valorar el sexo en sus vidas, porque pretendo mencionar un éxtasis espiritual que, por ser muy profundo es también completamente corporal. Un orgasmo con Dios.

Aunque en aquel momento Zaydún no tenga todas las palabras, ni las ideas ni las experiencias para nombrarlo, el éxtasis que conoció de adolescente al hacer los *Ejercicios espirituales* de san Ignacio de Loyola determinó lo que más adelante sería la intensidad de su vida erótica y la dimensión de su labor creativa.

Éxtasis sería el nombre escrito sobre un pequeño cuaderno de lecturas adolescentes en el que copió unas cuantas frases de San Juan de la Cruz, un poeta que siempre llevaría en su memoria y cuya música se adivina en muchos de sus propios poemas, de sus cartas de amor, de sus delirios.

> *Yo me metía en su fuego, sabiendo*
> *que me abrasaba.*

Delirio de respirar sintiendo que el aire lo penetra como:

> *una llama que consume y no da pena.*

Y, al final de ese cuaderno breve una metáfora perfecta del éxtasis, de la unión del alma con Dios como si fuera la unión de los amantes, que en otros momentos de su vida pasará de metáfora a realidad:

> *Amado con amada, amada*
> *en el Amado transformada.*

Y luego, en los forros del cuaderno por falta de hojas, como algo que conceptualmente casi no cabe entre sus páginas, esa descripción del acto erótico que el santo mismo llama *Coplas sobre un éxtasis de harta contemplación*

y que años después Zaydún, nuestro erotómano involuntario pero entusiasta, usaría para describir la feliz sinrazón
de haberse encontrado por primera vez, físicamente, dentro de una mujer:

> Yo no supe dónde entraba
> Pero cuando allí me vi,
> sin saber dónde me estaba
> grandes cosas entendí;
> no diré lo que sentí,
> que me quedé no sabiendo,
> toda ciencia trascendiendo.
> [...]
>
> Estaba tan embebido,
> tan absorto y ajenado
> que se quedó mi sentido
> de todo sentir privado
> y el espíritu dotado
> de un entender no entendiendo
> toda ciencia trascendiendo.
> [...]
>
> Este saber no sabiendo
> es de tan alto poder
> que los sabios arguyendo
> jamás le pueden vencer;
> que no llega su saber
> a no entender entendiendo
> toda ciencia trascendiendo.

Siempre divertiría a Zaydún pensar que fueron algunos
versos de san Juan de la Cruz, citados por él como si fueran suyos y mezclados con otros que sí había escrito, en-
viados a la famosa sobrina, los que más enardecieron y

parecieron pornográficos a la hermana del rector y al rector mismo. Demostrando, entre otras cosas, que no conocían los poemas del santo.

Pero Zaydún no podía decir de dónde venían aquellos versos por dos razones muy poderosas. La primera es la vergüenza que le daría si su enamorada se enteraba de que no era él quien le había escrito esos poemas inspirado en ella. Decepcionada lo expulsaría de su corazón. Y, por lo visto, eso para él sería definitivamente peor que ser juzgado y expulsado del Colegio.

La otra razón fue que Zaydún intuía, conociendo al rector y su orgullo, que su furia sería más grande si se demostraba públicamente su ignorancia. Por eso, incluso un par de profesores de literatura que se dieron cuenta del equívoco se quedaron callados. Hubiera sido una situación muy humillante para todos, testigos antes del rigor moral con el que fueron juzgadas las palabras del santo creyendo que eran de Zaydún. Y el castigo no hubiera sido menor. Se le hubiera inculpado además de usar las palabras de un santo con propósitos nada santos, de defraudar a todos o de haberlo hecho para ponerlos luego en ridículo. En fin, no faltarían los cargos para llegar a lo mismo.

Pero, aunque sea una historia breve, vayamos un poco menos rápido al perfilarla. Imaginémonos situados tres o cuatro o cinco años después del aparatoso accidente de pirotecnia en Álamos.

La escena comienza necesariamente el día en que José Ignacio decide que sus hijos Antar y Zaydún deberán ir a estudiar a otra ciudad. Y se lo comunica a su madre. La reticencia de Aziza no puede nada en contra de esa emigración de sus "dos pequeñas aves de alas quemadas", como ella decía. La educación que ella personalmente tiene la posibilidad de darles en Álamos llegó a un límite y también Aziza quiere verlos crecer, rebasar esas fronteras.

Ella propone que toda la familia se mude a la nueva ciudad elegida para la educación de sus hijos. Pero es imposible porque José Ignacio ya ha invertido en otra mudanza de la familia a la ciudad vecina de Navojoa, ciudad que él ha ayudado a fundar de nuevo después de una inesperada inundación y donde instaló una ferretería. Una hora separa a Álamos, cada vez más fantasma, de la nueva Navojoa.

La ciudad del Colegio, en cambio, combinando tren y caballo se encuentra a seis días de viaje hacia el este, en otro desierto vecino. Después de más de un año de escribir y preguntar sobre la mejor escuela para sus hijos en todo el norte del país, José Ignacio se convenció de que se trataba del Colegio de los jesuitas en la ciudad de Saltillo. Había ido a conocerlo con una recomendación del cura de Álamos, que se había educado ahí. En Saltillo habló varias veces con el rector y con algunos profesores.

El edificio del antiguo Colegio de San José aún se yergue en la parte más alta de la ciudad. En sus archivos hay algunas huellas del paso de Zaydún entre sus muros. No sólo encontré su expediente. Obtuve una copia de los *Ejercicios espirituales* que realizó. Además, estar en el lugar me dijo mucho de lo que pudo haber vivido aquel par de niños sonorenses de manos quemadas que los otros niños rápidamente apodaron "los manquitos".

Es un edificio señorial como no hay otro en Saltillo y tal vez en todo el norte de México. Su arquitectura forma parte de un proyecto mundial de colegios jesuíticos construidos con grandeza y precisión. Un teatro de geometría como elogio permanente de la ciencia que ahí se enseñaba con orgullo de adelantados del conocimiento que se dirige hacia algo superior, trascendente. Algo en esa construcción hace que los otros grandes edificios públicos de la ciudad, incluyendo la catedral y el palacio de gobierno, se sientan antiguos, limitados, limitantes. Es un teatro de formas, en la punta de una colina. Estando ahí el ánimo y la mirada, contenidos por las perspectivas que permite el edificio, se encaminan hacia el cielo. Y el atardecer único del desierto, con su luz tan lejana y tan cercana a la vez, apastelada y convulsiva, hace sentir que algo dentro de cada uno se conmociona y arde.

Ese edificio, esa máquina para impresionar, tenía además como símbolo una orgullosa Ave Fénix: la Orden jesuítica misma había sido suprimida en 1767 y sus miembros exiliados. Pero había regresado con un impulso nuevo algunas décadas más tarde, brotando de sus cenizas y construyendo más grandes y mejores colegios. El águila aparente en el portal neoclásico, dentro de un gran friso triangular, era en realidad un ave fénix.

Desde la primera vez que José Ignacio escribió al rector del colegio, hizo acompañar su carta de una nota del cura de Álamos. En frases de doble y tercer sentido que sólo entre jesuitas entendían, los hermanos Labrador Zaydún fueron presentados como hijos de uno de los notables de la ciudad y además, como susceptibles de desarrollar una vocación religiosa, aunque la familia no fuera especialmente practicante y no valorara por ahora esa posibilidad.

También era mencionado, sin juicios ni comentarios, el lejano origen árabe de la madre, evidente en sus rasgos y en su nombre de familia. Y se menciona la inteligencia de la madre, su conocimiento de la poesía árabe, y "quién sabe qué más de aquellos ámbitos", y la natural influencia sobre los pequeños. Lo que daba al mensaje un aire de deber misionero, evangelizador.

Como Zaydún y su hermano Antar fueron deseados dentro de la institución desde antes de llegar a ella, su padre presenció en su primera visita el ritual completo de seducción que en casos especiales se acostumbraba. Fue citado a una hora en la que los alumnos en el patio pasaban, en unos cuantos segundos, de una ebullición que parecía incontrolable a un silencio extremo para entrar en sus clases. El contraste era impresionante. Una exagerada demostración de disciplina. Fue invitado a escuchar el silencio absoluto que sigue durante seis minutos exactamente, hasta que los profesores comienzan sus clases. Todo regulado con un desplazamiento exacto de tres minutos: a las diez y tres y no a las diez, por ejemplo, para enfatizar la exactitud. La comida era a la una y treinta y tres.

Pero si la precisión era impresionante, más lo sería descubrir que todo ese teatro de la contención servía, según le explicaron los maestros jesuitas, para templar un carácter y dibujar un marco donde lo importante no era la disciplina en sí misma sino la libertad de elección y de pensamiento que en ese marco podría existir.

Razón y voluntad unidas para crear las opciones en las que la libertad individual se ejerce. Como en el edificio del Colegio el orden externo creaba el escenario, la perspectiva para que en ella pudiera moverse libremente el individuo. Con una vida interior rica en opciones.

José Ignacio señaló, como un reparo, lo paradójico y tal vez contradictorio de ese método y de la situación que crea. La respuesta del rector fue como una flecha: "La paradoja es lo que permite al hombre de espíritu libre tomar decisiones, elegir. Lo contrario es la doxa, el dogma, la verdad sin dudas. La para-doxa introduce un espacio de libertad ante la doxa. Y en ese espacio paradójico es donde somos libres."

Después de una larga entrevista con el padre Diego de Torre, rector del Colegio, José Ignacio asistió a una clase a la que los alumnos habían dado el sobrenombre de "guerra con palabras". Su nombre oficial era apologética. La antigua ciencia de argumentar. Que significaba ahí la defensa de la existencia de Dios. Pero que se dejaba subyacente y se mostraba al mismo tiempo como un análisis de la vida social de México, incluyendo la vida política del momento.

Divididos en dos grupos, la clase discutía. Los argumentos de uno y otro bando impresionaban al padre de Zaydún y no dejaban de convencerlo. Todos los trucos de la retórica jesuítica estaban en obra. Responder una pregunta con otra. Desplazar el escenario de la argumentación, hacer un vaivén en los límites del razonamiento. Perdonar cuando se espera un ataque y lo contrario. Cuestionar el derecho del contrario a perdonar: ¿Quién perdona a quién? Pero sobre todo era evidente una enorme capacidad para crear puntos de vista y no seguir las fórmulas probadas. Toda la sesión, vista desde fuera, se presentaba como un edificio donde la gran ventana hacia adentro se movía de lugar dejando ver cosas que las otras posiciones de la ventana no permitían. Todo daba al mismo tiempo una imagen de rigor e imaginación: un veloz rigor imaginativo.

José Ignacio salió deseando que sus hijos fueran capaces de esa esgrima lógica y esa facilidad verbal. El rector le explicó que gracias a la práctica de los *Ejercicios* ignacianos era posible una gran destreza en el manejo de la imaginación sensorial. Lo cual llevaba a buscar y plantear hipótesis innovadoras. Incluso buscar soluciones a problemas que nadie antes se había planteado. Todo bajo el signo de la libertad contra los dogmas.

Hay en los archivos del colegio un memorándum de ese año sobre el ritual que metódicamente habría que hacer vivir a los padres que venían de lejos y se menciona como ejemplo de sus buenos resultados el asombro del padre de Zaydún. Y las comparaciones que hacía con otros colegios que había visitado, incluyendo varios laicos. Parece que sus reparos y sus entusiasmos se quedaron como leyenda y meta.

La biblioteca era algo nunca antes visto por José Ignacio. Inmensos muros de libros en una especie de capilla con libreros en dos niveles. Una mesa larga en medio de la sala que invitaba a curiosear los tomos gigantes. Atriles inmensos para libros de coros. Y entre los estantes, enmarcados en la misma madera que los libreros, unos grabados sorprendentes de frutas erotizadas, de colibríes y plantas tropicales y del desierto. Viendo su interés en imágenes que José Ignacio no alcanzaba a descifrar, le mostraron el libro de dónde venía. Se trataba de la portada del famoso *Itinerario del éxtasis celeste y terrestre,* uno de los tesoros de la biblioteca. Obra sabia y enciclopédica del jesuita Athanasius Kircher. En el grabado un jesuita con barba y sonriente es guiado por un ángel seductor que le descubre, desde una nube, una vista maravillosa del universo, un itinerario del éxtasis.

Se supone que mientras Kircher escuchaba un concierto excepcional en Roma, su alma fue secuestrada por ese arcángel, Cosmiel, ángel del Cosmos, que lo lleva, con una regla y un mundo en la mano, a descifrar la medida del universo. Athanasius Kircher lleva el corazón en la mano izquierda y en la derecha un compás, para no perder detalle.

Y le mostraron otros libros del mismo Kircher con miles de grabados infaliblemente llenos de ingenio y misterio sobre tantas cosas que no era siquiera posible imaginar: los astros y sus sistemas resonantes, la música y sus instrumentos de agua, la óptica y sus mil aplicaciones, las matemáticas infinitas, las montañas y los volcanes, el arca de Noé y toda su fauna en detalle, el mundo chino, su flora y fauna y sus dioses y ritos, el mundo egipcio y sus lenguajes, el mundo del Antiguo Testamento y la real localización geográfica del Paraíso. El mismo José Ignacio deseó aprender algo de lo que esos libros dejaban apenas vislumbrar. Se daba cuenta de que en esa biblioteca se entreabría un paso hacia otra dimensión del universo que él no sabía siquiera que pudiera existir. Pensó que ahí cualquiera sería como Kircher descubriendo fascinado el universo. Y se alegró por sus hijos.

El laboratorio científico fue también un descubrimiento convincente para José Ignacio. La física y la química ocupaban en el Colegio un lugar preponderante y tenían instalaciones con mesas repletas de mecanismos que le resultaban misteriosos y atrayentes.

No le impresionó de la misma manera la huerta y pensó que podría ser mejor cuidada, "hasta por alguno de sus pequeños hijos". Que por cierto ya sabían atacar plagas y hacer esos injertos que los técnicos llaman "afinidades electivas". Lo cual no dejó de informar cándidamente al rector, en caso de que la infantil destreza agrícola de sus hijos fuera útil en el huerto escolar.

José Ignacio informó al rector sobre las amputaciones de sus hijos, le habló del accidente, de la hermana muerta. Quería que ellos crecieran afuera de esa aridez minera donde, como le había dicho el médico del pueblo, "los niños todos los días juegan y hablan con la muerte".

Estuvo a punto de hablarle sobre la hipersensibilidad de Zaydún en la piel por haber sido objeto de aquellos experimentos del tacto al nacer. Pero no lo hizo. Creía que al ser tratado normalmente Zaydún sería normal más fácilmente. No se imaginaba que la esencia misma del Colegio era afectar los sentidos. Crear desconcierto antes que nada en el cuerpo para alcanzar luego, tal vez, un orden nuevo.

Cuando los niños llegaron fueron inmediatamente el centro de atracción del Colegio. El ya viejo accidente con la pólvora los haría notorios. Así como el hecho de que vinieran de un muy pequeño pueblo minero sonorense. Su inocencia fue motivo de burlas y actitudes de condescendencia. Y no faltó quien juzgara su accidente con crueldad. Además de "los manquitos" fueron también llamados "los mineros". Y, aunque no prosperó, un niño más afilado en el insultó trato de apodarlos "cuijas mochas". Que era como decirles reptiles amputados.

Pero ellos no se intimidaban ante la agresión. Estaban acostumbrados a esa actitud de los otros niños que Zaydún y Antar habían aprendido a ver como una debilidad más que como una fuerza opresiva.

Su reto en esos casos era siempre hacer evidente poco a poco y por medios indirectos esa debilidad emocional de quien se burlaba de ellos. Y muy pronto descubrirían que los medios retóricos puestos en sus manos por los jesuitas eran ideales para esos propósitos: todos los días había en la vida del colegio ocasiones para hacer visible que quienes muestran fuerza son los débiles, los que presumen son los que menos tienen de qué hacerlo, los que agreden se hacen daño a sí mismos, la más grande ambición es no tenerla en el ámbito de las ambiciones burdas, callar no siempre es no tener qué decir, otorgar no es debilidad, etcétera.

Era costumbre observar detenidamente la cara que ponían los nuevos en la primera representación teatral a la que asistían. Una obra que se ponía cada mes con ciertas variantes menos una: la voluntad de conmover a los espectadores por el dramatismo de la música, los tambores apocalípticos, el suspenso exacerbado, la grandilocuencia del escenario de papel. Era normal que los nuevos se vieran siempre terriblemente impresionados, muchas veces hasta las lágrimas, por el despliegue dramático hecho para tocarles todos los sentidos y alimentar en ellos esa virtud que llamaban el temor de Dios.

Sin embargo, Zaydún y Antar no lloraron. Su inteligencia los hacía entender qué querían de ellos. Su orgullo era no ceder ante esa presión. No podían tocarse porque no estaban juntos. Pero se tocaban con la mirada. Y Zaydún le decía a su hermano con los ojos que no aflojara, que por una vez no mostrara asustarse ante la presencia grandilocuente de un Dios Padre cruel que desde el escenario parecía gritarles a ellos personalmente, viéndoles a los ojos.

Habían sobrevivido esa primera prueba. Pero casi todos los días tendrían alguna durante el primer año de los cuatro años que permanecerían ahí. La misa dominical era la más solemne de ellas y sucedía frente a un retablo dorado que en sí mismo, aún antes de llevarse a cabo el ritual, era un teatro impresionante de formas conmovedoras. La música de los órganos potentes y sus ecos daban al espacio una vibración que estremecía. Podían sentirse las vibraciones de la música en las manos, en los párpados, en la caja del corazón y en los pulmones si se llenaban de aire.

Había paredes de piedra y paredes de música. En el retablo todo sucedía hacia arriba: columnas ascendentes de aire solidificado en oro, santos volando sobre alargadas pirámides invertidas, flores y frutas y animales en vuelo detenido. Lámparas, querubines, trompetas. Y en el techo, pintado con excepcional maestría que la hace más que real, una corte celestial poblada de ángeles y música desteje con su canto las nubes para que veamos el hueco donde lo divino está pero no se ve. Lo visible y lo invisible bajo el mismo techo, bajo el mismo cielo, que da albergue y perspectiva a nuestra mirada. La misa era un choque bestial con los sentidos para sentir lo que no puede ser tocado ni visto si no es por ese ritual que nos lleva hacia la última revelación.

Las clases, sobre todo los primeros años, participaban de ese teatro de intensas emociones. Había todo un sistema de representaciones en clase y fuera de ella, polémicas, ediles, maestrillos, directores espirituales, presidencias y competencias, premios paquidérmicos sobre el pecho, orquestas y ritos de iniciación. Sistemas de desconcierto y de concertación. Representaciones estéticas que cortaban el aliento. Todo aspiraba a convertirse en eco de los *Ejercicios* y en cierta medida siempre lo era. Todo y todos en el colegio formaban parte de un teatro y tenían un papel a seguir y una libertad paradójica para modificarlo, darle la vuelta, casi romperlo. Saber era conmoverse. Moverse era avanzar en el conocimiento. Se conocía con todos los sentidos, por todos los poros, en todas las circunstancias.

Con el paso del tiempo se hizo notorio que Antar se inclinaba por la ciencia y la tecnología. Zaydún por las letras y la filosofía. Su conmoción favorita vendría de la poesía. Y su placer estético, contemplativo, se multiplicaría por el placer de comprender.

Los *Ejercicios espirituales* no era algo que cualquiera pudiera hacer. Menos aún entre más jóvenes fueran los candidatos. Había versiones más cortas y ligeras que iban preparando a los alumnos en el arte de explorar las posibilidades de una vida interior. Pero cuando finalmente se llegaba a pensar que alguno de los alumnos estaba listo eso era considerado un honor. Y un inmenso reto.

Una y otra vez, en diferentes ensayos y relatos sobre los temas más dispares, Zaydún dejaría ver las consecuencias en su vida de esos *Ejercicios*. En una breve conversación sobre ellos me contaba que para él, entre otras cosas, hacerlos había sido como aprender a viajar de la manera más extraña, hacia adentro de su mente y simultáneamente hacia afuera. Viaje interior con altos y estaciones precisos, y al mismo tiempo una loca aventura. Según Zaydún los sentidos y la imaginación van juntos en la construcción de un delirio contemplativo.

Por otra parte, los *Ejercicios* eran para Zaydún una experiencia de conocimiento. La prueba de que se puede conocer a través de las emociones. Que sentir intensamente es conocer un poco más.

Los *Ejercicios* duraban aproximadamente un mes. Pero el tiempo interno de su duración tenía otra medida. Se trataba de hacer sentir la experiencia de lo sagrado. No explicarla o entenderla sino experimentarla. "…porque no el mucho saber satisface al alma sino el sentir y gustar las cosas internamente", explicaría su autor.

Cada *Ejercicio* requería inventar un lugar o más bien imaginarlo como podría haber sido. Lo que San Ignacio llama "composición de lugar". Desde el quinto ejercicio en la primera semana se inicia el intento de imaginar con detalle el infierno. Para Zaydún era una de las experiencias más estremecedoras y que le quedaría toda la vida como método imaginativo. Reconstruir un espacio con todo los detalles. Lo que implicaba llevar a la escena todos los sentidos, como explica San Ignacio: "El primer preámbulo es la composición del lugar, ver con la vista de la imaginación la longitud, anchura y profundidad del infierno. El primer punto: ver, con la vista de la imaginación, los grandes fuegos y las almas como cuerpos incandescentes. Segundo: oír con los oídos llantos alaridos, voces, blasfemias contra Cristo Nuestro Señor y contra todos sus santos. Tercero: oler con el olfato humo, azufre quemado, pozos fétidos y cosas podridas. Cuarto: gustar con el gusto cosas amargas, como lágrimas, tristeza y el gusano de la conciencia. Quinto: tocar con el tacto es, a saber, tocar como los fuegos tocan y abrasan las almas."

Muchos años después Zaydún haría notar que una cantidad inmensa de creadores habrían sido tocados por aquella educación imaginativa de los sentidos. Algunos incluso entre los más inesperados. Zaydún escribiría sobre la educación jesuítica del cineasta Luis Buñuel, nunca renegada a pesar de su profesado ateismo, que le había creado la misma asiduidad que él a los *Ejercicios* de "composición del lugar". Así terminaría Buñuel sus apasionantes memorias, *Mi último suspiro:* "A veces, por simple afán de distracción, pienso en nuestro viejo infierno. Se sabe que las llamas y los tridentes han desaparecido y que, para los teólogos modernos no es más que la simple privación de la luz divina. Me veo flotando en una oscuridad eterna, con mi cuerpo, con todas mis fibras, que me serán necesarias para la resurrección final. De pronto, otro cuerpo choca conmigo en los espacios infernales. Se trata de un siamés muerto hace dos mil años al caer de un cocotero. Se aleja en las tinieblas. Transcurren millones de años y siento otro golpe en la espalda. Es una cantinera de Napoleón. Y así sucesivamente. Me dejo llevar durante unos momentos por las angustiosas tinieblas de este nuevo infierno y, luego, vuelvo a la Tierra, donde estoy todavía."

La primera vez que Zaydún hizo los *Ejercicios* la conmoción fue certera. Había tenido la constancia de haberse unido a Dios. Esa era su experiencia y nadie podría negársela. El impulso místico le duró varios meses. Había pasado de una purga de lo que le parecían sus faltas a un muy intenso estado de contemplación. Aprendió a detectar en todas las cosas y situaciones de la vida su momento excepcional. El surgimiento de lo poético, que era también lo sagrado.

Pero aunque los *Ejercicios* fueran la preparación metódica y lenta, sistemática y ritmada para esa experiencia del éxtasis, éste le había llegado de golpe, como un rayo. Como una súbita iluminación interna. Un fuego, una luz intensísima le llenaba de golpe la cabeza, el pecho, las piernas. Esa misma luz lo volvía ligero y le daba la impresión de elevarse espiritualmente, como tienden hacia arriba las llamas de las velas. Como si en el puente arrebatado de su aliento se comunicaran pulmones y nubes.

Después, esa iluminación tan intensa lo empujaba a ver. A poder mirar lo cercano y lo lejano a la vez. La "composición de lugar" ya no era producto de la voluntad sino que tomaba vida propia. Se rebelaba y así se revelaba:

sucedía como rebelión contra la realidad visible y revelación de lo invisible.

Y sentía que le era posible ver en todos los sentidos. Sentía que podía también ver hacia adelante y hacia atrás en el tiempo porque esa iluminación era para él un punto de intensidad fuera del tiempo.

Después de esa experiencia, Zaydún sintió que nacía de nuevo. Que todo en su cuerpo era otra cosa. Que su futuro estaba o debería estar en el camino que esa experiencia del éxtasis le había trazado. Y fue entonces cuando, para alegría de sus maestros jesuitas, Zaydún manifestó sus deseos de solicitar su entrada a la Compañía de Jesús.

Desde la primera conversación con su director espiritual, éste sintió que Zaydún volaba al verse a sí mismo como alguien privilegiado en la Orden y que una llamada a la humildad se imponía. A la segunda frase ya demostraba sus ímpetus exagerados, nada propicios a la disciplina impuesta desde afuera.

Más tarde, en la carta que le pidieron que escribiera aclarando la forma específica de su deseo de entrar en la Orden, desde el segundo párrafo deliraba y se veía convertido en misionero recorriendo el África negra, quería ir a China tras las huellas del padre Matteo Ricci, a la India y al Japón tras las de Francisco Javier, al Sahara, a Etiopía, a la Paracuaria. Y en todo el mundo seducir a las almas hacia Dios. Arrancárselas al Demonio.

Cuando se dio cuenta de que había escrito la palabra seducir, quiso borrarla. Era demasiado tarde. Y sobre ella se hincaron los colmillos de su director espiritual. Aprendió la lección y siguieron varios meses de pruebas y paciencia. Era observado muy de cerca y lo sabía. En el teatro de intensidades que era la vida en el Colegio, había cambiado de papel y ahora actuaba uno nuevo, más interesante y difícil.

Un día se dio cuenta de que lo que hacía finalmente en su nuevo papel teatral era seducir a sus profesores. Aquella palabra silbante que había eliminado de su lenguaje de aspiraciones declaradas, la palabra seducir, había crecido paradójicamente al ser eliminada, ocupándolo todo de manera tácita. Durante once meses Zaydún se había convertido, bajo la presión y observación jesuítica, no sólo en un ideal aspirante a novicio sino en un seductor espiritual de tiempo completo.

La segunda vez que hizo los *Ejercicios,* casi un año después, Zaydún había crecido y sus hormonas revitalizadas fueron un nuevo factor determinante que marcaría la elevación y el tono de su vida interior. Todo lo que venía de la experiencia de sus sentidos se multiplicaba convirtiéndose en acto erótico. Y fue entonces cuando el ejercicio del éxtasis se convirtió para Zaydún en una culminación erótica y espiritual simultáneas. La elevación de su flama en eso que los relatos clásicos chinos llaman "una celestial erección".

Zaydún llegó a pensar que la afirmación e ilustración de San Ignacio de que se puede llegar a Dios a través de las formas estéticas y los afectos, era todavía tan perturbadora para algunos como la idea islámica de que se puede llegar a Dios a través del sexo. Y reflexionando por ese camino llegó a la conclusión de que el método ignaciano y el de algunos místicos árabes defensores de la sexualidad mística podrían convertirse en el mismo.

Habría que darse cuenta de que si a la máquina implacable del éxtasis sensorial y espiritual que son los *Ejercicios* sumamos la predisposición física que Zaydún tenía para conocerlo todo muy intensamente con los sentidos, gracias a los experimentos de los que había sido conejillo de indias, podemos imaginarnos el tipo de bomba sensorial en que ese pobre adolescente se estaba convirtiendo.

Su hipersensibilidad se multiplicó a la enésima potencia en el colegio jesuita al llenarse de una carga espiritual de dimensiones teológicas. Estaba todo listo para que Zaydún convirtiera en diosa absoluta a la primera mujer de la que pudiera enamorarse.

Antar cuenta que a su hermano Zaydún eso se le notaba. Que aquel año siempre parecía un felino a punto de enervarse, una liga restirada, una fiesta a punto de comenzar, una inminente explosión de cólera en un ofendido. Y, triste ejemplo en su boca, un cartucho de pólvora a punto de explotar en fabulosa pirotecnia. Que esa tensión sólo fluía cuando su hermano se ponía a escribirle cartas a su nueva amada.

Tal parece que esa tensión se quedaría en él para siempre vinculada al acto de escribir. Muchos años más tarde se daría cuenta y lo analizaría con detalle en su libro póstumo *Mi palma en la arena*: "Cuando escribo siento que dejo surgir en mí algo animal. Pensé que cuando escribo me siento lleno de algo que me desborda. Como si fuera a explotar. Como uno de estos animales cautivos, que se mueven habitados por la volatilidad de sus sueños y por la tensión de sus deseos. Un escritor es a veces un animal que crea un espacio sensible a su alrededor, que no se ve pero que es perceptible para los iniciados: para los lectores que se dejan atrapar en el reino de lo invisible. Los que permiten que la poesía atrape su corazón y lo acelere al ritmo de las palabras contadas, de los asombros dichos como tambores rituales en un poema, como el trote y el salto devorador de un jaguar."

Y su corazón saltó sobre una mujer llamada Claudia, en la plaza de Saltillo. Como si en el nombre de la ciudad estuviera dicho lo que la pasión de Zaydún iba a hacer un día. Dar un salto de jaguar hacia la presa amada, un saltillo. La vio desde lejos y no pudo retenerse. Fue como si lo hipnotizara. Cada uno de sus pasos y el tiempo exacto que le tomaba darlos se quedó grabado en sus ojos como si tocara sus pies al caminar. Imaginó la presión de cada dedo del pie sobre sus manos. Se acercó para olerla mientras iba adelante de él y sin que ella se diera cuenta. Supo con qué jabón ella se había bañado esa mañana porque en su casa se usaba el mismo, Heno de Pravia. Uno verde que desde ese día él iba a relacionar con la piel de una mujer amada, con la nuca que se movía delante de él, con el delgado mechón de pelo agitándose fuera de la cola de caballo.

No podía dejar de mirarla. Ella se detuvo y él no supo qué hacer. Se frenó también y bajó la vista al suelo. Ella volteó y le sonrió. Él, en ese instante, se volvió su esclavo. Sintió que un rayo le caía y lo iluminaba por dentro. Justo como cuando había hecho los *Ejercicios* por primera vez pero ahora con la visión absolutamente luminosa de su sonrisa. La piel se le llenaba de escalofríos, las manos le sudaban. Esa sonrisa lo había trastornado.

Dice Antar que desde ese día Zaydún no pudo concentrarse en cualquier otra cosa. Se volvió de golpe el peor estudiante y estaba siempre como ausente. Caminaba murmurándole cosas al oído y cuando estaba en clase o en cualquier otra parte la veía a ella delante de todas las personas.

Los profesores lo disculpaban pensando que se trataba de una crisis religiosa. Creían que Zaydún hablaba y veía a Dios. Que estaba ausente porque estaba ante Dios. Y durante un tiempo lo dejaron derivar por sus delirios. En la misa lo veían al punto del éxtasis y eso les bastaba. Nunca pasó por su mente que Zaydún se había dejado poseer completamente, desde su piel hasta sus sueños, por una mujer que apenas y le había sonreído en la calle. Se puso a escribirle cartas y poemas. Se dedicó a cortejarla por todos los medios a su alcance. Y, aunque los otros niños se burlaban de él y de ella, los maestros tardaron mucho en darse cuenta. Y cuando se los dijeron no quisieron creerlo.

Ni siquiera cuando aparecieron las cartas los maestros jesuitas estuvieron dispuestos a aceptar que no estaban dedicadas a Dios. La realidad siempre parece acomodarse a la fe del creyente si ésta es sincera y él sabe volverse convenientemente ciego, sordo, mudo, amnésico e insensible ante la evidencia. Y así quisieron ser con Zaydún sus maestros: hombres de fe y con la razón siempre lista para argumentarla.

Fue necesario que un día lo sorprendieran besándola, en el coro de la iglesia. Ese enorme balcón arriba de la entrada tenía un rincón pegado al muro que no era visible desde ningún otro ángulo del edificio. Y una tarde, después de que todos los miembros del coro habían bajado por la estrecha escalera de caracol, Zaydún regresó simulando haber olvidado algo. Ella había pensado en ese lugar perfecto para la cita y ahí estaba esperándolo. Lo tomó de la mano. Le dijo con un índice sobre la boca que no hablara. Lo llevó a sentarse en una de las bellísimas sillas labradas en madera a lo largo del muro. Con los dedos le cerró los ojos y comenzó a acariciarle la cara.

Hasta ella había llegado el rumor de que Zaydún era capaz de sentir una mano que se le acercara desde diez centímetros antes de que ésta lo tocara. Que su piel tenía una especie de radar extraño. Eso había despertado su fantasía. Y teniéndolo ahí, como ella quería, siempre con los ojos cerrados, comenzó a acariciar y a besar al aire alrededor de su cara. Claudia se dio cuenta de que Zaydún de verdad podía sentirlo todo desde cierta distancia. No tanto como a diez centímetros pero a cinco sí. Se cansó de hacerle cosas al aire frente a su cara. Lo acarició con sus pestañas y lo veía que saltaba perturbado. Tocaba con su lengua el aire y sin saber cómo la mejilla de Zaydún parecía humedecida. Muy pronto era ella quien se humedecía, sorpresivamente, entre las piernas. Y justo al momento de sentirlo Claudia ya también Zaydún lo percibía, pero no solamente por el olfato. Todo su cuerpo se daba cuenta en la piel de lo que a ella le iba sucediendo. Se sintió algo avergonzada. La experiencia ya iba un poco más allá del beso sin beso que ella había imaginado. Su fantasía estaba siendo desbordada. Pero sin pensarlo demasiado, dejándose llevar por una poderosa inercia, tomó la mano de Zaydún y la hizo recorrer su cuerpo sin tocarla. Se dio cuenta de que él no solamente podía sentir a distancia sino también tocarla sin apoyar los dedos. Fue llevando a la mano de Zaydún por donde su cuerpo se lo iba pidiendo. La tocaba sin tocarla. Y, más aún, ella dirigía todos sus movimientos. Después de pasearla lentamente enfrente de su cuello, recorrer su pecho, su ombligo, acercó la mano a su pubis. Sintió que sin tocarla y vestida, la despeinaba. Claudia sintió que milímetro a milímetro sus labios verticales iban siendo acariciados y se inflamaban. Tuvo conciencia de que todo era en gran parte delirio. De que Zaydún la trastornaba hasta hacerla creer que sentía lo que no podía ser cierto. Comenzó a respirar difícilmente y él entonces la besó perturbándola más, muy suavemente, como sus leves quejidos.

Lo que ninguno de los dos calculó es que el coro de la iglesia había sido diseñado siguiendo los planos de Athanasius Kircher para que el canto se oyera amplificado y en todos los rincones del templo. En el extremo opuesto, al lado del altar, muy lejos, podía oírse claramente todo lo que alguien dijera en voz muy baja en el coro. La Iglesia misma era un mecanismo de amplificación con muros hechos para ser recubiertos por las voces cantando en alabanza.

Así que sus besos, hasta los más diminutos, comenzaron a habitar todos los rincones del templo. A escucharse amplificados en los lugares más insospechados, a sorprender a todo el que estuviera dentro, incluyendo en el cuarto anexo, el de la sacristía y en el camarín detrás del altar.

El primero en oírlos fue un sacristán medio sordo y creyó que se trataba de palomas que se habían metido a los retablos. Pidió ayuda para asustarlas y fue entonces cuando un grupo de estudiantes, dos monjas y unos maestrillos escucharon un concierto de besos cortos y largos, de suspiros entrecortados y finalmente de pujidos inconfundibles. Todo aquello sonaba a pecado. Subieron en silencio la larga escalera de caracol del coro con la intención de atrapar a quien estuviera haciendo aquello. Y la sorpresa de todos fue espectacular cuando descubrieron que se trataba del nuevo santón de la escuela. No lo bajaron de hipócrita, de demonio perverso. Y con más razón perverso tratándose de la sobrina del rector que tanto lo protegía. Por encima de todo, malagradecido. La verdad es que en ese instante Zaydún supo por primera vez que Claudia era la famosa sobrina que el rector adoraba como si fuera su hija. Y se preocupó por ella más que por él.

Sin duda su fijación amorosa no haría sino empeorar. El rector lo sabía y fue entonces cuando decidió aislarlo completamente. Imposible en los dormitorios porque eran comunes. La despensa se abría todo el tiempo, lo mismo que la farmacia y todos los cuartos de servicios comunes en el Colegio. El único lugar posible era la biblioteca. Durante varios días nadie podría usarla pero no era grave. Más urgente era aislar al Demonio del resto y, sobre todo, de cualquier posible comunicación con María Claudia, como llamaba sólo él a su sobrina. Y entonces escribió la carta al padre de Zaydún notificándole su expulsión, lo que la había producido; y que viniera a buscarlo. Sin deberla ni temerla también Antar era corrido. "No por él, que hasta ahora parece muy buen muchacho y estudiante excepcional, sino por lo que en la sangre pueda llevar de esa escondida maldad que habita agitada a su hermano."

•

Para poder contar mejor esta historia fui a Saltillo, visité el Colegio. Pero también busqué a Claudia. Al principio nadie parecía recordarla ni reconocerla. Pero la encontré en su casa familiar de siempre. Rodeada de nietos y perros y un marido con el mal de Alzheimer. Se adivinaba una joven radiante en esta mujer bellísima de sesenta años, con un esplendor particular en sus ojos y en sus movimientos.

Me recibió con gusto cuando le dije que escribía sobre Zaydún. Había visto la esquela mortuoria y una nota necrológica en el periódico. Y los recuerdos habían revoloteado en su cabeza. Me contó que lo había conocido en una reunión de alumnos de colegios cristianos. Y no en el zócalo de la ciudad como él contaba. Pero Zaydún estaba tan concentrado en la polémica que iba a tener en público con unos alumnos del Colegio de Misioneros del Espíritu Santo que no la vio de frente siquiera. Ella lo encontró engreído y ausente. Y otras dos veces lo vio antes de su encuentro definitivo. Él era conocido como adolescente seductor y ella no estaba dispuesta a ceder ni un milímetro al perfume de sus alas de pavorreal. Cuando se dio cuenta de que también Zaydún estaba nervioso y crónicamente instalado en la luna, comenzó a agradarle la idea de dejarlo acercarse. Le pedí que me lo contara todo.

"Pues no es mucho pero lo vivimos como si fuera tanto. Un día le sonreí en la plaza. Me parecía atractivo y ya. Comenzó a escribirme cartas que nadie se imaginaba que eran para mí. Sus profesores pensaban que era un santo y que le escribía a Dios, a la virgen María, a los apóstoles. Cuando contaban eso a mí me parecía un loco y no al revés, cuando me escribía. Pero así es el mundo, todo lo lee de cabeza. Cuando nos descubrieron en el coro, todos, y más mis padres, estaban desesperados por las cosas que contaban de él. Antes era una maravilla. Mi tío decía que era el mejor alumno que había tenido en toda su carrera de maestro y luego era el peor de los demonios, un loco, un completo desquiciado. Pero yo creo que más bien se curó cuando todos pensaron que se había enfermado. Claro, cada quien habla del coro como le fue en él."

Me sonrió subrayando que había tratado de hacer un chiste. Le sonreí diciéndole así que lo había entendido. Y recordé que esa misma sonrisa había desquiciado a Zaydún. Le pregunté que había pasado de verdad en el coro. Yo tenía una versión del hermano de Zaydún, que no había estado ahí pero supuestamente había sido contada por él justo después de que los habían sorprendido. Se la conté. Se asombró muchísimo, como si no se lo esperara, pero se alegró también. Le pedí que me contara su versión.

"Pues no sucedió nada. Nos quedamos callados, viéndonos a los ojos durante cinco minutos más o menos. Lo que haya pasado, pasó como en un sueño. Y por lo visto él y yo no tuvimos entonces el mismo delirio. Aunque creo que el mío era mucho más atrevido y divertido que el de él. Pero eso no voy a contárselo. Lo echaría a perder. Lo que sí le puedo asegurar es que de verdad hubo unas palomas que se atoraron en la sillería del coro. Y nosotros tratábamos de liberarlas. El famoso ruido no era nuestro. O acaso el que hacíamos con agitación y saltando mientras las asustábamos."

"Los que enloquecieron fueron todos los demás. Cada vez que alguien contaba la historia exageraba y el mito crecía. Hubo un momento en el que, según unas monjas ridículas, yo volaba desnuda detrás de las palomas. En otra versión él se había convertido en un pequeño demonio tirado sobre mi estómago, como en una escultura de las que nos enseñaban en clase de arte. En otra versión los dos rezábamos al Demonio cubiertos en sangre de una vaca que habíamos sacrificado. No podía ni imaginar lo que le habían contado a mi tío y a mi madre. Tonterías mayúsculas. El hecho es que aquellos cinco minutos tomados de las manos fueron eternos. Todavía viven dentro de mí y nadie nunca ha podido quitármelos."

Se levantó, abrió una antigua escribanía que tenía en la sala de su casa. Guardaba una caja bellísima, también de taracea mudéjar. Y ahí estaban las cartas de Zaydún. Me leyó una:

"No tengo palabras. No tengo boca, no tengo ojos, no tengo cuerpo, no tengo lengua, ni sudor, ni movimientos. Todo está dentro de ti. Todo eso crece en tu pecho cuando respiras y escala por tus colinas coronadas de aurora hasta soñar que desde adentro se pueden tocar la aureola de tus granuladas cimas. Todo está dentro de ti y come y dice y besa y mira. Se sienta cuando te sientas tocando lo que tú tocas de la silla o del sillón o la butaca. Te acomodas y se alegra. Se adormila en tus formas. Te levantas y despierta. Y baja y sube y muy despacio se alarga en cada uno de tus pasos cuando caminas. No tengo sangre que no quiera correr por tus venas. Ni párpados durmientes que no quieran vigilar la luz que entra en tus sueños. No tengo lengua ni palabras que no estén ya en tu boca."

8. Torbellino

Y la noche se me fue entre las manos
como tus besos en mi boca.
Nada termina, nada comienza
cuando el deseo enciende su llama.

SEI SHONAGON

Una mano no basta para escribir...
que la segunda aprenda pronto
los oficios de lo indecible:
bordar el nombre de la estrella...
sobre la tela de las pasiones.

ABDELLATIF LAABI

Con lo anterior hago públicos momentos de la infancia de mi amigo Zaydún que me parecen determinantes y que él había pasado completamente de largo en todo lo que escribió. Por supuesto que su vida está llena de incidentes que merecen tal vez ser contados pero tengo la impresión de que todos se derivan de lo que hasta aquí he relatado. Uno de ellos, por ejemplo, que sus comentaristas mencionan con morbosa frecuencia ahora que ha muerto, es el de los años en que ejerció una especie de prostitución mientras era estudiante en Francia.

Ese episodio del que nunca se avergonzó, no se entiende si no se toma en cuenta que su búsqueda espiritual y sexual y de poeta son la misma cosa. Y que durante algún tiempo trabajó en un Instituto de Terapia Sexual que practicaba el Tantra. Primero se inscribió como paciente, buscando entender sus propias limitaciones y hacer más feliz a su pareja de entonces. Pero después de un curso fue contratado como ayudante sin paga. Y luego como terapeuta activo, participativo y muy bien pagado.

Él lo vivió como una especie de misión curativa. En algún momento delirante, una paciente escribe que lo ve como una especie de chamán sexual, santón capaz de dar a las mujeres una felicidad que no es de este mundo. No a todas y nunca de la manera esperada. También hay testimonios de sus fracasos.

En uno de sus cuadernos detalla, sin dar nombres, el caso de cada mujer, casi todas entre cuarenta y cinco y cincuenta años de edad, que llevaban una vida sexual muy infeliz con sus maridos. Él estaba al final de sus veinte años y hasta los treinta y cinco se sintió orgulloso de ser una especie de medicina. Y para algunas hasta una verdadera magia terapéutica. Su oficio fue hacer felices a cada una de sus pacientes. Muy felices incluso. Y que supieran que pueden serlo con otros hombres. Incluso, algunas veces, no siempre, con sus maridos. Y no necesariamente, como se pensaría, ofreciéndoles su cuerpo. Zaydún se sentía orgulloso de ofrecerlo pero siempre llevarlas más allá con él hacia zonas indeterminadas de los deseos que en ellas nacían.

De toda aquella experiencia que era su vida paralela a sus estudios en la Universidad de París, él guarda la certeza de que no hay fórmulas amorosas infalibles. Que el comienzo de todo camino hacia la felicidad sexual es antes que nada escuchar. Aprender a escuchar el deseo del otro. Toda su vida se dedicaría a tratar de comprender la naturaleza del deseo.

Y pensó que la literatura, la poesía en forma de narración, era para esa investigación una herramienta de exploración más profunda y precisa que cualquier otro género escrito. Escribió un libro inédito hasta ahora en español aunque ha sido publicado parcialmente en árabe y que se llama: *Para tocar tus sueños, piel adentro.*

Tampoco me detengo en algo sobre lo que Zaydún escribió abundantemente: su pasión por Marruecos y notablemente por esta ciudad de Essaouira Mogador de la que habla incesantemente y de muchas maneras. Y que descubrió más o menos en la misma época de su vida de estudiante. Entra en ella a través del ritmo de su sangre, de su corazón pensado como tambor ritual.

Hablaba de los regalos vitales que le dio Marruecos y mencionaba, además del amor, el descubrimiento de muchas maneras narrativas que fueron clave de su profesión. Y defendió desde entonces el derecho a explorarlas, a no dejarse ceñir por narrativas tradicionales. Hizo elogios del fragmento pensado como eso que los árabes llamamos un zelije. Y exploró en cada libro una retícula secreta para combinar lo diverso de manera que nunca es lineal, haciendo tableros, murales geométricos de azulejos que en español se llamaron con una palabra de origen árabe: alicantados. Todos sus libros tienen la estructura de un relato artesanal de azulejos. Una fórmula que fue usada también en la música y en la poesía.

Y sobre todo en un género de géneros que podemos ver como mezcla de ensayo, poesía y relato y que se llamaba *adab*. "El *adab* es una mezcla, decía Zaydún, más grande que una suma de géneros y que incluía un variedad de 'registros narrativos', es decir, de maneras distintas de contar. El *adab* cultiva un ritmo de viajes rigurosos dentro de la obra, pero al mismo tiempo se preocupa por ir un poco a la deriva como en el ensayo literario o en el jazz, yendo al presente y al pasado, haciendo asociaciones sorpresivas. Una pluralidad externa que enfatice una continuidad interna: la unidad del que cuenta, adivinada, entrevista, supuesta a través del hilo discontinuo de su relato.

Al placer de contar y escuchar historias que aprendió primero en su infancia y luego en las plazas, Zaydún añade el placer de tratar de comprender y de vivir el asombro en su dispersión vital, en su existencia realmente fragmentaria. Durante muchos años fue editor de novelas policiacas y rechazaba la trama tradicional, la línea recta narrativa y el suspenso, que consideraba un chantaje al lector, una falta de educación y un desprecio a su inteligencia. Sin duda exageraba. No se puede estar de acuerdo con él. Una vez me dijo: "¿No puede el lector sentir que conoce a la persona que escribe y no solamente a un personaje?"

Pero claro, le tuve que responder contradiciéndolo que el narrador siempre es un personaje. El narrador nunca es el autor, aunque lo pretenda.

"Lo malo es que hemos llegado, reflexionaba Zaydún, a tal industrialización de la novela que comienza a tener sentido reivindicar el derecho a hacer novela de autor, como se habla del cine de autor para diferenciarlo del cine estereotipado que van imponiendo productores y consorcios. Es un absurdo, pero en esa situación parece que estamos."

Lo malo, pienso yo, es más bien que Zaydún no haya terminado su último libro. Aunque tal vez hubiera preferido que su final fuera así, deshilado, agonizante, como los libros japoneses, que por su forma conscientemente saltona, disparada en diversas direcciones e inacabada le parecían perfectos.

•••

Jassiba lo cuidó meticulosamente, como lo había amado. Y fue testigo de toda su larga agonía. En una escritura rápida y nerviosa anotó las escenas de conversación, memoria y delirio con las que él se fue de este mundo. Zaydún nos dejó un río de sensaciones como palabras inconclusas, como era su idea de la vida.

•••

9. Adentro o afuera, corre mi sed

Un moribundo siempre tiene dos dedos.
Pero sólo dos. Dos que aún lo sostienen.
Dos que debe masajear, cuidar, reanimar
porque si ellos aflojan todo se acaba.

HENRI MICHAUX

Aparte de la voz y del débil ruido de
su aliento, nada. [...] Él, su voz, ya
sólo era ese vago y molesto sentimiento
de incertidumbre, de torpeza.

SAMUEL BECKET

Desde mi silencio, sin abrir los ojos, me doy cuenta de que me cuidas como si esperaras algo que va a suceder pero no llega. Vigilas los balbuceos de mi respiración. Me hablas, me cantas como si fuera un niño muy pequeño. O un moribundo que no sabes si te escucha. Me dices más cuando me tocas, cuando me besas, cuando me dejas sentir la tremenda fuerza de tu presencia.

Cuando te dabas cuenta de que mi aliento se había vuelto seco tomabas un gajo de toronja y lo mordías. Lo exprimías dentro en tu boca. Luego dejabas que un delgado hilo de jugo escapara lentamente de tus labios a los míos. Lo hacías dos, tres, cuatro veces, besándome al final, incluso mordiéndome para ver si me sacabas de pronto de mi inmovilidad fuera del tiempo. Pegabas tu oído a mi pecho buscando la música leve del cuerpo.

Tratabas de atrapar las más mínimas transformaciones de eso que médicos y enfermeras llamaban mis "signos vitales". Como si fueran palabras al vuelo, aves raras que te fueran indispensables. Te imaginabas que con mi aletargado silencio palpitante podrías armar frases, historias, ideas. Y de pronto parecían serlo. Pero esa impresión duraba sólo un instante.

Por dentro, en cambio, te escuchaba y me escuchaba con fluidez delirante. Nada detenía ese río de palabras. Brotaban imágenes, personas, sentimientos. Era algo más que un sueño. Era como otra vida. Como varias otras vidas corriendo en mi cuerpo, en mi boca y en mi lengua dentro del sueño de piedra que me ataba. Y una parte extraña de esa visión delirante era vernos, verme desde afuera. ¿Estaba soñando?

•

Él, es decir yo, Zaydún, a espaldas de ti, Jassiba, recostado en la cama como marea decaída, duerme un sueño involuntario. Algunos lo llaman agonía. Otros tan sólo pérdida de la conciencia. Pero, sin que a ella le sorprenda que lo haga, él alcanza a sentir claramente el rayo de excitación que atraviesa el cuerpo de Jassiba en la ventana. Y su piel yaciente se eriza. Es evidente que sus cuerpos conversan. La piel del moribundo sigue erizándose como si sobre ella corriera un incendio. Como si pidiera que la mano de Jassiba lo acariciara de nuevo. Y ella lo hace. Sus manos caminan por todo el cuerpo semidormido al ritmo pausado de una silenciosa entrega. Más lenta y profunda entre más rápida corre la sangre del dormido. Ella siente que su propia sangre golpea sus yemas. Y entonces las coloca sobre las venas de su amado y las recorre dejando que fluya el diálogo de sus latidos. Sus cuerpos redescubren el nudo de sangre que los ata. Se aman en algún sueño que no vemos pero que, tal vez, la misma luna llena levanta e ilumina. Como marea.

Siempre se comunicaban, o sentían que se comunicaban, mirando a la luna llena. La luna era su mensajera, su testigo luminoso y mudo. La caja de sus secretos nocturnos, la luz del sonambulismo que los une.

•

No voy lejos, hace un instante o dos. Me despertaba lentamente la cercanía del fuego. El calor de una llama sobre el rostro. Venía desde tu cuerpo, a unos centímetros del mío, dándome casi la espalda. Estabas mirando por la ventana. La luna llena como cuando cada mes nos escribíamos. Esa luna era nuestra señal. Nuestro código secreto de complicidades viejas. Podríamos estar separados en cualquier parte del mundo y la luna nos reunía, plena y poderosa como la fuerza de gravedad que nos había hecho amantes tantos años atrás.

Pensé: "Jassiba mira a la luna y respira. Tan hondo que siente cómo se le van llenando los pulmones. Su pecho se levanta apuntando al cielo. Luna imposible de tan rotunda, doble, endurecida."

La plena redondez de la luna comienza en el cielo y termina concentrada en las aureolas de tu pecho. Vi cómo metiste la mano en tu blusa y confirmaste esa plenitud. Sentía y miraba todo como si yo estuviera lejos, encerrado en vidrios imposibles, inmóvil sin remedio.

Te acariciabas lentamente con la yema del índice. Luego también con el dedo cordial y después con toda la mano. Leías, con los ojos de tus manos, el círculo sensible que disparó tu escalofrío. Y en ese instante sentí que mi sangre también se aceleraba, como si tocaras mis pezones al tocar los tuyos. O como si fuera mi mano la que te tocaba. Sentí en el vientre la sangre y su hormigueo. Y esa palpitación caminante que se levanta, que crece caprichosa y se endurece. ¿Desde dónde? ¿Desde mi muerte? ¿Desde un sueño? ¿De dónde estaba yo regresando?

•

La mano en la boca, labios los dedos. Al principio parecía un sueño. Estaba teñido de terror y, por qué no, también de extraña belleza. Tardé unos minutos en darme cuenta de que yo era el moribundo al que una mujer acercaba su mano para cerrar los párpados. Pero yo la seguía viendo a través de ellos como si fueran un velo muy delgado. Sentí sus dedos calientes. Me gustó sentirlos porque mis ojos estaban muy fríos. Su rostro, tan cerca, me deslumbró. Como una de esas sorpresivas lunas llenas que ocupan todo el cielo.

Sus labios, al acercarse muy lentamente, parecían llamar a los míos. Pero yo no podía moverme. Me besó en la frente. Me besó en la boca inmóvil. Lo hacía como se besa a un muerto. Intensamente pero con la tristeza de una despedida. La fascinación por su rostro me pasmaba.

Traté de hablar sin lograrlo. Balbuceos, pedazos de palabras, gemidos. Tal vez ni eso. Pensaba que no era yo esta boca cerrada, este cuerpo moribundo. Casi nada salía de mis labios a pesar de que se me agolpaban las sílabas tras los dientes. La boca no respondía a la velocidad de mi mente. Me desesperaba por decirle que aún estaba ahí. Que había sentido su excitación mientras ella miraba por la ventana y se tocaba.

Adentro, frases enteras, divagaciones, argumentos, escenas. Afuera, monosílabos o ni siquiera. Y una catarata de imágenes y sensaciones que únicamente yo experimentaba.

¿Es esto la muerte? Ojos abiertos tan sólo hacia un día que no es el de los demás. ¿Un río de palabras en una boca quieta, otro río de imágenes en ojos que sueñan despiertos "ampliamente cerrados", como decía el cineasta inglés del deseo?

¿Acercarse a la muerte es esta sensación de acariciar fantasmas con la memoria de la mano que ya no muevo? Siento como si todos los cuerpos desnudos que he amado me palpitaran de pronto en las yemas de los dedos.

La memoria final del que muere comienza a correr, tal vez, desde las yemas de los dedos.

Jassiba se acercó de nuevo con sus enormes labios rojos interrumpiendo felizmente el flujo de mis fantasmas. A través de mis párpados todos los colores perdían intensidad salvo el rojo de su boca.

Al inclinarse, vi que colgaba de su collar y caía hacia mí una pequeña mano de plata en filigrana con la que, sin quererlo, tocó mi cara antes de que me alcanzaran de nuevo sus labios incendiados. Al sentir el frío de la plata, desperté.

sa amante obsesiva, Jassiba, cerró los párpados de Zaydún y le dio un beso final en la frente. Y luego otro en la boca. Ella dejó en los labios del muerto una mancha roja. Alguien que estaba al lado de ella estuvo a punto de limpiarlo con un pañuelo pero Jassiba lo detuvo sosteniendo su mano. Y le dijo que no tocara esa mancha, que así por lo menos algo tan personal y frágil como la huella de sus labios se iría con él.

Jassiba llevaba en el cuello una pequeña mano en filigrana, hecha por los plateros tradicionales de la ciudad donde nació, Mogador. Un talismán que por otra parte es muy común entre las mujeres que como ella vienen del norte de África. Y cuando la mano cayó sobre la boca que ella estaba a punto de besar de nuevo —ese momento en el que Zaydún cuenta que despertaba—, surgió un sonido inesperado, como un quejido. Y el olor profundo del aceite de argano que le habían puesto en la lengua llenó la habitación.

Del cuerpo inerte de Ignacio Labrador Zaydún, desahuciado desde hacía más de una semana, surgió esa voz agitada como agua hirviente. Al principio nos asustó. Era completamente inesperada. Imposible según los médicos. Pero brotó de su boca como de una fuente, como un quejido hondo que muy poco a poco se fue ordenando en sílabas claras.

El cuerpo inmóvil, tocado accidentalmente por la mano de plata, parecía de pronto iluminado desde dentro por su voz. Y no paró de hablar hasta que salió el sol.

••

Jassiba nos cuenta que... Todo se mezclaba. Y yo estaba llena de su ausencia. Me pesaba como piedra la proximidad de su muerte. Pero sentí de pronto a la noche como una inmensa piedra negra perforada por su voz luminosa. Era imposible que hablara y lo estaba haciendo. Toda la noche estuve viendo cómo esa voz, mucho antes de poder ser escuchada, se iba formando a borbotones en su cuerpo, bajo su piel: en las venas súbitamente inflamadas, en los brazos, en el cuello, la garganta y, finalmente, le llenaba la boca hasta desbordarse.

Tenía ligeras contracciones convulsivas en las manos, en los brazos, en las piernas. Los aparatos médicos sonaban de golpe sus alarmas. Y se calmaban sólo cuando surgía la voz. Gritaba a medias, mordía nombres familiares y desconocidos, masticaba frases. Finalmente contaba historias, dialogaba con sus hermanos y sus amigos de la infancia. Decía también cosas extrañas para mí, muchas de ellas completamente indescifrables. Y todo ritmado por palabras de amor, quejidos placenteros, contemplaciones de mujeres que en su boca se convertían en diosas. Y establecían en él su religión. El dolor y el amor parecían confundirse en una sola llama. Eso era de pronto su cuerpo. Y yo lo escuchaba como se escucha al fuego, con hipnótico asombro.

Pero también como alguien que recibe un secreto cuya importancia sólo intuye pero que no puede en ese instante descifrar.

•

Desde el final de la tarde, mi ánimo se enredaba con la pesada obscuridad de un cielo bajo cruzado de lluvia. Velar al amigo, al amante, era doblemente doloroso: verlo en ese estado eternamente agonizante era tan cruel como perderlo. Todos los recuerdos que de él tenía se me agolpaban. Trataba de no dormirme a pesar del enorme cansancio acumulado las ocho noches anteriores. Pero de vez en cuando se me cerraban los ojos.

Frente a mí, extendido en una cama alta, conectado a oxígeno, suero y otras tuberías, él respiraba casi sin respirar, siempre inconsciente. Ninguno de nosotros se había atrevido a seguir el consejo de los médicos y dejarlo ir. Nos confirmaron varias veces que no había marcha atrás para su conciencia. Nunca la recuperaría.

Había sido un hombre tan apegado a cosas simples y placenteras como a grandes viajes y retos, tan firme en su determinación vital que ahora la vida no lo abandonaba con facilidad.

Esperábamos, tal vez cobardemente, que su cuerpo marcara el ritmo y la hora de extinguirse. Mientras tanto, nos turnábamos a su lado noche y día. Como acompañándolo en su abandono hasta la orilla imposible, hasta donde ya nadie puede decir con certeza qué sigue, qué hubo, qué hay.

Pero desde allá, desde algún obscuro misterio, parecían venir en un principio sus palabras.

Eran como un extraño amanecer, un último sol surgiendo desde el horizonte. Pero era un sol paradójicamente obscuro. Y hacia esa luz negra, hacia sus secretos, desde esa noche como sonámbula me encamino.

Ignacio Labrador Zaydún, era un cuerpo al borde de su abismo. De su inmovilidad y de su larga agonía, incluso antes de hablar emanaba un misterio angustiante. ¿Sufría? ¿No terminaba de irse porque quería que hiciera algo? ¿Qué quería decirme? Era a ratos insoportable no saber qué hacer, confirmar mi impotencia ante la lentitud dolorosa de la muerte venciendo a la vida.

Y de pronto, desde el fondo de un enjambre de carne y sangre moribunda, de un cuerpo ya sin voluntad ni conciencia, más cerca del polvo oscuro que del día, emanó un torrente de vitalidad. Comenzó como un grito de dolor y un balbuceo. Pero se fue convirtiendo en palabras.

Después de varias horas de escucharlo buscando el hilo roto de su relato, quedé literalmente llena de sus diálogos imaginarios, de largas explicaciones o frases cortantes, de imágenes, recuerdos o invenciones, de revelaciones inesperadas. Muchas historias dispersas como hojas al viento de la planta en el desierto que fue su historia. Voces de los muchos que fue mientras iba siendo. De los muchos que deseaba ser.

Me enteré de sentimientos extremos que no hubiera imaginado en él. También de algunas cosas que yo sabía que vivió pero no conocía la huella corporal que le habían dejado.

Comencé a tener en la mente un cuadro extraño, el de una vida muy distinta a la que nos habíamos imaginado. De pronto, aquí y allá brotaban desgarraduras, pasiones, entregas amorosas que parecían absolutas. Silencios largos y breves que no sabía si serían definitivos. Y a cada regreso de su voz crecía mi asombro, mi necesidad de atar cabos, de comprender y no permitir que el viento se llevara todas sus palabras.

Esta historia que voy armando con las piezas sueltas que encuentro es, en parte, el mapa de sus palabras agónicas. Tejidas como telaraña al viento. Croquis de una planta extraña, como un rizoma que trepara muros invisibles. Recuento de la travesía de sus palabras tejiendo y destejiendo la última memoria, a veces involuntaria, de sus noches y de sus días, y de todas las fantasías consistentes con ellos.

•

Flor de agave: aquello era como la flor desmesurada que brota una sola vez, justo antes de morir, en esa inquietante planta llamada agave. No por azar, en la lengua antigua de las islas del Mediterráneo, agave significa noble pero también "admirable".

Esa flor, que no aparece durante los primeros siete a diez años de vida de la planta, revela una larga y tremenda contención de energía que se libera de golpe cuando menos se le espera. En algunos agaves míticos tarda cien años en brotar. Doble anuncio: el de su esplendor y el de su inminente fin.

Desde un corazón insospechado entre afiladas hojas verdes, como huyendo victorioso de las espinas desafiantes, surge palmo a palmo un tallo inmenso, perfectamente vertical. Mientras crece no parece que tendrá fin. Llega a ser dos o tres o cuatro o cinco veces más alto que el agave. Y en la punta que araña al cielo, como una sonrisa del sol, aparece una flor amarilla. Desde abajo se ve como el racimo de fuego que una mano de hojas verdes ofrece al aire. Una llamada inalcanzable. En algunos

lugares llaman a la flor del maguey "Manita dorada". En otros "Ofrecida" y también, "Mano en llamas".

El precio de su belleza es la muerte.

Un poeta asombrado y melancólico, desde su Isla Negra la llamó "floración suicida". Pablo Neruda, nostálgico de su tiempo mexicano, plantó un agave sobre un acantilado chileno, entre su ventana y el mar. Y observaba consternado cómo la planta salta de golpe de la belleza a la muerte: al quedar erecta "esa lanza verde" con su flor en la punta "apenas cubierta por polvillo de oro, las hojas colosales del agave se desploman y mueren".

Otro poeta coincidió con él ante la misma planta. Pero éste había nacido en un valle donde antes la adoraban como diosa reflejada en el espejo de un lago. Ahí donde ahora se ha evaporado ese espejo, la conocen todavía bajo el espinoso nombre de maguey y llaman "quiote" a su lanza florida. Cuando esa lanza madura, la ahúman y se la comen como postre. Las hojas concéntricas del maguey son consideradas manos, muchas manos, cada hoja un dedo de la diosa y las puntas afiladas sus uñas. A este poeta medio mesoamericano, más iluso del instante, su asombro lo llevó en dirección opuesta al melancólico sureño. Viajando de la muerte a la belleza describió aquella flor única del agave como manifestación alquímica que renueva la vida:

Fuego de carne vegetal:
transformadora.
Cambias la muerte en vida,
la vida en obra:
Flor dorada,
canto que arde.

•

El de la voz, un moribundo que dice... Llegó el momento de abrir la última caja y dejar que vuelen mis fantasmas. Que existan en el aire, ante mis ojos, en tus manos, sus historias.

Es la hora de poner al sol los últimos secretos. Tirar la última máscara para que baile y cante la que queda: la cara al viento.

Extender mi mano ante tus ojos y que sus líneas y sus dedos digan lo que saben, lo que imaginan, lo que aflojan y aprietan y acarician.

•

Érase una vez un río de palabras. Era mi cuerpo antes, después, ahora. Érase una vez un río que me llevaba hacia el corazón de mi amada, entrando por sus ojos, entre sus piernas, por su boca, por sus manos abiertas. Eran todas mis ideas y mis recuerdos convertidos en esta agua sonámbula que busca, terca, ciega y sorda, colarse en ti y quedarse dentro.

¿Es eso desear el paraíso? ¿Entrar al fuego de mil formas que tú eres? El anhelo furibundo de ser poseído por la sonrisa interior de un cuerpo, moverme en ti, latir contigo, ver a través de tus ojos, saber que el mundo vibra en tus oídos, sentir en tus manos y en tus labios el calor del viento en este desierto largo y extraño que es el final de la vida. De mi vida.

¿He sobrevivido o hablo como un loco desde el otro lado de la vida? Como esos muertos que mueren distraídos y no se dan cuenta de que se han ido. Que tienen cosas pendientes que los atan. Como contar esta historia, por ejemplo. Como estar en ti y adentro asesinar al tiempo.

¿A dónde me lleva este río interno de palabras que se confunde con mi silencio afuera, con mi muerte? Hablo o me imagino que hablo, desde la obscuridad de una noche que casi se acaba. Y yo tal vez con ella. ¿Escribo o hablo desde el entresueño? Ese libro del cuerpo que al entreabrirse deja escapar, como un olor huidizo, lo que contiene.

Escribo creyendo que soy yo el que habla, el que estuvo enamorado, el que fue asesinado por un marido celoso y yace en esta cama para siempre, cubierto por el manto de la noche y las sábanas del sueño.

El que será tal vez perdonado por haber provocado esos celos cortantes, agudos y podrá vivir de nuevo sus errores o tendrá la oportunidad de repararlos. O se convertirá simplemente en un delirio moribundo a la deriva. Que se acaba con su último aliento.

Como única certeza vuelve la sensación de rabia e impotencia ante la daga fría que me puso aquí, yaciente. Asesinado por un marido celoso que ni siquiera tenía razón de tener miedo.

Sí, su esposa llevaba un tatuaje que tomó de uno de mis libros. Pero nunca la conocí. Ella conoció esa máscara peculiar que ofrece ya impreso lo que uno escribe. Aunque el celoso gritaba que había tenido que matarme porque ella llevaba mucho tiempo pensando en mí, en estar conmigo. Ese era su delirio de esposo posesivo. Él hubiera querido definir hasta los sueños de su mujer. Es de los que creen que casarse implica comprar o contratar un control de cuerpo e ideas, de sueños y gestos. Y, como suele suceder en esos casos, los celos lo hicieron ver más de lo que hubo. O lo hicieron poner a otra persona en mi cuerpo. Tal vez, sin saberlo, presté mi cara al verdadero amante de su esposa. Presté mi cuerpo para recibir la daga de su delirio.

A ratos me pregunto si, finalmente, yo soy menos delirante al desear, desde esta inmovilidad persistente, ser el sonámbulo que fui y correr como un río obstinado hacia el corazón de Jassiba, volar como un insecto obstinado hacia su fuego. Desde esta noche quieta, toda mi realidad es mi deseo. Y me quema la boca.

••

El de la voz se mueve y canta… Soy hijo y nieto de nómadas sonorenses, nómadas rápidos y lentos, natural de todas partes, engendro de mis deseos. Soy lo que se mueve dentro y fuera de mis ojos.

•

Nací de un lado del Atlántico y muero en el otro, como si un puente de arena entre dos desiertos fuera el cauce de mi vida. Estudié en un lado del Mediterráneo y me enamoré del otro, como si el espíritu de un desterrado de Al-Andalús se apoderara de mi cuerpo. Soy y no soy. Y mal lo entiendo. Todo es claro tan sólo antes de seguir corriendo.

•

En mis ojos rasgados de sueño surgen extraños ancestros navegando el Mekong, esculpiendo bailarinas rituales en un templo de Ankor-Wat o peregrinando desnudos y cubiertos de ceniza, a pie hacia la lejana y legendaria Varanasi. Con una sola imagen obsesiva orientando sus pasos: el sol amaneciendo detrás del Ganges. Soy y no soy el que navega, el que camina. Toda la vida. O después. O antes.

•

En mis ojos, que se abren de golpe cuando alguien toca la campana de un templo en Kyoto, brillan las piedras blancas del primer jardín zen, su mar peinado y seco, su extrañeza radical como íntima e incuestionable belleza; se agolpan en composición perfecta las partes de una comida *kaiseki* de doce platos sorpresivos que me regalan la oportunidad de sentir que mi apetito es también una obra de arte; y en la lengua un sorpresivo haikú fija, canta, crea de nuevo mi asombro. Y hace crecer, como una flor flotante, la memoria sonriente de mi amada en la naturaleza que esa noche feliz contemplo:

> Luna, tu risa
> salta desde el estanque,
> entra en mis ojos.

Soy y no soy al mismo tiempo.

•

La cara verdadera tiene mil rostros: Sueño o creo que sueño, sabiendo que soy también el calígrafo árabe que cuenta y dibuja la historia de una mujer en su ventana, el alfarero místico que pone en cada pieza de barro las caricias de su amante, el viajero que quiere engañar a la muerte convirtiéndose en arena del reloj del desierto, el sonámbulo que trata de comprender el absoluto magnetismo erótico que lo guía, el erotómano involuntario que tiene que decir tantas veces lo que no es, y lo que es se le olvida.

Soy también el jardinero que cada día construye, gana y pierde un paraíso. El que viene cada noche a contarle a Jassiba un jardín del deseo que mueve al mundo y que le permita amarla.

Soy el jaguar ritual que habita las sombras de ese jardín fugaz donde pocos entran, el de mirada fija en cuerpo escurridizo, el que construye un ámbito con su presencia. El que hace de su rugido, de su voz, casa de amor y de odio, paredes invisibles.

Soy el conquistador conquistado por la Ciudad del Deseo, el lector de tatuajes escondidos, el insecto tenaz hacia la luz de una vela que lo intriga, que lo llama.

Soy también, al final del día, el alfarero enamorado que prepara el barro mezclado con mis cenizas que será mi epitafio sin palabras y mi tumba. Soy y no soy lo que veo. Y lo que cuento.

•

Y mil manos… Tengo sed hasta en el sueño. Y cuando sostengo con las dos manos esta vieja pieza de cerámica en la que bebo, algo en este gesto me une con quienes la han tocado antes, con quien la hizo, o simplemente con quien pone o ha puesto las manos así para decir una oración o para acariciar ritualmente a su amada.

Cuando mis labios tocan el barro, su humedad es el río que desbocado me lleva hacia "la boca voraz de todos los comienzos". Por la que nacemos, por la que nos encontramos y nos perdemos, por la que gozamos y entramos en la herida que lleva a la sangre enamorada.

•

¿Escribí de verdad una mano, mi mano delirante? Entonces, un reloj apropiado para leer los cinco dedos de mi historia es el tiempo que pasa la pieza de barro con mis cenizas en el horno del alfarero. Que comiencen a leerla cuando el barro quede dentro del horno encendido. Y que se detengan al azar, justo cuando se abra el horno y se vea qué produjo el tiempo del fuego. La gran determinación que nos rebasa. Dejar que el final venga de afuera.

•

Amo lo que parece inacabado. En contra de tantos defiendo las historias que parecen inconclusas sin serlo. Siempre busqué en las mías dejar esa sensación de que algo falta aún por ser dicho. Aprendí a reiterarlo en Japón, donde es un signo de elegancia y cortesía dejar en la mente del lector la última palabra. Donde la poesía cultiva el final abierto, la palabra al viento. Donde un tipo de cerámica que aquí se consideraría burda, inacabada, tiene allá un valor de asombrosa y paradójica imperfección: perfecta para sentir en las manos, para poner en los labios mientras se bebe.

Las mejores historias, o las que más me gustan, se disipan al final como neblina dejándome la sensación de que entre el mundo escrito y el que vivo existe tan sólo una leve diferencia de condensación.

Que un simple cambio de clima nos sitúa en un mundo o en el otro. Y, sobre todo, que no es necesario imponer a ninguna de las dos realidades conclusiones forzadas. Esto es tan importante como lo es no juzgar moralmente a los otros si no es necesario.

•

Anhelo que tanto el suspenso como el sentido de lo que cuento no esté dentro de mi historia sino en el ritual de leerla como parte de otra cosa, de la vida de cada uno en el fuego que la forja y la consume.

Quiero que mi historia sea una cosa frágil en el aire, sin suspenso, sostenida, tal vez, por el deseo y el magnetismo sonámbulo de quien la escucha.

•

He pedido, con Jassiba, que esa pieza de cerámica en el horno, con una forma que no puedo imaginar y nunca me será dado mirar, sea hecha con mis cenizas. Que mientras estas historias, que dejarán de ser mías, se acomodan en el cuerpo de quien las escucha, mi cuerpo, que ya no es cuerpo, cristalice en el barro de la mano que me dará la forma de sus reflejos, destrezas, caricias. Y me entregará a su fuego, a lo intensamente inesperado del fuego transformador de una mano amante.

•
••
•

na tarde de otoño, en una ciudad a la orilla del Atlántico, mientras el sol se demoraba en bajar las murallas de la ciudad y meterse al mar, un moribundo sueña e imagina, recuerda y vive, sabe y dice que su amante ordena sus palabras y sus papeles, sus recuerdos y sus huellas. Todo lo que en esos momentos anotó, dijo, pensaba. Y al final aquellos balbuceos iban tomando la forma de historias entrelazadas como los dedos de sus manos. Entre ellas su vida y en cada mano las líneas de sus deseos. Sus manos sedientas, sonámbulas, elevándose hacia el fuego. Descubriendo que, de verdad o en su semisueño, el sol lo sorprende de nuevo levantando una mano para acariciar a su amada. Para provocar y tocar su sonrisa, piel adentro.

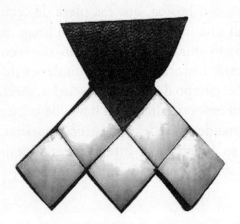

Coda

Tres libélulas van a conocer el fuego

Donde el sonámbulo al final se sueña en uno de esos relatos infinitos
que contienen otros relatos y mundo enteros
y desde ahí mira a su deseo con alas
y con él vuela en silencio hacia
el corazón del
fuego
•

Sin otra luz y guía
sino la que en el corazón ardía.
San Juan de la Cruz

Acerqué mis labios a tus manos
y tu piel tenía la suavidad de los sueños.
Algo semejante a la eternidad
rozó un instante mis labios.
Ramón Gamoneda

Coda a un reporte forense: Se ha logrado descifrar la escritura que llevaban las paredes internas del jarrón que contenía estos papeles. A continuación se transcribe:

Esto contaba el poeta persa Farid-ud-Din-Attar en su *Conferencia de los pájaros:* "Lee estas páginas una vez, saboréalo y sentirás que te has alimentado. Crees que lo conoces. Pero si comienzas de nuevo te darás cuenta de que el libro ya es otro, se transformó en el tiempo de tu lectura y tú en él. Ábrelo de nuevo donde sea, léelo salteado o de atrás para adelante. Su orden verdadero y su final está en tus manos. Yo lo escribí pero tú lo completas. Si el fuego es lo tuyo avanza. Termina. Comienza de nuevo."

•••

Tres libélulas amaban en secreto al fuego de una vela que ardía dentro de una casa. Decidieron que una de ellas debería acercarse lo suficiente como para venir a contarles a las otras lo que de verdad es el fuego. La primera partió en misión y a través de la cortina de la casa observó hipnotizada a la llama. Se grabó en la memoria cada uno de sus movimientos, de sus colores, de sus formas. Cada variante, cada capricho del fuego fue luego relatado con precisión a las otras libélulas que escuchaban con interés inusitado su relato. Sin embargo, al final, muy insatisfechas, querían saber más. Sabían que había más. Pero la primera libélula no podía decírselos. Concluyeron que su conocimiento del fuego había sido muy limitado.

Decidieron enviar a una segunda libélula que entró en la casa aprovechando una corriente de aire que levantó las persianas. Se acercó y se acercó para ir más allá de la descripción apasionada de su compañera. Y se acercó tanto que se quemó una orilla del ala izquierda. Con enormes esfuerzos regresó adolorida, pero extasiada, a contar su hazaña. Las otras libélulas no podían creerle. Pero al escucharla con tanto detalle casi vivieron su ardor explorador. No cabía duda: era muy emocionante tocar el fuego con la punta del ala. Pero sentían que eso aún no era conocerlo a fondo.

•••

Al final la insatisfacción volvió a apoderarse de ellas. Y antes de que se lo pidieran la tercera libélula salió a conocer verdaderamente al fuego. Reconoció todo lo que les había contado la primera. Luego se coló por las persianas y se atrevió a tener la experiencia de la segunda. Tocó el fuego. Sintió su llamado y su advertencia. Y como no era una libélula que se quedara a medias en sus pasiones siguió entrando en el fuego, poco a poco pero sin retroceso.

De lejos, las otras libélulas la vieron echar chispas de alegría, convertirse en un humo claro, y agitaron sus alas cuando la llama creció devorando completamente hasta su sombra. La vieron en el fuego produciendo un chisporroteo sorprendente que no han dejado de pintar desde entonces los poetas como una visión excepcional: el poema único de una vida intensamente transformada en fuego por el fuego. En aquel instante se miraron una a la otra y se dijeron:

"Ella sí sabe lo que es el fuego, no cabe duda, pero nunca podrá contarlo." Su experiencia del fuego es el secreto radical, el que de verdad no puede ser dicho nunca.

Índice kamasútrico
de asuntos interrumpidos

De los temas erotómanos que el sonámbulo toca o comienza a tocar
o sugiere cuando la vida llega, lo interrumpe, lo distrae
o lo pone de lleno en asuntos eróticos. Se mencionan
aquí como surgen en el libro. Es decir, en esta
historia fragmentaria y fantasmal,
como en las películas,
por orden de
aparición
saltan
así

•

- Sobre la Ley de Jamsa y el ritmo de cinco dedos para temperar el deseo.
- Sobre las virtudes y significados del pulgar en el amor y en la vida.
- Sobre la piel visible e invisible del amante.
- Sobre hacer el amor con el cuerpo de otro. O crear la situación para que otros lo hagan.
- Sobre el arte de despertar dentro de la amada.
- Sobre el preliminar "baile de cama" y sus pasos decisivos.
- Sobre cómo aumenta la belleza de la amada mientras se hace el amor.
- Sobre "Los placeres del baile" enumerados solamente por estar explicados en otro libro (*En los labios del agua*).
- Sobre la pasión verdadera y la cercanía de la muerte.
- Sobre cómo se mete uno en los sueños eróticos de los demás.

- Sobre los celos virtuales y sus peligrosas consecuencias reales.
- Sobre la seducción bajo el agua.
- Sobre el primer amor no correspondido.
- Sobre la búsqueda de la forma perfecta en el amor y cómo se debe uno aproximar hacia ella por tanteo.
- Sobre la importancia del tiempo dentro del tiempo en el amor.
- Sobre el momento en que el cuerpo amado se ilumina y nos guía pidiendo más luz.
- Sobre la certeza de que la plenitud es frágil.
- Sobre ese momento en el que los amantes ven girar al mundo fuera de ellos y que se conoce como "la soledad en llamas".
- Sobre las virtudes y significados del dedo índice en el amor y en la vida. El dedo con el que se abren las cortinas del paraíso.
- Sobre el sexo que dura más o se vive en un tiempo diferente y detenido, el de la epifanía amorosa.
- Sobre el asombro ante los labios del sexo y su famosa, empinada y curativa "sonrisa ayurvédica".
- Sobre cómo los amantes que viajan por el mundo con asombro van descubriendo que todo viaje es hacia ellos mismos y el mundo se vuelve metáfora sorpresiva de sus cuerpos. Riesgo y fascinación, vaticinio, amenaza, promesa y sin embargo encuentro sorpresivo.
- Sobre la rebelión de la memoria en el viaje amoroso aumentando la intensidad del recorrido y el nomadismo erótico.
- Sobre la extraña fijación en la memoria involuntaria de un lugar erotizado, de preferencia una ciudad mujer, para poder volver a ella hasta en la agonía.
- Sobre la experiencia del asombro y los rituales para provocar su aparición; su práctica en el amor y en el resto de la vida.

- Sobre una posible poética del asombro como arte amatorio.
- Sobre el procedimiento ritual por el que una ciudad se vuelve metáfora de una mujer y las maneras de acercarse a ella, recorrerla, habitarla, nunca poseerla pueden ser también mensajes cifrados para el enamorado. Y cómo el mundo entero se vuelve un cuerpo erótico.
- Sobre la sombría y poco erótica definición que el diccionario rey da de la palabra asombro. Y la práctica contraria que del asombro hacen los amantes, incluyendo la más obscura de conocerse entre sombras.
- Sobre cómo mirar las caricias que el tiempo le da por dentro al cuerpo amado. Y entrar con el tiempo en él.
- Sobre cómo el alfarero toca la sequedad progresiva del barro e inversamente el amante toca la humedad pausada del cuerpo amado como señal que le ilumina el camino.
- Sobre las virtudes y significados del dedo cordial en el amor y en la vida. Dedo de la presencia, la reflexión, la duda.
- Sobre el corazón como órgano sexual del alma amante.
- Sobre la manera de escuchar como tambor ritual al corazón de la amada.
- Sobre la respiración bien ritmada y contenida que se vuelve caja de resonancias de nuestro corazón y permite crear una tensión invisible para tocar a la amada sin tocarla, y crear un ámbito para ambos.
- Sobre los órganos sexuales como cajas de resonancia que pueden tocar por nota pero también improvisan, "descargan" como en el jazz.
- Sobre los instrumentos musicales del cuerpo que aprenden a escuchar para mejor "hacer concierto".

- Sobre la importancia de encontrar lo desconocido en lo cotidiano y cultivar así "el delirio amante".
- Sobre la representación del erotismo en el arte como una asamblea de fantasmas e historia codificada de una vida amorosa plena y secreta.
- Sobre el arte erótico como carta entre enamorados.
- Sobre la forma peculiar de las letras en un alfabeto chino afrodisiaco.
- Sobre los chamanes que hablan con los seres eróticos del bosque como nadie más puede hacerlo.
- Sobre la vida interna del acto amoroso y su delirio.
- Sobre las manos que miran claramente dentro del cuerpo de la mujer amada pero ven una mezcla de lo que hay y de lo que quieren; y van de lo desconocido a lo imaginado.
- Sobre la limitación mayúscula de pensar y vivir al erotismo sólo como transgresión.
- Sobre el corazón cambiante del erotismo, su metamorfosis continua y la interpretación fugaz de lo que sucede.
- Sobre el hecho de que amar es como leer un libro erótico que en nuestras manos constantemente se transforma.
- Sobre el amante que lleva dentro un animal y cómo el erotismo requiere, en dosis iguales, imaginación, ternura e instinto salvaje.
- Sobre cómo hacer el amor creando un ámbito con el cuerpo.
- Sobre el amor como escritura y carnaval.
- Sobre el punto de fusión en el horno del acto amoroso y cómo, incluso con los mismos ingredientes, lo que resulta nunca es igual.
- Sobre la necesidad de buena química, suerte y destreza para lograr la mejor fusión haciendo el amor.

- Del amante como artesano del fuego atento a cada parte del cuerpo amado como si fuera un cuerpo aparte.
- Sobre las virtudes y defectos del dedo anular en el amor y en la vida.
- Sobre el cuerpo amoroso que se muestra a través del sonido de sus zapatos.
- Sobre el fetichismo más superficial y la paradoja de sus consecuencias profundas.
- Sobre cómo, en la vida amorosa de los fetichistas, zapato es biografía.
- Sobre cómo todo, banal o no, conduce a los amantes hacia el fuego en el que se funden.
- Sobre el hecho de que hacer el amor es entrar en un delirio indescifrable desde fuera.
- Sobre la piel del amante tatuada como si llevara un dibujo vivo que transforma a ambos, los posee, los sueña, los cela.
- Sobre el pene enamorado y su relación profunda alineándose por dentro con la columna vertebral o con el cóxis de la amada.
- Sobre el delirio que puede unir o separar a los amantes.
- Sobre la atracción del abismo mientras se ama.
- Sobre el malabarismo en el amor como una forma de oración ritual.
- Sobre el instante en que los amantes se convierten de verdad en un cuerpo de cuatro brazos y piernas y ambos sexos enredados.
- Sobre el espejo de los ojos que permite ver la unidad de los amantes incendiados.
- Sobre la distancia como acicate del deseo.
- Sobre la constancia de las caricias que vuelven a la amante sonora.

- Sobre la entrada al horno del amor que hace evidentes los defectos, prisas o torpezas del amante.
- Sobre los *dyins* o demonios que hacen mala obra en el horno amoroso.
- Sobre la circulación del aire y la respiración de los amantes.
- Sobre el control paulatino del enfriamiento. Momento de cristalización de los amores.
- Sobre el sano olvido radical de las teorías amorosas ante la inminencia del fuego urgente.
- Sobre el cuerpo tatuado de la amada y sus promesas.
- Sobre los celos que despierta esa promesa escrita sobre el cuerpo.
- Sobre la nueva aparición de las libélulas, almas amantes del fuego en sus manos.
- Sobre las virtudes y significados del dedo auricular o meñique en el amor y la vida.
- Sobre las puertas cotidianas del deseo.
- Sobre los insectos como formas del deseo.
- Sobre cómo los amantes se vuelven jardín uno del otro.
- Sobre el exceso de control al amar y la importancia del azar.
- Sobre la luminosidad que emana del órgano sexual que se ama.
- Sobre el cuerpo amante como archivo de lo que somos y que se exhibe desde la primera caricia, como una grabación que se deja de pronto oír.
- Sobre la importancia de cuidar intensamente la relación de los amantes porque es muy frágil.
- Sobre los celos delirantes y su inercia hacia el error.
- Sobre las historias del deseo como enjambre de abejas que zumban en la cabeza del contador ritual.
- Sobre una posible épica del tacto.

- Sobre la infidelidad como vocación literaria.
- Sobre una mano que tocaba ideas.
- Sobre la lectura del cuerpo embarazado.
- Sobre el viento como amante caprichoso.
- Sobre el tacto como destino.
- Sobre el enamorado como Ave Fénix y Simurg.
- Sobre la piel como contacto en vez de aislante.
- Sobre los ojos que oyen cuando arde el deseo.
- Sobre el arte de tocar frutas en el mercado como una educación indispensable para los amantes.
- Sobre la importancia de leer poesía entre amantes.
- Sobre la mano enamorada como monstruo de percepción y de reflejos.
- Sobre el agua en el amor para avivar el fuego.
- Sobre la sensación de entrar a una mujer contada por un santo místico y poeta.
- Sobre la construcción del éxtasis.
- Sobre la poesía amorosa como balbuceo agonizante.
- Sobre la absoluta imposibilidad de describir con certeza el fuego desde el fuego.

Nota de agradecimiento

Este libro no es una novela. Es lo que en el mundo árabe se llama una Jamsa, un relato amuleto que se dispara en cinco direcciones simbólicas como cinco dedos. Y después se cierra como si una tela o una historia envolviera el puño. Y como el narrador aquí nunca es el autor, este libro está lleno de deudas. Primero con toda la gente que a lo largo de siete años me contó sus historias y pulsiones de deseo. Voces discretas y muchas veces secretas. Especialmente mujeres hipersensibles al tacto, tema de este libro. De una u otra manera, el narrador de estas historias es una especie de collage inestable de sus voces y sus ideas sobre ciertos hombres. Y una encarnación de sus pasiones y sus equívocos. Han querido hacerme cómplice, testigo, confidente. A todas esas voces tan íntimas e intensamente deseantes, antes que a nadie, mi agradecimiento.

    Segundo, a las personas que me convirtieron desde hace tiempo y continúan volviéndome contador de historias en plazas públicas, festivales, universidades, teatros y presentaciones. También son muchas. *La mano del fuego* es un libro que incluye las escenas contadas ante esos públicos

de ciudades y culturas muy diversas. El acto de contar historias en público puede ser un acto ritual y así lo he entendido. Se invocan fuerzas a través de lo que se cuenta, se
escuchan y se reciben pulsiones y deseos. En ese nomadismo literario, escuchar y contar se vuelven indisociables.

Tercer agradecimiento, a los artesanos ceramistas
de México y Marruecos, especialmente a los maestros
zelijeros: los creadores de tableros de azulejos, por ayu-
darme a pensar mi oficio de escritor desde el suyo y a
encontrar de nuevo la estructura compleja pero de consistencia sutil que este conjunto de historias del deseo necesitaba. Lo múltiple en las narraciones se dispara paso a
paso en la superficie y toma unidad ocasionalmente en la
mirada del lector que recorre todo el proyecto o sus partes.
Este libro puede ser leído por capítulos aislados, como si
fuera un libro de cuentos, o de ensayos narrativos, pero
también puede ser leído de corrido o alterando el orden
de los capítulos. En su extrañeza cultiva la forma disparada de la mano, que los zelijeros llaman forma de Jamsa,
atada abajo de la superficie por la estructura de retícula
que llaman Cuadrado Védico.

Cuarto agradecimiento: por cosas, ideas, imágenes
y hospitalidad editorial. El jarrón de escritura vidriada que
abre el libro y lo cierra, y que supuestamente contiene físicamente a la historia entera de *La mano del fuego*, fue hecho
en la ciudad de Fez aunque me lo descubrió en Essaouira
Mogador Joseph Sebald. La foto de las cabras subiendo a
los árboles fue tomada por Margarita de Orellana en las
afueras de Mogador. La idea de desear terminar convertido
en cenizas y barro dentro de la carne de tierra de un jarrón
es sincera, eso quiero para mí, y surgió al leer a Vladimir
Tasic y su fabuloso *Regalo de adiós*. La primera versión del
relato del ceramista Tarik que aparece aquí fue dedicada al
maalem mexicano de la cerámica Gustavo Pérez y publi-
cada en *Artes de México*. Algunas de las historias de *La mano*

LOS ANGELES PUBLIC LIBRARY
SelfCheckOut Receipt

Title: La mano del fuego : un Kama Sutra
involuntario /
ID: 37244188816103
Due: 110210
Circulation system messages:
Item checked out.

Total items: 1
10/12/2010 3:01 PM
Checked out: 5

Thank You for using the
LOS ANGELES PUBLIC LIBRARY

Renew over the phone at 1-888-577-5275

or over the Web at www.lapl.org

del fuego aparecieron en versiones anteriores albergadas generosamente por otros editores: por Valerie Miles y Aurelio Major en *Granta*; por Rafael Pérez Gay y Mauricio Montiel en la Editorial Cal y Arena; por Alberto Anault en *Matador* y en la revista *eñe*; por Margaret Sayers Peden en *Mexican Writers in Writing*; por Mauricio Maillé y Juan Villoro en su antología de la colección Álvarez Bravo de la Fundación Televisa; por Carlos Martínez Rentería en *Generación*. Las manos de plata o jamsas que ilustran este libro proceden de Marruecos, casi todas de Mogador, donde es una de las artesanías locales. Una por viaje a la ciudad del deseo, con la excepción de la última, arriba de esta nota, que es un premio otorgado a Oumama Aouad en Rabat como mujer del año. La foto de la libélula con el ala quemada fue tomada en la isla sagrada de Miayima, en Japón, donde se me apareció de pronto frente al lente mientras tomaba otra cosa. La ilustración del Infierno forma parte de *Los ejercicios* de San Ignacio en la edición catalana de 1746. Y agradezco también al Sistema Nacional de Creadores del Fonca: aunque no en este volumen, en dos de los anteriores del ciclo sobre el deseo su apoyo fue fundamental. Y juntos forman un solo libro que ahora se cierra.

Quinto agradecimiento: son muchos los autores que me ayudaron a pensar que mi inquietud y curiosidad por la naturaleza del deseo era en realidad una búsqueda. Que el fuego en el amor tiene el sentido de unión de los amantes en lo indecible. Que el amor es un ritual por el cual el amante vuelve diosa a la persona amada. La historia de las tres libélulas que concluye este libro aparece en el relato iniciático persa del siglo XII, *La conferencia de los pájaros*, de Farid-ud-Din Attar. Y de diferentes maneras son citados o se reconocen deudas con Ibn Arabí, Al Gazali, Nefzaqui, Ahmad Zarruq, San Juan de la Cruz, San Ignacio de Loyola, Jean Joseph Surin, Miguel de Molinos, Angelus Silesius, Sabatai Sevi. Pero no menos con pensadores contemporáneos como Luce López Baralt y su recuperación y lectura luminosa de manuscritos kamasútricos y místicos. Fenómeno que ayudan a pensar en este libro tanto Mircea Eliade como Gilles Deleuze, Leszek Kolakowski, Gershom Scholem, Gastón Bachelard y, como siempre en este ciclo de libros, Samuel Beckett, gran *maalem* de la geometría narrativa. Ellos forman la bibliografía esencial sobre la que siempre me preguntan. Pero surge encarnada en voces vivas que cuentan historias, casos, situaciones de deseo.

La mano del fuego completa una tetralogía que explora diferentes dimensiones y existencias del deseo. Y diferentes maneras de decirlo. Hay otros textos mogadorianos que han surgido como satélites alrededor de este eje en el que cada libro es independiente de los otros y al mismo tiempo forman un solo libro. O la estructura principal de un libro de libros de Mogador. Desde *Los nombres del aire* hasta éste (pasando por *En los labios del agua* y *Los jardines secretos de Mogador: voces de tierra*) se dibuja una espiral que se va abriendo y va incluyendo a los libros y a los narradores de los anteriores. Lo que en el cine se llama "fuera de cuadro", lo que queda afuera de la pantalla, se va metiendo en ella a cada paso. Es como una escalera de caracol que se va ensanchando hacia arriba, una pirámide espiral invertida. En el primer libro había una mayor concentración poética y concentración de lugar que se fue transformando paso a paso en una mayor dosis de pensamiento irónico y de errancias. El extraño y cambiante narrador equívoco de esta historia, de triste destino, desea sinceramente libros que no se terminen sino que se diluyan en el aire, en las manos y los ojos de los lectores, en las bocas de quienes pronuncien sus propios deseos. Ojalá.

La mano del fuego
Un Kama Sutra involuntario

La mano del fuego se terminó de imprimir en
noviembre de 2007, en Litográfica Ingramex, S.
A. de C.V., Centeno 162, Col. Granjas
Esmeralda, C.P. 09810, México, D.F.
Composición tipográfica: Miguel Ángel Muñoz.
Cuidado de la edición: Ramón Córdoba y Lilia
Granados.